Holpers

ISBN: 9798398000337 (Print)

Cover-Foto: Susanne Bacon
Autorenfoto: Donald A. Bacon

Aufgrund der Dynamik des Internets können sich in diesem Buch enthaltene Web-Adressen oder -Links seit der Veröffentlichung verändert haben und nicht weiter gültig sein.

Susanne Bacon

Holperstrecken

Ein Wycliff Roman

Weitere Bücher von Susanne Bacon:

Wycliff Romane

Träume am Sund. Ein Wycliff Roman

Schweigen ist Silber. Ein Wycliff Roman

Wissen und Gewissen. Ein Wycliff Roman

Wo ein Wille ist. Ein Wycliff Roman

Schatten der Vergangenheit. Ein Wycliff Roman

Weihnacht in Wycliff. Ein Wycliff Roman

Das Glück der anderen. Ein Wycliff Roman

Wen die Muse küsst. Ein Wycliff Roman

Emma Wilde Romane

Asche zu Asche. Ein Emma Wilde Roman

Todsicher. Ein Emma Wilde Roman

Weitere Romane

Inseln im Sturm

Non-Fiction

In der Fremde daheim. Deutsch-Amerikanische Essays

4

Für Tanja Wunsch

und

Conni Wendisch,

die beide diese Geschichte inspiriert haben.

Und für Donald,

Ehemann, Seelengefährten und besten Freund.

Vorbemerkung

Die Stadt Wycliff ist frei erfunden. Das gilt auch für alle Personen in diesem Roman. Jegliche Ähnlichkeiten mit lebenden und verstorbenen Personen oder mit realen Unternehmen, Organisationen und Vorfällen sind völlig zufällig.

Susanne Bacon

1

STEILACOOM

FILM: „WAR GAMES"

IN DEN HAUPTROLLEN: MATTHEW BRODERICK UND ALLY
SHEEDY

Die älteste eingemeindete Stadt im Bundesstaat Washington (1854) und „Stadt der
Ersten" bietet historische Stätten in Hülle und Fülle und ist einen Spaziergang durch die
Stadt und einen Besuch ihrer Museen überaus wert. Der Fährhafen wird im Film als
Ausgangspunkt zur fiktiven Insel „Goose Island" (Anderson Island) gezeigt. Die
Teilnehmer unternehmen eine Fahrt mit der Fähre und eine Minibus-Fahrt rund um die
Insel.

(Autumn Rains Tour „Drehorte in West-Washington")

In der Sekunde, in der Lena den Knopf drückte, wusste sie, dass irgendetwas schrecklich schiefgehen würde. Einfach weil sie es war, die ihn drückte. Und weil alles darauf ankam, dass sie reibungslos ablieferte. Sie musste beeindrucken. Dies war vielleicht ihre letzte Chance.

Es war ein warmer Samstagabend im Juni. Die Sonne ging gerade über den dunklen Tiefen des südlichen Puget Sound unter. Die Inseln haten sich in dunkle Flecken verwandelt, die hier und da von winzigen Lichtern gesprenkelt wurden, während der Steilhang, der das Wohnviertel in der Oberstadt des viktorianischen Wycliffs vom Geschäftsviertel in der Unterstadt trennte, immer noch im Abendlicht leuchtete. Eine Fähre legte vom Fährterminal Wycliff in Richtung einer der Inseln ab. Das Olympic-Gebirge am andren Ufer ragte in einen beinahe wolkenlosen Himmel, der in den Farben Lila, Magenta und

Leuchtend-Orange brannte, wo die Sonne direkt hinter einem Gipfel versank. Es war der perfekte Zeitpunkt hinauszugehen, dem Ganzen zuzusehen und einen Drink zu genießen. Besonders am Abschlussabend der diesjährigen Schulabgänger der Wycliff High School.

Sie hatten den Bankettraum und die angrenzende riesige Großküche des Bürgerzentrums gemietet, um ihren letzten Tag als Schüler und den ersten Schritt in das große Unbekannte zu feiern, in die Welt des Erwachsenseins. Die Strapazen der vergangenen Prüfungen begannen von ihren Schultern zu fallen, als die Jungen und Mädchen sich dessen bewusst wurden, dass sie es geschafft hatten. Sie waren fertig. Sie hatten ihre Zeugnisse. Ihre Sommerferien fingen an – nur, dass diese Ferien wie keine je zuvor erschienen. Dies war eine große Pause zwischen der Schule und dem, was danach kommen mochte. Manche würden sich auf das College vorbereiten. Für andere bedeutete es, dass sie eine Sommert-Saisonarbeit annehmen würden. Andere gingen direkt in eine Lehre. Jeder einzelne von ihnen hatte Pläne für seine Zukunft, die von Hoffnung und Vorfreude vergoldet waren.

Lena Donovans geheimer Traum lehnte gemütlich in einer Tür mit einer Flasche etwas Verbotenen verborgen in einer braunen Papiertüte. Rein rechtlich hätte Nick Cartwright gar keine alkoholischen Getränke konsumieren dürfen. Schließlich war er noch minderjährig. Aber wen kümmerte es, wenn man gerade seine Rolle als Quarterback der Wycliff Stingers, der von allen Mädchen in der Schule bewundert wurde, beendet hatte? Er hatte irgendwo im unteren Mittelfeld in seinem Jahrgang abgeschlossen – aber immerhin abgeschlossen. Er wusste, dass er gut aussah. Dies und sein relativ wohlhabender Hintergrund hatten ihm bisher so manche Tür geöffnet. Er war sich gewiss, dass es so weitergehen würde. Es stand ihm frei zu tun, was immer er wollte. Erst unlängst hatte er eine der Cheerleaderinnen sausen lassen, die nach ein paar leidenschaftlichen, abendlichen Verabredungen zu sehr an ihm gehangen hatte. Wie hieß sie noch gleich? Ashley Soundso. Iiih! Er hasste solche Mädchen. Und überhaupt, wer nannte sein Kind wie eine Figur aus einem Film über den Bürgerkrieg? Sowas von gestern … Aber diese da drüben auf der Veranda, die hinunter auf den Jachthafen blickte … Die war interessant. Und schwer zu kriegen. Hatte auch einen seltsamen Hippie-Namen. Autumn Rain – man stelle sich das mal vor!

Unterdessen tummelten sich eine Reihe Schulabsolventen um das Buffet, das sie in der Küche aufgebaut hatten. Natürlich gab es Pizza. Jemand hatte einen Crockpot mit Baked Beans hergebracht, jemand anders hatte eine Schüssel Kartoffelsalat angeschleppt. Es gab gebratene Hähnchenflügel und gegrillte Würstchen. Und da war Lena Donovan, die ihnen eine besondere Kreation versprochen hatte, die sie als „Sundowner" bezeichnete, mit der sie auf ihren Erfolg anstoßen würden, sobald die Sonne den Horizont küssen würde. Lena, deren Blicke sich kaum von Augenschmaus Nick lösten, dem hinreißenden blonden Football-Gott, der für so eine Brille tragende Streberin wie sie, die zudem noch bis vor kurzem Zahnspange getragen hatte, unerreichbar war!

Lena drückte auf den Knopf.

Zing!

Plötzlich explodierte ihre Welt und die aller um sie herum in Farben und Aromen. Dann war sie blind.

„Aah! Bist du wahnsinnig?!" kreischte ein Mädchen. „Mein nagelneues Kleid! Jetzt ist es total futsch! Hast du den n keine Ahnung, dass man auf den Mixer einen Deckel setzt, bevor man das Ding anschaltet?!"

„Es tut mir leid", stammelte Lena. Sie hatte den Mixer auf die Theke fallen lassen und stand nun einfach nur da, den Geschmack von Früchten auf den Lippen, während eine Bananenscheibe langsam eines ihrer Brillengläser hinunterrutschte.

Mein ganzes Essen ist ruiniert – na toll!" seufzte ein Bursche. „Ich hatte meine Mutter extra darum gebeten, das zuzubereiten – was erzähle ich ihr jetzt?"

„Es tut mir so leid", flüsterte Lena.

„Alter Verwalter, schau dir bloß mal den Boden und die Decke an! Ich sag nur, das ist mal so richtig Pointilismus pur!" Eines der schickeren Mädchen schrie beinahe vor Lachen.

„Ich kann Farben schmecken!" witzelte ein Typ. „Lena, das ist echt abgefahren!"

Lena stand immer noch starr wie eine Salzsäule da. Tränen liefen ihr über die Wangen und vermischten sich mit

Stückchen zerquetschter Nahrung. Die Bananenscheibe war auf ihre Brust gefallen und würde auf dem Kleiderstoff einen permanenten Obstflecken hinterlassen. Eine Erinnerung daran, welch eine Versagerin sie war. Die ultimative Erinnerung daran, warum ein Typ wie Nick sie nie für eine Verabredung in Betracht ziehen würde. Denn gerade lachte er sich kaputt und rief sogar ein paar Mit-Absolventen von der Veranda herbei, um Zeugen des Desasters zu sein, das sie angerichtet hatte. Es würde ihr ewig peinlich sein.

„Na, das nenne ich mal verkorkst", zischte ein anderes Mädchen Lena ins Ohr, während es vorbeirauschte.

Endlich hob Lena die Hände und nahm ihre Brille ab. Mit ihr oder ohne sie war alles um sie herum ein verschwommener Nebel.

„Hier, nimm das", sagte ein Bariton neben ihr. Ein Papierhandtuch wurde in ihre leere Linke gedrückt.

„Danke", brachte Lena hervor. Sie versuchte so sehr, sich zusammenzureißen, aber ihre Tränen flossen ununterbrochen. Zumindest konnte sie jetzt ihre Brillengläser putzen und sehen, welchen Schaden ihr Fehler in der Küche und an dem aufwändigen Pot-Luck-Buffet angerichtet hatte.

Es sah nicht gut aus. Jedes Fleckchen Theke war mit Obststückchen bespritzt. Die Decke war mit Bananen und Erdbeeren gesprenkelt, die hinaufkatapultiert worden waren. Der Boden darunter war eine klebrige Schweinerei. Und ihre ehemaligen Klassenkameraden um sie herum? Die meisten waren von ihr zurückgewichen, als würde sie gleich eine nächste Explosion erzeugen.

Doch die Baritonstimme stand noch neben ihr. „Wenn wir alle zusammenhalten, können wir das im Nu saubermachen."

Lena wandte den Kopf. Die Stimme gehörte einem von denen, die sich in kaum einer Klasse, die sie zusammen besucht hatten, zu Wort gemeldet hatte. Sie gehörte noch so einem, der genau wie sie als Streber abgestempelt worden war. Na toll! Jetzt würde ihr das Stigma für immer anhaften. Ein Streber, der sich für einen Streber einsetzte. Ein Streber, der einen anderen Streber tröstete.

Ihr Blick flog dahin, wo Nick gestanden hatte. Er hatte die Tür verlassen und trieb sich mit einigen schicken Mädchen an der Verandabrüstung herum. Ihr Traum, ihn zu beeindrucken, hatte sich aufgelöst. Ihr Leben würde für immer trostlos sein. Sie würde in einem Teufelskreis der Mittelmäßigkeit gefangen sein, der nur durch ihre fürchterlichen Küchendesaster an Farbe gewinnen würde. Sie musste ehrlich mit sich sein. Sie würde niemals einen Mann an Land ziehen, nach dem sie sich zweimal umdrehen würde.

*

Autumn Rain atmete die würzige Seeluft tief ein und schloss ihre grünen Augen gegen die letzten Sonnenstrahlen. Sie liebte einfach Wycliff, wo sie geboren und aufgewachsen war. Sie war nie weiter als Olympia oder Seattle gereist, zwischen denen die malerische viktorianische Kleinstadt lag. Genau in der Mitte, am östlichen Gestade des südlichen Puget Sound. Sie hatte noch nie die Pazifikküste gesehen, obwohl Freunde von ihr darauf gedrungen hatten, dass sie auf Wochenendausflüge mitkomme. Ihr Vater, ein Witwer, hatte sich an ihre Gesellschaft geklammert und darauf bestanden, dass sie ablehne.

„Wenn du ihr Angebot annimmst, musst du dich auf gleiche Weise revanchieren", pflegte er zu sagen. „Und du weißt, dass wir uns das nicht leisten können."

Autumn wusste nicht, ob das stimmte oder nicht. Ihr Vater war der Hausmeister des Bürgerzentrums, angestellt von der Stadt Wycliff. Sie hegte den Verdacht, dass er genug verdiente, um sie an solchen Ausflügen teilnehmen zu lassen. Er versuchte den Mangel an solchen Erfahrungen dadurch gutzumachen, dass er sie zu Jazzkonzerten in Olympia und zum Pike Place Market in Seattle mitnahm, wo sie ein kleines Budget erhielt, um Dinge zu kaufen, nach denen sie sich sehnte. Aber das war natürlich nicht dasselbe.

Alles, was Autumn von Washington State also kannte, waren die Orte zwischen den beiden Städten, zumeist auf der westlichen Seite der I-5. Sie hätte genauso gut sagen können, das sei alles, was sie je persönlich von den Vereinigten Staaten oder dem Planeten Erde gesehen hatte. Aber das hätte zu harsch geklungen, zu traurig, zu eingeschränkt. Denn sie hatte dieses Defizit dadurch wettgemacht, dass sie mit dem Finger über

13

Landkarten reiste. Sie hätte jedermann den Namen jeder Ansiedlung in ihrem gesamten Bundesstaat nennen können, und sei es nur ein Weiler mit zwei oder drei Häusern. Sie kannte die berühmtesten Sehenswürdigkeiten aller anderen Bundesstaaten – und obendrein einige sehr merkwürdige – und konnte die Hauptstädte so ziemlich aller Nationen der Erde aufsagen. Sie hatte in der Mittelschule Spanisch und Deutsch gelernt, und sie praktizierte immer noch ihr dahinschwindendes Deutsch in *Dottie's Deli,* wann immer sie dorthin ging um Brot und Aufschnitt zu kaufen. Sie hatte schon fast all ihre Spanischstunden vergessen, aber – hey – die konnte man doch jederzeit wieder auffrischen, oder nicht?

Heute war also das letzte Mal, dass ihre Klasse zusammen sein würde. Danach würden sich alle in alle Windrichtungen zerstreuen. Sie würden den Kontakt zu den meisten anderen verlieren. Einige würden in der Welt aufsteigen, andere würden absteigen, einige würden einfach in ihren Selbsttäuschungen, Entschuldigungen und falschen Hoffnungen steckenbleiben. Oder, so wie ihre liebe Freundin Lena Donovan, wie ein verschrecktes Reh sein und sich ständig kasteien, weil sie als Streber abgestempelt worden waren, als hässliche Entchen, als Langweiler.

Lena war so viel mehr, wenn sie sich dessen nur bewusst gewesen wäre! Sie war warmherzig, charmant, manchmal geradezu komisch. Sie war schlau genug, an der Spitze der Klasse abzuschließen, und bescheiden genug, nie mit ihren Erfolgen anzugeben. Für heute Abend hatte sie sogar angekündigt, für die ganze Klasse etwas Besonderes zu bereiten. Wo war sie denn überhaupt?

Autumn ließ die Abendbrise mit ihren kastanienbraunen Locken spielen. Sie fühlte in sich eine glückliche Leere. Wenn es denn so ein Gefühl gab. Ihr Englischlehrer würde ihr geraten haben, es als Antizipation zu beschreiben. Ihr Literaturunterrichts-Lehrer würde gesagt haben, dass es das sei, was das größere Wort ausmache, aber nicht, was sie fühle. Auch gefielen ihr die ersten beiden Silben nicht. Warum begann etwas Positives mit der Vorsilbe „anti"?!

Zögernd wandte Autumn sich vom Sonnenuntergang ab, um mit den Augen abzusuchen, was sie im abgedunkelten Bankettraum überhaupt erkennen konnte. Lena war nirgends in der Nähe des Eingangs. Nick Cartwright lümmelte in der Tür, zugegebenermaßen gutaussehend, aber deshalb auch furchtbar arrogant. Er war sowas von einem Klischee eines Highschool-Quarterbacks – er musste zu viele schlechte Filme gesehen haben. Erst unlängst hatte er mit der Cheerleaderin Ashley Mason ein Techtelmechtel gehabt, einer aufregenden Blondine mit wenig mehr in ihrem Kopf als Jungs, Mode und Geld. Auch so ziemlich in dieser Reihenfolge. Autumn waren sie wie das perfekte Paar erschienen, obwohl Lena ihnen nur ein, zwei Monate gegeben hatte, nicht mehr.

„Sie sind einander zu ähnlich – sie werden aus Langeweile aneinander sterben", hatte Lena vorhergesagt. Und sie schien rechtgehabt zu haben.

Kurz vor der Abschlusszeugnis-Ausgabe hatte Nick Ashley anscheinend fallen gelassen, und eine sehr rotäugige Cheerleaderin mit glänzender Nase hatte die Bühne betreten, um ihr Zeugnis und den obligatorischen Handschlag entgegenzunehmen. Als sie zurück an ihren Platz gegangen war, hatte sie an Nick vorbeigehen müssen, und sie hatte ihr Gesicht demonstrativ in die andere Richtung gewandt.

Warte mal, starrte Nick sie gerade an?! Autumn verdrehte die Augen und hätte sich wieder dem Sonnenuntergang zugewandt, hätte nicht ein vielstimmiges Stöhnen von drinnen ihre Aufmerksamkeit geweckt. Was war passiert? Plötzlich drang eine Mischung aus Gelächter und zornigen Stimmen an ihr Ohr, und Autumn hatte die unheimliche Ahnung, dass diese Unruhe irgendwie mit ihrer Freundin Lena zusammenhing. Einen Augenblick später war Nicks Gesicht eine Fratze hämischen Lachens.

„Hey, Hübsche", rief er ihr zu. „Bist du jetzt gerade nicht froh, dass du nicht in der Nähe des Buffets gestanden hast?!" er hob die braune Papiertüte an den Mund, um einen Schluck des Getränks darinnen zu nehmen, während er sie mit zusammengekniffenen Augen fixierte. „Deine Streberfreundin Sowieso blamiert sich gerade."

Autumn fühlte Zorn in sich aufsteigen. Sie hatte mitbekommen, wie Nick Lena in all den Jahren immer wieder gestichelt hatte. Er war dumm genug zu glauben, dass es Lena kalt gelassen hatte, weil sie ihn ignoriert hatte und Autumn gebeten hatte, dasselbe zu tun. Es hatte Autumn gewurmt, dass sie es Nick nicht heimzahlen konnte. Aber sie hatte nachgegeben. Jetzt warf sie Nick nur einen hochmütigen Blick zu, während sie an ihm vorbeiging.

Sobald sie den Ring um Lena entdeckte, schnappte sie nach Luft. Ihr Blick erfasste das Chaos, das sich ausgebreitet hatte mit ihrer süßen Freundin im Zentrum. Lenas brünettes Haar war mit Obstbrei bedeckt. Das Haar vieler Umherstehender war es auch, und die Decke über allen präsentierte einen hängenden Obstsalat. Hätte Autumn nicht genau gewusst, wie sich ihre Freundin jetzt fühlen musste, hätte sie vielleicht gelacht. Es lag etwas von unfreiwilliger Komödie darin. Doch Autumn biss sich auf die Lippen, während sie auf das ruinierte Buffet und ihre weinende Freundin zuging. Sie war erleichtert zu sehen, dass inmitten der Aufregung zumindest ein Einzelner Empathie bewies und Lena ein Papierhandtuch reichte, damit sie sich abputzen konnte. Es war der andere Streber in ihrer Klasse, dieser Mitch Montgomery. Ebenfalls mit dicker Brille. Zu schüchtern, um außerhalb des Klassenzimmers mit irgendjemandem zu reden. Ohne das entfernteste Gespür für Garderobenabstimmung. Lena würde vermutlich geneckt werden, dass sie ausgerechnet von solch einem Ritter in schimmernder Rüstung gerettet worden war.

In alle Ewigkeit. Doch Autumn sah ihn zum ersten Mal mit anderen Augen.

„Irgendwer muss diesen Mist von der Decke putzen", bemerkte ein großer Bursche mit hicksendem Lachen.

„Es sollte sowieso gestrichen werden", stellte Autumn laut fest. „Oder warum, glaubst du, hat das Bürgerzentrum die Räume an eine Gruppe junger Leute wie uns vermietet? Weil wir ach so verantwortungsbewusst sind?" Sie schob sich durch ihre ehemaligen Klassenkameraden, um zu Lena zu gelangen. „Keine Sorge, Liebes, alles wird gut. Wir kümmern uns darum."

*

Wendell Montgomery war bester Laune. Nächstes Wochenende würde er heiraten. Sein Leben schien einen eigenen Zauber zu besitzen. Von Anfang bis Ende war alles glatt gelaufen. Sein Schuldasein war leicht und mühelos verlaufen, das College hatte für ihn unter den besten zehn Absolventen auf dem Gebiet der Wirtschaftswissenschaften geendet. Und während des Studiums hatte eine niedliche, junge Kommilitonin kennengelernt, Emily Atkins, der er nach ihrer Hochzeitsreise nach Victoria, B.C. nach Hause folgen würde.

Emilys Zuhause würde zugleich da sein, wo ihn seine künftige Karriere erwartete. Beide würden das *Pine Beach Resort* am Hood Canal übernehmen, das Emilys Eltern am Südufer nahe Union aufgebaut hatten. Sie wollten sich in Arizona zur Ruhe setzen, weil sie des zumeist dunkelgrauen Himmels müde waren, den West-Washington fast zwei Drittel des Jahres zu besitzen schien. Es war ein einzigartiger Ort, und Wendell hatte sich beinahe so schnell in ihn wie in Emily verliebt. Es würde also keine Karriere in Seattle sein, dem Knotenpunkt am Puget Sound, sondern ein Familienunternehmen mit zehn Pfahlbauten am Ufer des stillen Hood Canal. Das Hauptgebäude mit einem winzigen Gemischtwarenladen und einer Taverne sowohl dem Zuhause der Familie im oberen Stockwerk würde für den Rest ihres Lebens ihr Zuhause sein. Solch stabile Aussichten für das Leben mochten für die Abenteuerlustigeren entmutigend oder langweilig oder beides sein. Wendell empfand sie als Segen.

Emily und er hatten mit ihrem Hochzeitstermin gewartet, bis der vier Jahre jüngere Bruder Mitch seine Highschool abgeschlossen hätte. Damit sie seine Prüfungen nicht störten, indem sie ihn von den Schulbüchern wegholten. Der Tag war endlich gekommen, und heute Abend hatte Wendell seinen Bruder von ihrem Zuhause am Rande Wycliffs zum Bürgerzentrum in der Unterstadt gefahren.

„Wie fühlst du dich mit deiner neu gewonnenen Freiheit?" hatte Wendell seinen Bruder gefragt und ihn neugierig beäugt. Er war leger aber elegant gekleidet gewesen, als wäre er zu einer Jacht oder zum Golfplatz unterwegs. Sein welliges Haar war erst unlängst geschnitten worden, um sich an seinem Hochzeitstag nächste Woche von seiner besten Seite zu zeigen. Und sein Gesicht verlor gerade erst den jungenhaften Schmelz, um der ausgeprägteren Kantigkeit Platz zu machen, die allen erwachsenen Männern in der Familie Montgomery zu eigen war. Viele seiner Kommilitoninnen hätten ihn gern zu ihrem Freund gehabt. Aber für ihn hatte es nur Emily gegeben.

Mitch hatte nur mit den Achseln gezuckt. Er war nicht besonders scharf darauf gewesen, an der Party teilzunehmen, die seinem Schulabschluss folgte. Ihm war auch nicht danach gewesen, sich zurechtzumachen. Er glaubte eigentlich auch nicht, dass er irgendetwas in seinem Kleiderschrank hatte, das als „Zurechtmachen" gezählt hätte. Er hatte ein T-Shirt und Jeans herausgezogen, und das war seine ganze Bemühung. Er würde ohnehin niemandem ins Auge fallen. Warum sollte er es versuchen?

„Hättest du dich nicht ein bisschen schicker … hmmm", hatte Wendell ihn gemustert.

„Ich bin's ja nicht, der heiratet", hatte Mitch klargestellt.

„Bruderherz, seien wir ehrlich", hatte Wendell entgegnet. „Wenn du ernsthaft von einem Mädchen in Betracht gezogen werden willst, musst du deine Karten besser spielen. Ich meine, wann hast du dich zum letzten Mal rasiert? Ja, und ich weiß, dass dein Bart noch kein richtiger Bart ist. Aber trotzdem, diese Sprossen …" Er zupfte an einem langen Haar an Mitchs Kinn. „Sogar ein Warzenschwein wäre abgeneigt."

„Lass ab, Mann."

„Da kannst du lange warten. Das hier ist deine letzte Chance, ein paar weise Tipps von deinem noch unverheirateten älteren Bruder zu bekommen. Und du hörst besser genau hin, weil sie vermutlich nie wieder so aus vollem Herzen kommen."

„Weil du dann feststeckst?" neckte Mitch.

„Ha-ha. Und ja, gebunden zu sein könnte den Effekt des Desinteresses am Liebesleben anderer haben. Ich werde ab nächster Woche sehen, ob da was dran ist. Aber, hey, das hier ist eine einmalige Gelegenheit, und du hast was angezogen – das Zeug, das du zum Rasenmähen trägst? Echt jetzt? Kein Wunder, das du noch nie auch nur eine einzige Verabredung gehabt hast. Mädchen mögen Jungs, die sich ein bisschen um ihr Aussehen kümmern. Du bist vielleicht der Klügste in deiner Klasse in Sachen Schulfächer, aber du bist echt 'ne Katastrophe, wenn es darum geht, auch entsprechend auszusehen."

„Vielleicht will ich nicht so sein."

„Wie jetzt? Du willst keine Freundin?" Stille. „Hör mal, tut mir leid, ich frage nicht, damit du dich outest …"

„Nein!" Mitch hatte Wendell entsetzt angestarrt. „Um Himmels willen, halt die Klappe. Natürlich will ich 'ne Freundin. Aber ich will nicht nur *irgendeine* Freundin."

„Das heißt?"

Die Stille zwischen den Brüdern hatte einen Moment wie eine Mauer gewirkt. Dann hatte Mitch sie wieder durchbrochen.

„Ich bin in jemanden verliebt, wenn du es unbedingt wissen musst. Aber sie hat nur Augen für einen von diesen Sportskanonen. Also wohl kaum eine Chance, dass ich ihr ins Auge falle, egal, was ich mache."

21

„Tja, und was ist mit dem anderen Typen? Scheint er in gleicher Weise zu reagieren? Ich meine, hast du sie flirten sehen, Händchen halten, sich küssen?"

„Nein. Aber das bedeutet nicht, dass ich eine Chance hätte, solange er da ist."

„Jemand aus deiner Klasse?"

„Nick Cartwright."

„Der Quarterback?" Wendell stieß einen Pfiff aus. „Ist sie so eine, die nach dem goldenen Ticket sucht? In Sachen Aussehen und Reichtum?" Mitch hatte mit den Schultern gezuckt. „Weißt sportlich oder finanziell nicht mithalten kannst, dann tu was, worin *du* richtig gut bist. Etwas, was der andere Typ nicht tun würde."

„Ja, tolle Idee. Selbst wenn ich sie zu einem Spaziergang einladen würde, was Nick sicher nicht täte, hätte sie immer noch diesen träumerischen Ausdruck in ihren Augen, der überhaupt nicht mir gilt."

„Du hast dich ziemlich schwer in sie verliebt, was?"

„Könnten wir bitte das Thema wechseln?"

„Okay, in einer Sekunde. Lass mich dir erst noch ein paar Tipps geben, falls du heute Abend ein Mädchen landest. Cool bleiben, Kondome, Kontaktnummern, die drei wichtigen ‚Ks' im Dating-Leben."

Mitch lachte leise. „Das sind nur zwei ‚Ks'."

„Mein Fehler. Ich war mit Zahlen noch nie so gut wie du, Brüderchen."

„Vielleicht liegt es eher an deiner Rechtschreibung." Wendell hatte seine Hand ausgestreckt, um Mitchs Haar zu zerzause, doch Mitch wich ihm aus. „Ich habe mein Haar eigentlich ziemlich gut hingekämmt. Mach's nicht kaputt."

„Oha, es ist dir also doch wichtig." Wendell hatte seine Hand zurück ans Steuer gelegt. Inzwischen hatten sie Main Street erreicht, und der Abendverkehr hatte sie langsamer fahren lassen. „Also, um zurück zu meinen Punkten zu kommen – küsse fest und vermeide es zu sabbern. Bleib cool. Zieh sie an dich heran, während du es tust, so dass sie merkt, dass sie dich auch will."

„Meine Güte, das klingt wie eine alte Hollywood-Schmonzette."

„Nun, es scheint auch im wirklichen Leben echt gut zu funktionieren. Zweitens, hast du ein paar Kondome dabei?"

Mitch war rot geworden. „Mann, was geht dich das an? Ich hab' nicht mal 'n Mädchen."

„Und genau da solltest du Vorsorge treffen. Ergreif die Gelegenheit, wenn dein Mädchen es darauf anlegt."

„Worauf?"

„Du weißt schon, was ich meine."

„Könnten wir …"

„Jedenfalls, sieh zu, dass du dir welche besorgst, bevor du und sie …"

„Null Chance."

„Nun, dann Kontaktnummern."

„Wendell, ich *habe* ihre Festnetz- und ihre Handynummer."

„Und du hast sie noch nie angerufen?"

Mitch hatte nur die Augen verdreht.

Sie waren auf den Parkplatz am Bürgerzentrum gefahren. Andere Schulabsolventen waren abgesetzt worden, hatten stilvoll das Auto ihrer Eltern hergefahren oder hatten sich aus dem Fahrzeug gezwängt, das sie sich von ihren Ersparnissen und Geschenken zum Schulabschluss hatten leisten können.

„Wer ist überhaupt dein zauberhaftes Mädchen?" hatte Wendell sanft gefragt. Schließlich war es der letzte Abend, an dem sie beide noch als Junggesellen nebeneinandersaßen.

„Lena Donovan", sagte Mitch heiser.

„Eure Klassenstreberin?!"

„Sie ist einfach wunderschön und weiß es nicht einmal." Mitch hatte die Beifahrertür geöffnet, noch bevor Wendell den Wagen angehalten hatte. „Danke fürs Herfahren, Mann."

„Ich hol dich um elf ab", hatte Wendell gegrinst. „Und in der nahen Zukunft hast du Zeit genug für Fahrstunden und dafür, dir ein eigenes Auto zu kaufen, nehme ich an."

Mitch hatte Wendell kurz zugewinkt und war dann aufs Bürgerzentrum zugegangen. Er war in sich zusammengesunken, als er das Gebäude betreten hatte. Partys waren so gar nicht sein Ding.

Doch da war Lena, das einzige Mädchen, das dieselbe Wellenlänge zu haben schien und es nur noch nicht bemerkt hatte.

Mitch lehnte sich mit einer Limodose an die Wand und beobachtete einfach seine nunmehr ehemaligen Klassenkameraden. Die Schönen und Selbstbewussten. Die clownesken Unsicheren. Die ernsten Stillen. Diese Veranstaltung würde das Letzte sein, was ihnen gemeinsam war. Danach würden sich ihre Wege trennen, und man würde die Wahl treffen, wen man im Kreis seiner Freunde oder Bekannten behalten wollte. Und wen man für den Rest seines Lebens ignorieren würde. So jemanden wie Nick Cartwright, der einfach gar nichts mit ihm gemeinsam hatte. Weniger als das, da ihre Blicke sich kurz begegneten und Nick ihn nur höhnisch angrinste. Mitch sah weg und richtete seine Augen wieder auf Lena.

Sie war so hübsch mit ihrem brünetten Haar und ihren seelenvollen braunen Augen. Jetzt gerade stand sie hinter dem Buffet mit einem bis oben hin mit Obst vollgestopften Mixer. Mitch beobachtete ihr Gesicht, das sich darauf konzentrierte, einige in Scheiben geschnittene Bananen noch fester in das Gerät zu stopfen. Er sah sie einen Augenblick lang zurücktreten, und dann wusste er, dass sie mit dem Buffet eine Katastrophe anrichten würde. In ihrer offensichtlichen Zufriedenheit ob der von ihr kreierten Mischung hatte sie vergessen, den Deckel aufzusetzen. Und obwohl Mitch versuchte, zu ihr hinzurennen und die Situation zu retten, hatte Lena bereits den Knopf gedrückt, und alles war schon passiert. Halbpürierte Obststücke regneten auf alles und jeden in Lenas Umgebung herab, und nur diejenigen, die so weit weg gestanden hatten wie Mitch waren verschont geblieben.

Lenas Gesicht war jetzt völlig verzweifelt. Dahin war die glückliche Zufriedenheit von noch vor einem Augenblick. Mitchs fühlte mit ihr. Er ging auf sie zu, ignorierte das Gelächter, die Sticheleien, die Wut, die sich um das Mädchen zusammenbraute, das er so bewunderte.

„Hier, nimm das", sagte er und reichte Lena ein Papierhandtuch, das er irgendwie ergattert hatte. Dann schnappte er sich einen Stapel Servietten vom Buffet und fing einfach an, die Theke zu putzen. Inzwischen war Autumn, Lenas beste Freundin, von der Veranda hereingekommen; sie stand neben Lena und tröstete und verteidigte sie. Einige Mädchen begannen, Gerichte vom Buffet zu entfernen, um zu retten, was zu retten war, und die Auswahl auf einem improvisierten Buffet nahe der Veranda neu aufzubauen. Nach einer Weile waren nur noch sie drei da – Lena, Autumn und Mitch –, die den Fußboden und die Arbeitsflächen rund um die Unfallstelle zu putzen.

„Du musst das nicht tun", sagte Lena irgendwann zu Mitch. „Du hattest damit ja nichts zu tun."

„Aber du kannst nicht all das alleine machen", beharrte er und tupfte an einer Stelle an der Wand herum, an der sich ein besonders roter Fleck hartnäckig hielt. Unterdessen benutzte Autumn einen Besen, um Fruchtstückchen von der Decke zu entfernen.

Endlich war alles wieder so ziemlich wie in seinem vormaligen Zustand außer Lenas Selbstbewusstsein. Und obwohl Autumn versuchte, sie dazu zu bringen, zu ihr und den anderen ans wiederhergestellte Buffet zu kommen, lehnte sie sich gegen die Theke und starrte leeren Blickes geradeaus.

„Ich bin so 'n Tollpatsch", flüsterte sie. „Ich hätte was mitbringen sollen, was ich nicht hätte verderben können." Dann drückte sie sich von der Theke ab. „Ich schätze, ich habe meine Lust auf die Party verloren."

„Ach, komm schon", stupste Mitch sie sanft an. „Du kannst das nicht deinen Abend ruinieren lassen. Schau mal, all die anderen haben es schon jetzt vergessen."

„Sie werden sich daran erinnern, sobald sie mich ansehen. Heute. Für den Rest meines Lebens."

Ihre Blicke trafen sich. Mitch lächelte sie warm an, bis auch Lenas in einem winzigen Lächeln erzitterte. Sie sahen einander tiefer an. Mitch bewegte sich ein wenig vor, legte seine Hände auf Lenas Schultern und bewegte sein Gesicht auf das ihre zu. Er sah, wie sich ihre Augen weiteten. Seine Lippen begegneten der samtigen, trockenen Weichheit der ihren. Er schloss die Augen.

In dem Moment taumelte er rückwärts. Überrascht öffnete er die Augen und sah nur, wie Lena davonrannte. Sie hatte nicht einmal etwas gesagt. Ihm nur einen festen Schubs versetzt. Mitch seufzte. Na toll! Er hatte es ruiniert. Jetzt würde er von Lena den

Rest seines Lebens nur noch träumen, während sie ihn vermutlich für den Rest des ihren mied. Er fluchte leise vor sich hin.

Auf der Uhr in der Großküche war es kaum halb zehn. Wendell würde ihn erst in anderthalb Stunden abholen. Inzwischen musste er die Demütigung verdauen, sich einem Mädchen genähert zu haben, das so offensichtlich nicht von ihm geküsst werden wollte. Hatte es aber überhaupt jemand gesehen? Er sah die Jungs und Mädchen um sich herum an.

„Kann jedem passieren, Kumpel", sagte einer und schlug ihm auf die Schulter. „Hätte allerdings nicht gedacht, dass Lena es sich leisten kann, auf diesem Gebiet wählerisch zu sein."

Mitch war sich nicht sicher, ob das eher eine Beleidigung Lenas oder seiner selbst war. Vielleicht hatte Wendell recht gehabt – vielleicht sollte er mehr auf sein Aussehen geben. Allerdings zu spät für Lena. Er drückte sich gegen die Wand und schlüpfte verstohlen aus der erleuchteten Küche in den dunkleren Flur zur Rückseite des Gebäudes. Er konnte das Ganze genauso gut hier draußen abwarten, bis Wendell käme. Er seufzte. Er hatte damit gerechnet, dass dieser Abend schlecht laufen würde. Aber nicht so. Er rutschte an der Wand hinunter und hockte sich auf den Boden. Nun, das war einigermaßen bequem, und niemand würde hier nach ihm suchen.

Nach einer Weile fühlte sich Mitch ein wenig schläfrig. Aber dann hörte er Schritte. Leichte Schritte, die sich ihm näherten. Um aufzublicken, fuhr er mit dem Kopf zurück und schlug damit gegen die Wand.

„Autsch", murmelte er und rieb sich den Hinterkopf.

„Hier bist du! Ich hatte mich schon gewundert."

Mitch stand der Mund offen. Die Stimme gehörte niemandem anders als Ashley Mason, der hinreißenden, unerreichbaren Cheerleaderin. Dem Traum der meisten seiner Klassenkameraden. Dem Mädchen, dem er sich nie zu nahen gewagt hätte, weil sie gar nichts gemeinsam hatten. Außer, dass sie ihn gerade auserwählt zu haben schien.

„Was machst du hier und nicht auf der Party?" fragte Ashley und ließ sich zu Boden, wobei sie ihre Beine sehr elegant positionierte.

„Mir war einfach nicht danach."

„Aber das ist das letzte Mal, dass wir alle zusammen sind. Bedeuten wir dir nichts?" Ashley beugte sich ein wenig vor, und ihr blondes Haar fiel ihr wie ein Vorhang ins Gesicht. Sie schob es mit schlanken Fingern zurück. „Bedeute ich dir nichts?"

Mitchs Gesicht wurde heiß. Er wollte etwas Geistreiches erwidern, aber er brachte nur ein Stammeln hervor. Ashley lachte leise.

„Magst du ein bisschen Spaß haben?" flüsterte sie und legte eine Hand auf eines seiner Knie. „Komm mit. Ich habe den Schlüssel fürs Musikzimmer."

„Wie …" Doch Ashley war bereits aufgestanden und ergriff seine Hand, um ihn mit sich zu ziehen.

„Lass uns etwas Unvergessliches tun. Etwas, woran wir für den Rest unseres Lebens denken. Etwas, das diesen Abend zu etwas wirklich Besonderem macht."

Mitch stolperte ihr hinterher. Alles fühlte sich für ihn wie ein Traum an. Was dachte er sich dabei? Was machte sie mit ihm? Warum fühlte er sich benommen, als sie die Tür aufschloss, sie öffnete und ihn hinter sich herzog? Warum fühlte sich das alles so wundervoll und zugleich so verkehrt an? Warum …?

Als Mitch um dreiundzwanzig Uhr aus dem Bürgerzentrum trat, war er immer noch wie betäubt. Ashley hatte ihn mit einem Kuss und einem frechen, kleinen Lächeln verabschiedet. Wendells Auto wartete mit eingeschalteten Scheinwerfern und laufendem Motor in der hintersten Ecke des Parkplatzes. Mitch ging hinüber, öffnete die Tür und ließ sich auf den Beifahrersitz fallen.

„Mann", musterte Wendell ihn kurz und bewegte das Fahrzeug dann in Richtung Straße. „Du siehst so aus, als hättest du heute Abend den Hauptpreis gewonnen. Lena?"

„Ashley Mason." Mitchs Stimme klang rau.

Wendells Kopf flog herum, und er bremste den Wagen abrupt. Zum Glück war kein anderes Auto hinter ihnen. „Ashley Mason?!"

„Was ist falsch daran? Anscheinend sehe ich für sie gut genug aus."

„Junge, an ihr stimmt einfach *nichts*!" rief Wendell aus. „Jesses, es war mir nicht bewusst, dass ich es überhaupt hätte in Betracht ziehen müssen, dich vor *ihr* zu warnen."

„Wieso?!" Mitch funkelte seinen älteren Bruder wütend an.

„Denk einfach mal nach! Warum sollte ein Mädchen wie sie jemanden wie dich wollen?! Hm?"

„Kannst du nicht einfach mal was Gutes von jemandem annehmen?"

„Sicher doch", sagte Wendell mehr zu sich selbst, und sie fuhren weiter die Main Street hinauf. „Sicher doch."

*

„Danke, dass du gekommen bist", sagte Ashley.

„Na klar", erwiderte Mitch.

Ihm war unwohl zumute. Ein Monat war vergangen, und er hatte von niemandem aus seiner ehemaligen Klasse gehört. Weder von Lena noch von Ashley. Aber gestern Abend hatte Ashley ihn angerufen und ihn in dringlichen Ton gebeten, ihn heute nach dem Abendessen im Uferpark zu treffen.

Inzwischen hatte Mitch genau das getan, was ihm Wendell empfohlen hatte – ein Auto gekauft und Fahrstunden genommen. Er war immer noch etwas angespannt, wenn er in der Stadt fuhr, aber er war sich sicher, dass er sich bald völlig daran gewöhnt haben würde, sein Auto in und aus Parklücken zu manövrieren, zurückzusetzen und an Kreuzungen ohne Ampeln zurechtzukommen. Heute Abend war er seine gebrauchte Klapperkiste von einem Camaro bestens in die Stadt gefahren und sie in der Nähe des Uferpark geparkt.

„Ich habe von dir schon eine Weile nichts mehr gehört", wagte sich Mitch nun vor. „Ich weiß, dass du nur mit mir gespielt hast. Vermutlich nur, um dir zu beweisen, dass du mit dem Klassenstreber Spielchen treiben kannst."

„Oh Mitch", sagte Ashley mit ganz verträumten Augen. „Das ist so überhaupt nicht wahr. Es war so eine anstrengende Zeit, einen Sommerjob für mich zu finden. Es tut mir leid. Und dann … Oh Mitch!" Ihre Augen füllten sich plötzlich mit Tränen, und sie wandte ihr Gesicht ab.

„Was? Stimmt etwas nicht? Hab' ich etwas falsch gemacht?"

„Mitch, der Abend im Musikzimmer … Er wird, fürchte ich, mehr als unvergesslich für uns beide sein." Mitch starrte sie ahnungslos an. „Weil … Ich bin schwanger."

„Was?!" Eine eiserne Faust packte Mitchs Magen und presste ihn zusammen. Übelkeit stieg in seiner Kehle auf. In seinem Kopf wurde es ganz schwindelig.

„Mitch, ich bekomme ein Kind. *Dein* Kind."

Mitch bedeckte sein Gesicht mit den Händen, bewegte sie dann langsam nach unten und starrte Ashley mit gehetztem Blick an. „Hast du mich deswegen nicht angerufen?" Ashley schwieg und sah ihn nur an. „Weil du das erst einmal herausfinden musstest?"

„Ja. Und ich werde es behalten."

„Das Baby ..."

„Natürlich das Baby, was sonst?!"

Mitch seufzte. Wendell hatte ihn vor der Party gewarnt. Er hatte nicht hingehört, weil er nicht geglaubt hatte, dass er je in so eine Situation geraten würde.

Als Sohn ehrlicher Menschen war Mitch dazu erzogen worden, bestimmte Standards einzuhalten. Es gab hier nur eine Reaktion, und die war alles, was er nie so früh geplant hatte. Und nie mit jemandem außer Lena. Doch Lena hatte ihn weggestoßen und war weiter weg in Nimmerland als je zuvor. Sein Leben, so trist, aber nicht ganz hoffnungslos, war nur vor nur einem Augenblick grausam verdreht worden. Nein, an jenem Abend auf der Party. Als er einen Moment lang geglaubt hatte, er sei für ein Mädchen wie Ashley akzeptabel. Dass sie tatsächlich etwas für ihn empfand. Dass er sexy genug war, um ... Er schüttelte den Kopf, um klare Gedanken zu fassen.

„Tja, ich schätze dann mal, dass wir besser zusehen, dass das Baby in einer richtigen Familie aufwächst", würgte er hervor.

„Oh Mitch!" Ashleys Tränen waren versiegt, und ein strahlendes Lächeln erhellte ihre Züge. „Das ist genau, wovon ich gehofft hatte, dass du es sagen würdest! Du wirst sehen, alles wird gut."

„Sicher", antwortete Mitch mechanisch und fürchtete, wie er seinen Eltern die Nachricht beibringen sollte. „Sicher."

*

Aus Loretta Franklins Tagebuch:

Sie haben mich gebeten, eine Entscheidung zu fällen.

Ich habe hier mein ganzes Leben lang gelebt. Ich bin an den Ufern des südlichen Puget Sound aufgewachsen. Vielleicht nicht immer genau am Ufer. Einmal habe ich ein paar Jahre lang in Enumclaw verbracht. Damals hatte mein Vater dort einen Job als Restaurantmanager. Aber meist lebten wir nahe am Wasser. Steilacoom, Des Moines, am Ende, nachdem ich Fred geheiratet hatte, hier in Wycliff. Schließlich erbte er das Haus seiner Eltern in der Oberstadt, und ich dachte, das wär's für den Rest unseres Lebens. Wir haben da unsere Kinder aufgezogen, und wir dachten, sie würden gern an der Westküste bleiben, so schön und voller Berufsmöglichkeiten, wie sie ist. Doch Tammy wollte ein Star am Broadway werden und zog nach New York City. Natürlich hat es nie geklappt, aber sie fand einen ganz anständigen Ehemann, der ihre Theater-Launen erträgt; sie spielt ab und zu in einer kleinen Theatergruppe in ihrem Vorort. Donna ging ins Silicon Valley, um mit Computern zu arbeiten – naja, sie war immer schon diejenige, die zum richtigen Zeitpunkt die richtige Sache anging. Und Christy ist nie von ihrer Florida-Reise nach der Highschool zurückgekehrt, sondern heiratete einen Mann in unserem Alter – ich weiß noch immer nicht, ob seines Geldes wegen oder weil sie ihn wirklich liebte. Fred und ich haben es nie herausgekriegt. Letztlich fanden wir uns in unserem großen, leeren Haus allein. Wir hatten gehofft, dass es eines Tages Enkel mit ihrem fröhlichen Lärm füllen würden. Die Einzige, die Kinder hat, ist Tammy. Und die kommen nie zu Besuch.

Nachdem Fred letzten Herbst gestorben ist – ich versuche immer noch, mir darüber klar zu werden, ob ich froh bin, dass er nicht mehr leiden muss, oder ob ich ihn aus purer Einsamkeit betraure – blieb ich in unserem Haus. Seine Mauern sind mir so wohlvertraut. Meine Nachbarn sind mit mir gealtert. Ich kenne jeden einzelnen Winkel in Wycliff und freue mich an den kleinen Veränderungen, die in den letzten Jahren vorgenommen wurden. Ganz gewiss eine Menge zugunsten seiner Bürger.

Und nun fordern sie von mir eine Entscheidung. Alle drei. Tammy, Donna und Christie. Sie wollen, dass ich das Haus verkaufe und Wycliff verlasse. Es ist nicht so, dass Donna Zeit oder Platz für mich in ihrem Leben hätte. Sie ist so mit dem beschäftigt, was sie immer als KI bezeichnet, dass ich mir sicher bin, dass sie die Hälfte der Zeit, die sie mit mir spricht, nebenher Algorithmen aufschreibt. Christy ist hinsichtlich ihres Lebens nebulös. Ich glaube, sie hat mehr auf ihrem Teller, als bei ihrer Heirat gerechnet hätte. Keine Ahnung, was da läuft, aber es klingt nicht danach, dass sie mich bei sich unten in Florida haben wollten. Bleibt noch Tammy, die darauf besteht, es sei zu meinem Besten, wenn ich nach Osten zöge und – wenn schon nicht bei

ihnen zu Hause – in einem Seniorenheim lebte. Nur für den Fall,
mir passierte etwas. Und damit mich meine Enkel sehen könnten,
wann immer sie wollten. Sie fügte ziemlich plump hinzu, dass es,
nachdem Fred gestorben sei, keine Garantie dafür gebe, dass ich
nicht auch ginge. Sie sagte, es sei höchste Zeit, meine
Unabhängigkeit aufzugeben, zuzugeben, dass es riskant sei,
immer noch allein zu leben, und mich selbst einzuweisen. Naja,
Letzteres ist, wie ich es nenne.

Kinder können brutal sein. Sie gehen von zu Hause fort,
gründen ein eigenes und erwarten dann von ihren Eltern, sich zu
entwurzeln und Mündel nach den Regeln ihrer Kinder zu werden.
Und so viele von uns folgen eifrig diesem Rat, aus Furcht, die
noch bestehenden schwachen Bande zu verletzen, besorgt, dass
eines Tages die Entscheidung für sie getroffen werden würde, weil
sie nicht einmal mehr Freude daran hätten, irgendwelche
Entscheidungen zu treffen.

„Hast du keine Angst, da draußen allein zu sterben?" Ich
kann Tammys Stimme immer noch in meinem Kopf hören. Ich
habe ihr weder mit Ja noch mit Nein geantwortet. Ich sagte, ich
werde darüber nachdenken. Dann legte ich auf.

Und nun frage ich mich, ob ich mich davor fürchte, allein
zu sterben. Nicht, dass es annähernd im Bereich des Möglichen
für mich läge, es sei denn, ein Ziegelstein fiele von einem der
viktorianischen Gebäude in der Unterstadt auf mich herab oder
ein Meteor träfe mich, während ich schlafe. Ich gehe immer noch
ohne Stock. Ich kann noch Auto fahren – obwohl ich dafür in einer

so fußgängerfreundlichen Stadt wie der unseren wenig Grund sehe. Ja, manchmal bin ich atemlos, wenn ich die Treppen am Steilhang hinaufgestiegen bin. Aber ist das nicht beinahe jeder?!

Ich habe viel über Tammys Frage nachgedacht. Und über die Bitte meiner drei Töchter, meine Unabhängigkeit aufzugeben und in die Nähe von zumindest einer von ihnen zu ziehen. Ich habe noch keinen endgültigen Entschluss gefasst. Ich spüre, dass es hier draußen noch so viel zu tun, zu bewirken gibt, und dass ich das schaffen kann. Andererseits, wie lange noch? Und wäre ich bei meinen Töchtern nicht glücklicher – zumindest bei einer von ihnen – und bei meinen Enkeln?

Neulich bin ich im „Sound Messenger" auf eine Anzeige gestoßen. Sie war von einem Reisebüro in Olympia, das Touren in West-Washington anbietet. Es reizte mich, all die Orte zu sehen, die erwähnt wurden. Wer weiß, es könnte das letzte Mal sein. Ich rief die Agentur an, die sich fantasievoll „Breaking Away" nennt, und die Dame regelte alles ganz problemlos und effizient. Ich habe also eine Rundreise unter dem Titel „Drehorte in West-Washington" gebucht. Vielleicht hilft es mir dabei, mich zu entscheiden, während ich in ihrem Minibus sitze und die Landschaft vorbeisausen sehe. Die Filme sind mir übrigens völlig gleichgültig. Es geht eher um all die Orte, an die mich das bringt. Eine Straße der Erinnerungen.

Draußen hupt der Bus. Ich sollte jetzt besser aufhören. Meine Koffer sind gepackt. Los geht's mit uns! Ich muss mich korrigieren – wären Fred und ich noch zusammen, gäbe es diese Reise nicht. Und keine solche Entscheidung zu treffen.

2

THORNWOOD CASTLE, TILLICUM

FILM: „THERE WILL BE BLOOD"
IN DER HAUPTROLLE: DANIEL DAY-LEWIS

Dies englische Tudor-Herrenhaus, das zu Beginn des 20. Jahrhunderts Ziegel um Ziegel am Gestade des American Lake wiederaufgebaut wurde, taucht gegen Ende des Films als Traumhaus des Protagonisten auf. Später wurde auch Stephen Kings mit Stars besetzte TV-Miniserie „Haus der Verdammnis" hier gedreht. Die Präsidenten Theodore Roosevelt und Howard Taft übernachteten in diesem Herrenhaus; auch die Teilnehmer tun das für eine Nacht.

(Autumn Rains Tour „Drehorte in West-Washington")

„… Also dachte ich, was *ihr* wohl von mir erwartet hättet, und ich habe ihr einen Antrag gemacht ..." Mitch stockte und sah seine Eltern mit flehenden Augen an.

Die drei saßen auf der Veranda, das Frühstück nur halb verzehrt auf ihren Tellern. Die Siegeleier und das Speckfett hatten angefangen zu erstarren, und der Toast hatte seine Knusprigkeit verloren. Ihr Kaffee war inzwischen nur noch lauwarm. Eine Wespe summte um die Teller, um etwas Obst oder Marmelade zu finden. Die frühe Morgensonne brannte bereits herab, und eine leicht dunstige Luft verriet, dass Waldbrand-Rauch aus dem Norden in die Puget-Sound-Region wehte, wie es nun seit einigen Jahren jeden Sommer geschah.

„Und es ist dir nicht in den Sinn gekommen, erst mit uns zu reden? Bevor du den Antrag gemacht hast?" Mr. Montgomery war in seinem Stuhl zurückgesunken, als Mitch das Geständnis eröffnete, das er sorgfältig in der schlaflosen Nacht nach Ashleys Enthüllung vorbereitet hatte.

„Schatz …" Mrs. Montgomerys graue Augen beschworen ihren Mann, der so offensichtlich der Vater ihrer beiden geliebten Söhne war. Sie war so stolz auf die beiden. Ihre einzige Sorge war, dass jetzt dem jüngeren alle Möglichkeiten versagt blieben, die er gehabt hätte, wäre er nicht geangelt worden von dieser … Sie seufzte.

„Dein Vater hat natürlich recht", fuhr sie fort. „Andererseits haben wir dir immer gesagt, dass du zu deinem Handeln stehen und dafür Verantwortung übernehmen müsstest. Obwohl ich wirklich traurig bin … *wir* sind wirklich traurig, dass du und Ashley…" Der Name schmeckte bitter auf ihrer Zunge. „Wir wünschten, du wärst vorsichtiger gewesen und hättest den Dingen mehr Zeit gelassen. Aber natürlich lässt sich die Uhr nicht zurückdrehen. Du hast das Richtige getan, und obwohl wir natürlich nicht begeistert von deinen Aussichten sind, unterstützen wir deine Entscheidung."

Mitch beobachtete seine Eltern. Beide waren in ihren späten Vierzigern und immer noch ein attraktives Paar. Sein Vater begann zu ergrauen, und sein Buch zeigte einen leichten Ansatz. Das Gesicht seiner Mutter bekam Falten, und ihre ständigen Diäten und Sport hatten ihren Körper drahtig gemacht ohne die weichen Kurven, die einige der Mütter seiner ehemaligen Klassenkameraden hatten. Jetzt stahl sich ihre Hand in die seines Vaters, und seine Finger schlossen sich darum. Sie blickten einander nicht an, und doch drückten ihre Mienen dieselben gemischten Gefühle aus unterdrückter Aufregung, Traurigkeit und Sorge aus. Sie waren in den Jahrzehnten ihrer Ehe zum Spiegel des jeweils anderen geworden, und er hatte immer gehofft, dass er eines Tages dieselbe Art von Glückseligkeit erreichen würde. Einen Seelenverwandten zu haben. Wieder tauchte Lenas Bild in seinem Kopf auf. Er zerschlug es so rasch, wie es gekommen war. Nicht mehr für ihn. Verbotene Früchte.

Mitch schluckte schwer. „Es tut mir so leid, dass ich euch enttäuscht habe. Es ist einfach passiert …"

Mr. Montgomery fuhr sich mit der Hand übers Gesicht, tätschelte dann sanft die seiner Frau, die er immer noch hielt, löste den Griff, und stand auf.

„Es ist einfach passiert, hm?" Er verließ die Veranda und ging in den Garten, wo er am Zaun innehielt und in die Ferne starrte.

„Er wird schon wieder", sagte Mrs. Montgomery zu ihrem Sohn und erhob sich ebenfalls. Dann folgte sie ihrem Mann.

Mitch saß nur da und merkte, dass seine Übelkeit nicht nachgelassen, sondern sich verstärkt hatte. Er wusste, dass er seine Familie am meisten brauchte, als er sie am meisten verstört hatte.

Mr. Montgomery stand immer noch regungslos. Ihr Zuhause am Rande Wycliffs war immer ein Ort des Glücks gewesen. Ihr Haus war schon seit Generationen in der Familie. Einer ihrer Vorfahren war mit den ersten Siedlern hier angekommen und beschlossen, nicht innerhalb dessen zu leben, was er Stadt nannte – so viel oder wenig damals davon da gewesen war –, sondern nahe genug, um sie in angemessener Zeit mit Pferd und Wagen erreichen zu können. Der Wald zwischen Wycliff und dem Haus der Montgomerys war längst der ehrgeizigen Bautätigkeit der Bewohner der Oberstadt gewichen. Ihre Behausungen waren nun ebenso im Blickfeld wie der Steilhang, auf dem sie saßen, der Fährhafen und Teile des Geschäftsviertels von Wycliff, der Unterstadt. Es war nie langweilig, die Aktivitäten der Stadt zu beobachten. Aber es war auch nie wieder so ruhig und friedlich wie es gewesen sein musste, als dieses Haus Mitte des 19. Jahrhunderts erbaut worden war.

Sie waren immer für sich geblieben auf dem Hügel, der Wycliffs Landspitze überblickte. Autarke, harte Arbeiter im Handwerk des Wagenbaus, hatten sie unzählige Kunden gehabt und sich durch all die Jahrzehnte wacker geschlagen. Sie waren keine regelmäßigen Kirchgänger gewesen, aber standhaft in ihrem Glauben. Und die Bibel hatte die Werte bestimmt, nach denen Generationen von Montgomery-Kindern erzogen worden waren.

„Christopher."

Er wandte sich nicht um, als seine Frau sanft seinen Namen sprach. Er rührte sich nicht. Sie appellierte daran, sich dieser Werte zu erinnern gerade jetzt, da sie als Grund dafür angeführt wurden, was ihre makellose Familiengeschichte verbog. Doch er streckte einen Arm aus, um sie zu umarmen, und sie glitt in die Beuge, die sein Ellbogen für sie bildete. Eine Weile lang standen sie schweigend da.

„Er braucht uns", sagte sie schließlich still.

Keine Antwort.

„Er hätte mit uns reden sollen, aber wir haben auch einen Sohn großgezogen, der willens ist, Verantwortung zu tragen. Wir wollten, dass er selbstständig ist, und er hat seine eigene Entscheidung getroffen. Wollten wir ihn nicht genau so haben?"

Er drehte ihr sein Gesicht zu, und seine Augen waren tieftraurig. „Ich hatte auch geglaubt, wir hätten ihm beigebracht, nicht alle Vorsicht in den Wind schießen zu lassen. An den Wert der körperlichen Liebe zu einer Frau zu denken. *Liebe*, wohlgemerkt. Nicht hirnloser Sex aus einer Laune heraus. Ich dachte, wir hätten auch diesen Wert in seine Seele gesät. Nun sieh, wen er heiraten und mit wem er ein Kind haben wird. Ein Mädchen, das so völlig anders ist als er, dass es mir Sorgen bereitet." Er schluckte schwer. „Machst du dir darüber denn keine Sorgen, Jenn?"

„Doch." Pause. „Sogar sehr. Aber ich glaube auch, dass wir dafür beten können und hoffen, dass ihre Unterschiedlichkeit zum Vorteil und zur Bereicherung für ihre Beziehung wird."

„Du bist so eine gute Seele."

„Ich bete gerade, dass ich so gut bin wie die Worte, die ich spreche. Ich glaube, wir sollten unsere neuen Gegenschwieger zu uns einladen und Ashley kennen lernen. Das könnte ein Anfang sein. Und von da aus können wir weitersehen. Wir müssen die Kinder auch fragen, wann sie heiraten wollen. Sie möchten sicher nicht vor den Altar treten, wenn sie schon hochschwanger ist."

„Welcher Konfession gehören sie überhaupt an?"

„Keine Ahnung. Auch das werden wir sie fragen müssen. Vielleicht gibt es ja überhaupt keine kirchliche Trauung."

„Das wäre das erste Mal in unserer Familie."

„Es gibt für alles ein erstes Mal, mein Lieber." Jennifer streichelte den Rücken ihres Mannes. „Lass uns nur an das Kleine denken, das die nächste Montgomery-Generation einleitet. Und es wird eine Mutter *und* einen Vater haben."

„Ich wünschte, es …"

„Schhh. Sag nichts, was du später bereuen könntest."

Christopher neigte seinen Kopf und küsste seine Frau auf die Stirn. „Du bist so voll Weisheit. Wenn du nicht schon meine Frau wärst, würde ich darüber nachdenken, dir noch einmal einen Antrag zu machen."

Mitch beobachtete seine Eltern aus der Ferne und war überrascht, dass sie zu verschwimmen begannen. Er fuhr sich mit der Hand über die Augen. Er sollte sich zusammenreißen. Es gehörte sich nicht, emotional auf so kleine Dinge wie die Zärtlichkeit seiner Eltern zueinander zu reagieren. Auf ihn warteten härtere Zeiten, und daran trug er selbst schuld.

*

Mitch fuhr die Staatsstraße 106 entlang. Der Hood Canal lag still, dunkel und rätselhaft unter einer dicken Schicht Frühnebel. Die andere Seite war nur eine dunklere Linie im undurchdringlichen Nebel, und selbst die Wälder auf dieser Seite des Wassers waren verschwommen und undeutlich. Ab und zu tauchte ein Haus aus dem Dunst auf. Oder ein Bootssteg mit einem festgemachten Boot. Der Radiosender, den Mitch gewählt hatte, spielte gerade Nirvana. Normalerweise hätte er mitgesungen. Doch heute schenkte er dem Song gar keine Beachtung.

Wendell und Emily hatten ihn übers Wochenende eingeladen. Für Mitch als Pause von den Vorbereitungen für seine nahende Hochzeit wie auch, um selbst ein Gefühl zu bekommen, wie die allgemeine Lage ihrer Familie in Wycliff war. Wendells Eltern hatten nicht viel am Telefon gesagt, da sie meinten, es stehe ihnen nicht zu, jemanden zu verurteilen. Aber das Wort „verurteilen" hatte Wendell bereits in Atem gehalten, und er hatte Anspannung gespürt. Natürlich hatte er das nicht Mitch gesagt. Er hatte nur die Einladung ausgesprochen.

Also fuhr Mitch hinüber. Ashley hatte gejammert, sie brauche ihn in Wycliff um einige Details für die Hochzeit zu entscheiden. Aber es hatte sich herausgestellt, dass sie nur seine Aufmerksamkeit und nicht seinen Input wollte. Also erklärte er ihr schließlich, er sei glücklich mit allen Entscheidungen, die sie träfe in Sachen Tischdekoration, Farbschema und Blumenarrangements. Und dann schaltete er einfach sein Smartphone aus und fuhr zur Ferienanlage seines Bruders und seiner neuen Schwägerin.

Die Fahrt dauerte für ihn bereits länger, als er vorausgesehen hatte, aber es beruhigte ihn auch, sich unter

45

solchen Wetterbedingungen auf die Straße konzentrieren zu müssen. Er wusste, dass der Nebel später am Tag wegschmelzen und einem weiteren glühend heißen Sommertag das Feld räumen würde. Er hatte schon Twanoh State Park passiert und fragte sich flüchtig, warum der Ort Potts of Gold so genannt wurde, wenn er doch nach gar nichts aussah. Dann kam eine Ferienanlage und noch eine … Seine Gedanken begannen zu schweifen. War sein Bruder in dieser abgelegenen Ecke West-Washingtons glücklich? Es gab nirgends in der Nähe Innenstädte mit Einkaufszentren. Nie nächste größere Stadt, Shelton, war zwölf Meilen entfernt, und sie mochte ihren eigenen Charme besitzen, aber er ging an Mitch verloren.

Wieder kam ein Meilenpfosten. Und dann tauchte ein Schild auf. Darauf stand *Pine Beach Resort*, und darunter hing ein „Zimmer frei"-Schild. Es wirkte unprätentiös, fast als solle es eher unsichtbar sein. Doch die Zufahrt zum Wasser eine Viertelmeile weiter war eine gepflegte Asphaltstraße mit hübschen Laternen zu beiden Seiten. Mitch holte tief Luft und hielt auf dem Parkplatz vor dem Hauptgebäude mit seinen Schindelwänden und einem kupfergrünen Dach. Ein Hund döste unter einer Bank vor dem Restaurant und öffnete kaum die Augen, als Mitch aus dem Auto stieg.

Die Bürotür stand offen, und Mitch erblickte Emilys dunkelblonden Bubikopf hinter dem Schreibtisch. Er hob die Hand zum Gruß. Ihr Gesicht verzog sich zu einem strahlenden

Lächeln, und sie stand auf. Sie trafen halben Wegs auf der Schwelle aufeinander.

„Mitch!" rief sie. „Schön, dich zu sehen. Wendell hat dir wahrscheinlich schon gesagt, dass all unsere Hütten ausgebucht sind. Wir werden dich also in unser Gästezimmer stecken müssen. Ich hoffe, das ist für dich in Ordnung, dass du übers Wochenende unser Zuhause teilst? Und Wendell plant, die zum Fischen aufs Boot mitzunehmen, wenn du magst. Und ich habe euch schon einen Picknickkorb gepackt. Damit ihr Männer ein bisschen Zeit zusammen habt, ohne dass ich dazwischenkomme. Ich werde sowieso die nächste Stunde über den Büchern verbringen …"

Während sie munter weiterplauderte, schnappte Mitch seine Sporttasche, die sein Übernachtungsgepäck enthielt, und folgte ihr zu einem Seiteneingang, hinter dem direkt eine Treppe in das erste Stockwerk führte. Der Raum, den sie betraten, hatte ein offenes Konzept mit schrägen Decken und Blockhauswänden. Die Möbel waren alle im Berghüttenstil, solides Holz und Leder, einige Webteppiche und ein massiver Steinkamin. Die Küche war nicht ganz auf dem neusten Stand, aber anscheinend auch nicht allzu altmodisch, mit dekorativen Lampen mit Kupferschirmen über der Kücheninsel, die auch als Frühstücksplatz diente. Ein schmaler Flur weiter hinten führte zu den Schlafzimmern. Emily öffnete die Tür zu einem. Darin befanden sich ein Queen-Size-Bett mit einem Nachttisch auf der einen Seite, ein Sessel mit einer Leselampe, ein Schreibtisch mit Stuhl und ein eingebauter Wandschrank.

„Das hier ist deins. Das Bad liegt über den Flur. Ich hoffe, du findest alles in Ordnung. Falls Du was brauchst …"

Mitch schüttelte den Kopf. „Alles in Ordnung, Em. Ich brauche nicht viel."

Emily lachte. „Ich schätze, ich bin einfach ein wenig nervös – es ist der erste Familienbesuch hier. Und wir sind ja erst seit ein paar Wochen verheiratet."

„Ich hoffe, das geht für dich in Ordnung. Frischvermählte und so …"

„Oh ja, ja natürlich! Ich werde jetzt Wendell sagen, dass du hier bist."

Sie überließ Mitch sich selbst. Er ließ die Tasche neben dem Bett fallen und ging hinüber ans Fenster. Es bot einen Blick auf die Ferienhütten, die alle in unterschiedlichen leuchtenden Farben gestrichen waren. Es war Ebbe unter den Pfählen, und unter dem sie verbindenden Holzsteg inspizierte eine Frau mit zwei kleinen Kindern Gezeitenbecken. Der schwimmende Bootssteg an seinem rechten Ende reichte weit in den Kanal hinein; an seinem Ende war ein kleines Fischerboot festgemacht.

Mitch setzte sich auf das Bett. Fischverheiratete, und Emily schien vor Glück zu platzen. So sollte es sein. Ein wahr gewordener Traum, kein Albtraum. Nicht etwas, wovon man hoffte, es gehe zu Ende, noch bevor es angefangen hatte.

„Hey, Bruderherz!"

Wendells Stimme an der Tür schreckte ihn aus seinen Gedanken.

„Hey! Danke, dass Ihr mich eingeladen habt." Mitch erhob sich und gab seinem Bruder eine Männer-Umarmung.

„Ja, Mann, ich denke, wir sollten ein wenig miteinander reden. Hast du Lust auf eine Bootsfahrt?"

„Klar."

„Ich habe eine zusätzliche Vliesjacke für dich im Boot", sagte Wendell, während er vorausging, um das Haus zu verlassen. Der Waldboden zwischen dem Haus und den Pfahlbauten war von Nadeln bedeckt und weich zu begehen. Dann wurde er ziemlich abrupt felsig, und sie hatten das Dock erreicht. Es schwankte, während sie schweigend auf das Boot zuschritten. Mitch schwang sich über die Bordwand ins Boot, fand die Vliesjacke und schlüpfte hinein. Wendell löste die Seile, die das Boot am Steg befestigt hatten, warf sie ins Boot und folgte ihnen mit einem sportlichen Sprung.

„Du kannst die Seile aufwickeln", sagte er, ließ sich dann auf den Sitz im Ruderhaus fallen und startete den Motor. Bläuliche Abgase vermischten sich einen Moment lang mit dem Nebel, und das Tuckern des Motors zerriss die Stille des Ufers. Mit einem leisen Ruck begann das Boot, sich zu bewegen, und bald hatten sie die Ferienanlage hinter sich gelassen und befanden sich in offenem Gewässer.

Mitch, der die Seilrollen ordentlich auf den Bootsboden gelegt hatte, hielt sich am Rahmen des Ruderhauses fest und blickte übers Wasser, das mit bunten Bojen übersät war. Sie hörten, wie ein anderes Boot sich im Nebel näherte und sahen bald darauf einen Mann eine Krebsreuse einholen, in der zahlreiche rötlichbraune Krustentiere krabbelten. Sie passierten schweigend und hoben nur die Hand zum Gruß.

„Hast du auch ein paar Reusen drin?" fragte Mitch.

„Nee. Muss erst noch welche kaufen." Wendell drehte den Schlüssel, um den Motor abzustellen. Die Stille, die sie umgab, wurde durch den Nebel intensiviert. Irgendwo über ihnen schrie eine Möwe. „Fertig zum Angeln?"

„Rechnet Em damit, dass wir was fangen?"

„Nö. Wir gehen heute Abend mit dir ins Restaurant, und für die Zwischenzeit hat sie uns ein paar ziemlich gute Sandwiches bereitet, um uns über die Runden zu bringen."

Sie bewegten sich zum Heck des Boots und befassten sich mit dem Angelkasten, wählten einige bunte Köder und rieben sie mit Köderöl ein.

„Deine Hochzeit steht ja jetzt kurz bevor", stellte Wendell fest, während er einen Senker an der Angelschnur befestigte und sie auswarf. „Wie fühlst du dich?"

Mitch kämpfte damit, seinen Köder an der Schnur zu befestigen. Er biss sich auf die Lippen. Endlich gelang es ihm, und er warf die Leine aufs Wasser aus, wo der Köder mit einem leisen Platschen versank.

„Ich weiß nicht, was du hören willst."

„Na, das klingt ja begeistert!"

„Wie viel haben dir Mom und Dad erzählt?"

„Nicht viel, was verdächtig wenig ist. Em und ich haben uns gefragt, ob es eine Mussehe ist."

Mitch lachte trocken. „Du hast noch nie ein Blatt vor den Mund genommen." Sein Gesicht wurde ernst. „Aber du hast recht. Ashley ist schwanger, und ich wollte ihr gegenüber einfach meine Pflicht erfüllen."

Wendell fluchte leise, holte seine Leine ein und warf sie erneut aus. Weißt du, du hättest es anders handhaben können."

„Abtreibung kam nicht infrage", sagte Mitch leise. „Weder für mich noch für sie."

„Ich habe nicht das A-Wort gemeint, Junge." Wendell sah Mitch zornig an. „Du solltest mich besser als das kennen."

„Was hätten wir denn sonst tun sollen?!"

„Wie wäre es, das Baby zur Adoption freizugeben? Es gibt so viele Menschen, die sich nach einem eigenen Kind sehnen. Sie würden dem Kleinen ein perfektes Zuhause bieten."

„Ja, und inzwischen sehnen sich wie viele hunderte und tausende Pflegekinder nach einem Zuhause und bekommen keines? Das ist nicht fair."

„Nun, viele von ihnen sind schon durch schlechte Erfahrungen geprägt, und niemand möchte es mit einem Balg zu tun haben, das ihn vielleicht bestiehlt oder das Dach über dem Kopf anzündet."

Mitch schnaubte. „Ich hatte keine Ahnung, dass du so auf Klischees stehst."

„Tue ich nicht. Aber ein Neugeborenes ist einfacher aufzuziehen als Kinder, die ihre Eltern auf Abwegen gesehen haben, von Gleichaltrigen misshandelt worden sind und die vielleicht schon ein paar schlechte Gewohnheiten angenommen haben."

„Nun, ich würde mein eigen Fleisch und Blut nicht an einem Ort wollen, den ich nicht kenne, und es zum Fremden werden sehen."

„Du könntest zu dem Kind Kontakt halten. Du könntest mit den Adoptiveltern eine Übereinkunft treffen, dass du es ab und zu besuchst."

„Toll. Warum dann nicht das Kind gleich ganz behalten?!"

Sie verstummten wieder. Sie holten die Leinen ein und warfen sie aus, ließen den Köder sitzen, holten ihn dann wieder ein. Warfen aus.

„Du musst sie auch nicht heiraten. Du könntest sie und das Kind sozusagen aus der Ferne unterstützen."

„Das ist dann aber eine tolle Art der Vaterschaft, nicht?! Ashley mit dem Großziehen des Kindes allein kämpfen lassen, nur Geld dafür blechen. Und das Kind würde immer beantworten müssen, wo sein Vater ist. Na, das ist ja so fair gegenüber dem Kind." Mitch schüttelte den Kopf und blickte richtig zornig drein.

„Okay, Mann, tut mir leid. Ich wollte dich nicht verärgern. Ich habe nur so das Gefühl … Ihr scheint euch so völlig unähnlich. Und ihr seid beide so verdammt jung."

„Tja, wir werden ohne unser Zutun älter werden", entgegnete Mitch. „Was das andere angeht – du weißt ja, dass man sagt, dass Gegensätze sich anziehen. Ich schätze, bislang funktioniert das für uns."

Wendell musterte seinen Bruder von der Seite und nickte dann kurz. „Wenn du das sagst. Em und ich wünschen dir nur das Beste."

Mitch gab nach. „Danke. Und keine Sorge, ich habe das im Griff."

„Ich hoffe, Ashley auch. Wie haben es ihre Eltern aufgenommen?"

„Naja, sie schienen froh, dass ich sie heirate und nicht hängen lasse. Ich glaube allerdings nicht, dass unsere Familien nach der Hochzeit viel voneinander sehen werden. Sie und Mom und Dad scheinen verschiedene Sprachen zu sprechen."

„Und wie sind dann Ashleys Eltern?"

„Anders. Offenbar nicht so ineinander verliebt wie unsere Eltern. Sogar ein wenig distanziert gegeneinander. Ich weiß nicht."

„Meine Güte", stellte Wendell fest, „du hast dich da vor eine ganz schöne Aufgabe gestellt."

*

Der Hochzeitstag verlief reibungsloser, als Mitch es zu hoffen gewagt hatte. Es kamen nur wenige Gäste, da der Grund für die Hochzeit – wie es immer offensichtlicher wurde – eher eine delikate Angelegenheit von Anstand und Verantwortung als von gegenseitiger Liebe war. Aber alle waren höflich und nett zueinander, egal, was sie voneinander dachten. Und da wurde mit Sicherheit viel gedacht. Aber Differenzen wurden beiseitegeschoben, und alle versuchten, den Tag so glücklich und erfolgreich wie möglich für das junge Paar zu gestalten.

Da Mitch und Ashley zu unterschiedlichen Kirchen gehörten, hatten sie sich auf eine Zeremonie geeinigt, die schlicht wie auch festlich war und nur vage von einem transzendentalen Wesen sprach. Sie wurde im Garten der Montgomerys abgehalten, mit dem Sund und dem Olympic-Gebirge im Hintergrund. Ashley war weiß gekleidet, hielt einen Strauß Lilien und wirkte so schön und unschuldig wie alle ganz jungen Bräute. Freilich half dabei auch ihr natürliches Aussehen.

Mitch hatte einen neuen Haarschnitt und sah, vermutlich zum ersten Mal in seinem Leben und sehr zu seiner eigenen Überraschung, sehr adrett aus. Seine Mutter hatte ihn unter Tränen betrachtet und nur ungläubig den Kopf geschüttelt. Wäre nur der Anlass ein freudigerer gewesen …

Es hatte so viele unterschiedliche Vorstellungen hinsichtlich des Hochzeitsessens gegeben, wie die Familien Mason und Montgomery Mitglieder hatten. Am Ende hatten sie sich auf ein Barbecue mit Pot-Luck-Beilagen geeinigt und auf Vorspeisen, die von *The Bionic Chef* geliefert wurden, Wycliffs hochgeschätztem Catering-Service, der von dem querschnittsgelähmten Koch Paul Sinclair gegründet worden war. Es gab eine dreistöckige Hochzeitstorte, die Ashley und Mitch am Ende des Nachmittagsempfangs anschnitten. Und dann traten sie ihre Hochzeitsreise an.

Auch letztere war Gegenstand hitziger Diskussionen gewesen. Ashley hatte sich ein schickes Reiseziel gewünscht – Hawaii oder die Fidschis. Doch ihre Eltern besaßen nicht das Geld dafür. Mitchs Eltern bestanden darauf, dass sie lieber das Großziehen des Kindes unterstützen wollten, das sie zusammengezwungen hatte, als das Geld für einen Urlaub der Eitelkeiten zum Fenster hinauszuwerfen. Wendell und Emily hatten schließlich hilfreich dazu beigetragen, die Diskussion zu beenden, und den Frischvermählten eine Woche in einer der Hütten ihrer Ferienanlage als Hochzeitsgeschenk angeboten.

So fuhren sie also in der Abenddämmerung Richtung Union, und Ashley schmollte. Sie spielte mit dem Radioknopf herum und schaltete von Sender zu Sender. Aber nichts, was lief, gefiel ihr.

„Dein Auto hat nicht mal einen CD-Spieler", stellte sie schließlich fest.

„Nein."

„Bloß dieses unglaublich veraltete Kassettengerät."

Mitch schwieg. Was gab es zu erwidern, zumal sie das Augenfällige gesagt hatte?!

„Ich hoffe, du kaufst uns ein schöneres Auto, wenn wir von unserer Hochzeitsreise zurück sind. Wir können nicht zulassen, dass die Leute wegen unseres Fahrzeugs auf uns herabschauen. Außerdem, wie sieht es aus, wenn du zu einem Bewerbungsgespräch in dieser Rostlaube ankommst?!"

„Es wird eine Weile dauern. Was Bewerbungsgespräche angeht – das ist nicht zu ändern. Wenn sie mich nach meinem Auto beurteilen und nicht nach meinen Fähigkeiten, sind sie sowieso die verkehrten Arbeitgeber. Was jetzt erst einmal wichtig ist, ist überhaupt Arbeit zu finden und unsere Wohnung einzurichten", betonte Mitch.

Die Wohnung würde ein Apartment beim Fährhafen sein, da sie sich in der Oberstadt nichts leisten konnten. Und selbst diese Dreizimmerwohnung wurde derzeit von ihren Eltern bezahlt, bis sie die Miete selbst würden aufbringen können.

„Du bist so ein Langweiler", beschwerte sich Ashley und schmollte.

„Ich glaube nicht, dass es irgendwas mit ‚langweilig' oder ‚aufregend' zu tun hat, wenn wir versuchen herauszufinden, wie wir unser Nötigstes finanzieren können, Ash. Erstmal geht es darum, was wir uns leisten können und was nicht. Und du wirst mit dem auskommen müssen, was wir haben. Wir hätten uns nicht einmal diese Hochzeitsreise erlauben können, wenn wir dafür hätten bezahlen müssen."

„Hood Canal!" spieh Ashley. „Als wäre das schick!"

„Naja, es gibt eine Reihe Resorts an seinem Ufer. Sogar ein Golf-Resort. Ich denke, einige Menschen halten es tatsächlich für ein schickes Reiseziel."

„Pfahlbauten."

„Wäre es irgendwo auf den Fidschis, hätte es deinen Erwartungen entsprochen. Wo ist da der Unterschied?!"

„Die Fidschis natürlich!"

Beide verfielen in Schweigen, beide kochten vor Wut. Die Fahrt schien sich endlos zu dehnen. Als sie die Ferienanlage erreichten, war es stockdunkel, und selbst das Restaurant war schon geschlossen. Aber im Verwaltungsbüro des Resorts brannte noch Licht, und Wendell kam heraus, um sie willkommen zu heißen. Sie trugen ihr Gepäck hügelabwärts zum Holzsteg. Wendell führte sie an sein äußerstes Ende und schloss die Hütte auf.

„Ich hoffe, ihr genießt den Aufenthalt bei uns. Wenn ihr irgendwas braucht, wisst ihr ja, wo ihr uns findet."

„Keine Telefonverbindung zur Rezeption?" fragte Ashley ungläubig.

Mitch, der bereits hinter ihr in der Hütte stand, blickte zu Wendell zurück und verdrehte die Augen. Wendell schluckte eine scharfe Erwiderung hinunter und sagte nur: „Tja, es ist nun einmal so, okay? Und es ist kostenlos."

„Es ist alles in Ordnung", versicherte Mitch seinem Bruder. „Ich bin mir sicher, hier drin ist alles, was wir brauchen. Nochmal vielen Dank dir und Em!"

Sie wünschten einander gute Nacht und trennten sich.

„Es ist alles in Ordnung", äffte Ashley.

Dann inspizierte sie die Hütte. Es war ein einziger Raum mit angrenzendem Badezimmer, einem Queen-Size-Bett, einer Mikrowelle, einem Mini-Kühlschrank, einem Kaffeetisch mit zwei kleinen Sesseln und einer Glastür, die auf eine Terrasse mit Blick auf den östlichen Teil des Hood Canal hinausführte. Das Zimmer besaß ein Strandthema und war gerade genug dekoriert, um ein gemütliches Küstenflair zu besitzen, und sparsam genug, um Raum für ihr eigenes Gepäck und alle Accessoires zu bieten, die sie vielleicht griffbereit herumliegen lassen wollten.

„Es gibt nicht einmal einen Willkommensstrauß für uns."

„Wir haben den ganzen Urlaub hier gratis bekommen. Das sollte wohl großzügig genug sein. Außerdem, welchen Sinn macht ein Strauß in einer Ferienwohnung wie dieser? Er würde viel zu viel Platz wegnehmen."

„Siehst du? Ich wollte mich nicht über die Größe dieser Hütte beschweren. Aber sie *ist* winzig!"

„Glaubst du, eine auf den Fidschis wäre größer gewesen?"

Sie starrten einander an. Dann begann Mitch einfach auszupacken. Nach einer Weile tat Ashley das Gleiche. Dann begann sie mit ihrem Smartphone herumzuspielen, während Mitch sich eines der Bücher schnappte, das jemand auf einem Bücherregal hatte liegen lassen. Aber er konnte sich nicht auf die Seiten konzentrieren. Seine Gedanken kreisten um den Schlamassel, den er für sie beide angerichtet hatte. Ashley war schließlich auch ein Opfer. Hätte er am Abend der Party auf Wendells Warnung gehört und Vorsorge getroffen, wäre nichts davon passiert. Wenn er nur nicht Ashley verfallen wäre, nur um sich zu beweisen, dass er zum Freund taugte! Hätte, könnte, sollte. Doch die Welt bestand aus Tatsachen. Eine von ihnen war, dass Ashley vielleicht genauso elend in der Falle saß wie er. Einschließlich der beängstigenden Angelegenheit, früher oder später ein anderes menschliches Wesen zur Welt zu bringen.

Er dachte an seine Eltern, die ein konservatives Paar waren, aber offenbar auch immer noch sehr in einander vernarrte Liebende. Er dachte an Wendell und Emily, die sogar wegen seines Highschool-Abschlusses ihr Hochzeitsdatum verschoben hatten. Wie sehr schienen sie einander zu lieben! Sie waren nicht nur Liebende und beste Freunde, sondern auch Kollegen in ihrem eigenen einzigartigen und anscheinend erfolgreichen Unternehmen! Und dann konnte er nicht anders, als sich und Ashley mit ihnen zu vergleichen und festzustellen, wie sehr sie einander schon jetzt im Stich ließen. Vielleicht würde er morgen versuchen, ihnen beiden einen Neuanfang zu gewähren. Sie mussten eine Lösung finden. Sie mussten es einfach.

Er seufzte, knipste die Lampe auf seinem Nachttisch aus und schlüpfte ins Bett. Falls er in den vergangenen Wochen auch nur vage an eine künftige Hochzeitsnacht gedacht haben sollte, so war dies das Gegenteil jeglicher seiner Vorstellungen.

*

Aus Loretta Franklins Tagebuch:

Sicherlich sind schon seltsamere Dinge geschehen. Dennoch war ich ziemlich überrascht und etwas sprachlos, als ich heute früh in den Bus stieg. Ich war die letzte Person, die abgeholt wurde, und so landete ich ganz hinten im Minibus, den die Agentur offenbar unter Vertrag hat. Auf einem der Gangplätze der Dreierreihe, nicht dem am Fenster. Sobald ich meinen Sitzgurt gefunden hatte und aufblickte, um meinen Nachbarn zu grüßen, sah ich in ein ziemlich vertrautes Gesicht. In eines, das ich einst nur zu gut kannte, bis hin zu dem winzigen Leberfleck am linken Ohrläppchen. Es ist natürlich inzwischen wie meines gealtert. Er trägt eine Brille und ein Hörgerät. Doch seine Augen sind immer noch umwerfend warm und, wie ich es nennen würde, eindringlich. Sein Körper scheint immer noch ziemlich agil und muskulös. Er fand zuerst seine Stimme wieder, und sobald sie hörte, ein wenig belegter, ein bisschen weniger kraftvoll, als ich sie aus unserer Highschool-Zeit erinnere, befand ich mich wieder unter der Tribüne des Football-Felds unserer Schule. (Und falls eine meiner Töchter je dieses Tagebuch findet, wird sie – da bin ich mir sicher – entsetzt sein, dass ihre Mutter einst ein sorgloses Mädchen warm, das sich an solch einem Ort hingab. Aber was hätte sie getan?! Damals durfte ich keinen Freund nach Hause bringen; meine Eltern waren für mich Fossile. Zumindest sah ich zu, dass ich ihn nicht zu weit gehen ließ.)

Ich muss zugeben, dass ich nicht begeistert davon war, Konversation halten zu müssen. Ich hatte gehofft, allein mit meinen Gedanken zu sein. Ich hatte auf einen einzelnen Fensterplatz gehofft. Ich hatte gehofft, anonym zu bleiben. Stattdessen landete ich neben meiner Highschool-Liebe, Taylor Baldwyn.

Natürlich war ich höflich. Und ich fragte ihn nach seinen Lebensumständen. Es zeigte sich, dass er sich vor etwa dreißig Jahren hat scheiden lassen und beschloss, es nicht noch einmal zu versuchen. Seine Kinder blieben in engem Kontakt zu ihm, selbst lange nachdem sie ihr Zuhause verlassen hatten, das bei ihrer Mutter gewesen war. Ich fragte nicht, warum sie sich getrennt haben. Immerhin lernen wir einander gerade erst neu kennen.

Nun, der erste Tag unserer Reise war recht interessant. Natürlich erinnerte ich mich daran, seinerzeit mit meinen Teenage-Mädchen „War Games" gesehen zu haben. Es kam mir nie in den Sinn, dass das Fähr-Terminal in Steilacoom einer der Film-Drehorte gewesen war. Es hat sich eine Menge verändert, seit das Filmteam von dort abgereist ist. Inzwischen ist es von großen Parkplätzen umgeben.

Ich genoss die Fahrt mit der Fähre sehr. Auch Anderson Island entpuppte sich als einer dieser Orte, die immer mehr bewohnt werden. Ich sah ein paar Baustellen, die mich zum Nachdenken brachten. Wir erhielten eine interessante Führung durch das Museum auf einer alten Farm, und ich stöberte durch den Gemischtwarenladen der Insel, wo wir erstanden, was wir vielleicht vergessen hatten, für unsere Rundreise einzupacken. Ich war überrascht von der Vielfalt, die er führt. Andererseits – es ist eine Insel. Falls eine Fähre eine Panne hat und man nicht wegkommt, muss man seine Dinge dort bekommen können.

Wir wurden am Eingang zu einem Park abgesetzt, jeder mit einer Wegbeschreibung und einer Lunchbox versehen und dann uns selbst überlassen. Ich werde mit der Reisebüroleiterin darüber reden müssen. Ich glaube, sie heißt Autumn. Man kann nicht erwarten, dass Leute unseres Alters steile Pfade hinabsteigen, um einen Strand und eine Lagune für ein Picknick zu erreichen. Sie hätten eine Alternative anbieten müssen. Mir wäre eigentlich auch das Museumsgelände recht gewesen. Taylor fragte, ob er mir Gesellschaft leisten dürfe; es wäre unhöflich gewesen, nein zu sagen. Andererseits hatte ich gehofft, meine Gedanken zu sammeln und eine Lösung für mein Dilemma zu finden. Ziehe ich ostwärts in die Nähe von Tammys Zuhause? Oder bleibe ich, wo ich glücklich bin? Wo ich alles und jeden kenne? Wo ich weiß, wen ich im Notfall um Hilfe bitten kann?

Jedenfalls war der Strand recht reizvoll, wenn auch sehr nass – es ist natürlich gezeitenabhängig. Doch wir fanden einen Baumstamm, auf den wir uns setzen konnten, und Taylor war so ritterlich wie einst, zog seine Jacke aus und breitete sie wie eine Decke auf den Baumstamm, damit ich mich darauf setzten konnte. Wir sahen in der Ferne die Nisqually-Mündung und wie an einer nahen Bootsrampe Boote zu Wasser gelassen wurden. Wir beobachteten über uns Wasserflugzeuge und fragten uns wohin sie flögen. Nach Shelton? Oder vielleicht sogar nach Grays Harbor?

Taylor döste hinterher im Minibus ein, was mir Zeit gab, meine Gedanken wandern zu lassen. Zumindest hatte ich das erwartet. Stattdessen sprach mich der Herr an, der auf dem Einzelplatz auf der anderen Seite des Ganges saß, den ich so gern gehabt hätte und fragte mich, woher Taylor und ich einander kennen. Am Ende tat ich so, als fühle auch ich mich müde. Mit dem Resultat, dass ich tatsächlich einschlief und erst erwachte, als der Bus sich bereits auf der Fähre befand und ich das sanfte Schaukeln des Schiffs spürte, bevor es sich vom Ableger entfernte.

Zurück in Steilacoom erhielten wir eine Sonderführung – nur unsere kleine Gruppe – durch das historische Museum, das Orr-Haus, ein Pionier-Zuhause, das immer noch so aussieht wie es die ursprüngliche Familie eingerichtet hat, und die Wagnerei. Wir aßen im „Top Side" zu Abend – da es warm war, saßen wir auf der oberen Terrasse und genossen den Blick auf den Sund. Es ist lustig, wie ein paar Meilen Entfernung einen völlig anderen Blickwinkel auf dieselbe Landschaft eröffnen. Ich konnte nicht genug davon bekommen von den an- und ablegenden Fähren, von vorbeifahrenden oder -segelnden Jachten, von einer großen Barke auf dem Weg nach Olympia und einem Austernboot, das an Fox Island vorübertuckerte. Alles war so ruhig und friedlich. Ich schätze, das passiert, wenn die Geschichte an einer viktorianischen Stadt wie dieser vorbeigeht. Es muss sehr entspannend sein, hier zu leben. Nicht so lebhaft wie in Wycliff.

Tja, und nun bin ich in meinem prachtvollen Zimmer in diesem außergewöhnlichen Nachbau eines englischen Schlosses.

Welch ein Hochzeitsgeschenk für eine Braut! Ich frage mich, wie sie es wohl annahm – mit einem Nicken, als stünde das ihr so zu, oder mit einem Gefühl der Ehrfurcht? Egal, ich bin jetzt müde. Morgen werden wir durch das Gebäude und die Anlagen geführt, und dann geht's zum nächsten Drehort.

Wenn man bedenkt, dass hier in der Vergangenheit auch ein paar Präsidenten übernachtet haben ...

3

STADIUM HIGH SCHOOL, TACOMA

FILM: „ZEHN DINGE, DIE ICH AN DIR HASSE"
IN DEN HAUPTROLLEN: HEATH LEDGER & JULIA STILES
Ursprünglich sollte das Gebäude ein Luxushotel der Northern Pacific Railway im Stil eines
französischen Schlosses werden; 1906 wurde es in eine Schule umgewandelt. Der Film
zeigt auch das Stadion und Blicke auf die Commencement Bay des Puget Sound. Kurze
Tour durch Old Tacoma.
(Autumn Rains Tour „Drehorte in West-Washington")

Die Entscheidung war Lena nicht leichtgefallen, was sie nach der Schulzeit tun sollte. Gewiss, sie wollte etwas tun, was ihre Lebenshaltungskosten deckte und etwas mehr. Aber es sollte auch Spaß machen. Ihre Eltern hatten nie ein College von innen gesehen und waren daher keine große Hilfe.

Clive Donovan, Lenas Vater, hatte sich bei *Nathan's*, dem regionalen Supermarkt in der Harbor Mall, hochgearbeitet vom Packtisch während der Highschool-Zeit zu einer Managerposition. Diese Mall lag auch nicht entfernt in der Nähe von Wycliff Harbor, aber ein cleverer Marketing Manager hatte seinerzeit angeregt, dass dieser Name Unternehmen wie Kunden ansprechen würde. Ein Park & Ride Parkplatz und ein kostenloser Shuttlebus, der ihn mit dem Fährterminal in der Stadt sowie zahlreichen Haltestellen dazwischen verband, war erst vor einigen Jahren hinzugefügt worden. Seither hatte *Nathan's* eine Reihe

Kunden von der anderen Seite der Stadt gewonnen, die sonst einen kleinen Laden in ihrer Nachbarschaft aufgesucht hatten.

Stella Donovan, Lenas Mutter, war Friseuse bei *The Strand*, einem schicken Salon an der Main Street. Sie war gut in ihrer Tätigkeit und hatte eine Liste von Stammkunden, die sie wertschätzten. Fier sie war es ein Beweis, dass man Karriere machen konnte, ohne zum College zu gehen, indem man ein Handwerk erlernte.

Die Donovans hatten sich vor zwei Jahrzehnten in der Oberstadt niedergelassen. Stellas Zuhause war in Seattle gewesen, aber sie hatte sich während eines ihrer Wochenendausflüge in Wycliff und den gutaussehenden damaligen Verkäufer bei *Nathan's* verliebt. Sie hatten eine Hypothek aufgenommen für ein verschaltes Haus mit einem kleinen Garten in der Nähe der Ausgangspunkte für Wanderwege durch den Wycliff Forest. Und als ihr kleines Mädchen geboren worden war, waren all ihre Träume vom Glück wahrgeworden. Sie hatten keine weiteren Ambitionen, als Lena zu einer anständigen Frau großzuziehen und in der Lage zu sein, ihr jegliche Ausbildung zu ermöglichen, die sie sich wünschte. Und das wurde für sie zur Sorge. Denn Lena konnte sich einfach nicht entscheiden.

„Du kannst dich jederzeit um einen Job bei *Nathan's* bewerben", schlug ihr Vater nur halb im Scherz vor. „Obwohl ich mir nicht sicher bin, ob du glücklich wärst, für einen Chef zu arbeiten, der dein Vater ist."

„Du könntest auch einen Tag mit mir bei *The Strand* verbringen und schauen, ob ein Berufsweg wie dieser dir gefallen könnte", fügte ihre Mutter hinzu. „Es ist kreativ. Einem umgänglichen Menschen wie dir könnte es Spaß machen. Und die Trinkgelder sind meist recht großzügig, wo ich arbeite."

Lena hörte zu, wägte ihre Optionen ab und lehnte ab. College war natürlich ein weiterer Vorschlag ihrer Eltern. Mit ihren Noten und ihrer Fähigkeit, alles mühelos zu erlernen, sollte sie einfach die Gelegenheit beim Schopf packen. Doch als in der Schule die Zeit für College-Bewerbungen gekommen wart, hatte Lena sich dagegen entschieden. Sie wusste, dass ihre Eltern auf viele Annehmlichkeiten würden verzichten müssen, wenn sie für eine ausgefallene College- oder Universitätsausbildung bezahlten. Es sei denn, es wäre ein öffentliches Community College; die durchschnittlichen Gebühren dort betrugen etwa ein Viertel derer für die privaten. Oder eines dieser Fernstudien-Programme. Das war eine Überlegung wert, denn Lena würde neben dem Studium arbeiten und es somit selbst verdienen können. Nahm sie die Stipendien hinzu, die sie gewonnen hatte, dann war sie auf der sicheren Seite. Dennoch blieb die Frage, auf was für einen Abschluss und welchen Beruf sie hinzielte.

Wenn Lena zu sich selbst ehrlich war, dann war sie einfach unglücklich. Sie fühlte sich nicht begehrenswert, hässlich und linkisch. Dass ihr Vater ihr sagte, sie besitze die schönen Augen ihrer Mutter, half ihr auch nicht weiter, da sie sich dessen bewusst war, dass die Qualitäten ihrer Mutter nicht auf dem

Gebiet guten Aussehens lagen. Daher bezweifelte sie das gesunde Urteilsvermögen, wenn nicht gar den Geschmack ihres Vaters, was ihre eigenen Gesichtszüge betraf. Wer wollte außerdem ein Kompliment seines Vaters, wenn alles, worauf es ankam, der bewundernde Blick von jemandem wie Nick Cartwright war?! Aber das letzte Mal, dass er sie angesehen hatte, war ein Augenblick purer Blamage gewesen – und er hatte gelacht!

Oh, jener desaströse Abend! Am Ende war es von allen Leuten auf der Party nicht Nick, sondern Mitch Montgomery gewesen, der ihr ein Papierhandtuch gereicht und ihr geholfen hatte, ihre Küchenkatastrophe aufzuräumen. Sie hatte gehofft, ihren ersten Kuss von Nick zu bekommen. Stattdessen war es Mitch gewesen – und es war kein sehr erfahrener Kuss gewesen. Naja, wenn sie ehrlich war, hatte er nicht einmal lange genug gedauert herauszufinden, ob er so abliefern konnte, dass sie Schmetterlinge im Bauch gefühlt hätte.

Wie hatte es sich überhaupt angefühlt? Weich und fest zugleich. Er hatte auch nicht schlecht gerochen. Hätte sie die Augen geschlossen, hätte sie sich einfach vorstellen können, es sei Nick Cartwright statt Mitch Montgomery mit seinem kaum gekämmten Haar, dicker Brille und einem seltsamen Geschmack in Sachen Garderobe.

Sie hatte einen Sommerjob im *Ship Hotel*. Während der Hochsaison brauchten sie da immer Extra-Personal, und sie hatte diesen Sommerjob bereits zwei Jahre in Folge gehabt. Sie kannte sich also im Restaurant wie in der Küche aus. Obwohl man bald

Lenas Neigung zu Ungeschicklichkeiten erkannte. Man konnte es einfach nicht zulassen, dass sie schmutziges Besteck in den Schoss eines Gastes fallen ließ oder über eine Schwelle mit vollen Tellern stolperte, die natürlich zu Boden gesegelt waren. Aber da Lena so freundlich und charmant war, hatte man entschieden, sie dahin zu verfrachten, wo kein Schaden angerichtet werden konnte. So saß sie an der Rezeption – und hatte dort vom ersten Tag an Erfolgsgeschichte geschrieben. Gegen Ende ihres ersten Sommers hatte sie sogar einige der Stammgäste gekannt. Ihre Mahlzeiten waren gratis, was bedeutete, dass ihre Eltern ein wenig am Essen einsparen konnten, und sie konnte all ihre Einkünfte für sich behalten.

„Dann wird das also dein letzter Sommer bei uns sein?" fragte die Hotelmanagerin Melissa Talbot eines Tages wehmütig. Sie hatte Generationen von Schülern durch ihr Unternehmen gehen sehen als Abräumdienst, Kellner, Zimmermädchen und Laufburschen. Lena mochte sie besonders, weil das Mädchen so gewissenhaft und offenbar bei ihren Gästen sehr beliebt war. Nie nervös, wenn Ankünfte und Abreisen scheinbar endlos heranströmten.

Lena wurde rot. „Ich bin mir nicht wirklich sicher."

Mrs. Talbots Augenbrauen hoben sich kaum merklich. „Du wirst vermutlich bleiben und da jobben wollen, wo du zum College gehst. Brauchst du Empfehlungen? Ich schreibe dir gern die allerbeste."

„Nein. Ich bin mir nicht sicher, ob ich überhaupt aufs College gehen möchte."

„Aber ich habe gehört, dass du deinen Schulabschluss als Klassenbeste absolviert hast." Mrs. Talbots Augen wurden ein Bruchteil größer, und ihr stand der Mund offen.

„Stimmt. Aber ich weiß nicht, wo meine Neigungen liegen", gab Lena zu.

„Großartig! Falls du dem Job an der Rezeption eine permanente Chance in deinem Leben einräumen möchtest, brauchst du es nur zu sagen. Das Hotel hat immer Verwendung für jemanden, der so viel Talent hat wie du."

„Danke." Lena errötete. „Ich werde darüber nachdenken."

Sie grübelte ein paar Tage lang über das Angebot nach, bevor sie ihren Eltern davon erzählte. Clive und Stella waren einigermaßen erleichtert, dass Lena eine anständige Arbeit gefunden hatte, wünschten sich aber andererseits, dass es etwas Anspruchsvolleres gewesen wäre. Etwas ein bisschen Glanzvolleres.

„Ich kann am College studieren, wenn ich wirklich weiß, was ich will", tröstete sie Lena. „Und mir macht es wirklich Spaß, an der Rezeption zu sein, Leute willkommen zu heißen, ihre Anliegen zu regeln und ihre Fragen zu beantworten."

„Nun, wenn du glücklich bist, sind wir glücklich", hatte Stella gesagt und ihre Tochter rasch umarmt. „Wie wäre es mit einem schicken Haarschnitt für dich, um den Anlass zu feiern?"

Lena war am nächsten Tag zurückgegangen und hatte Mrs. Talbot wissen lassen, dass sie das Angebot annehme. Sie hatte allerdings die Idee ihrer Mutter hinsichtlich eines modischen Haarschnitts abgelehnt und sie an jenem Abend nur anderthalb Zentimeter rundum abschneiden lassen. Sie musste innerhalb ihrer Wohlfühlzone bleiben. Ein völlig neues Kopfgefühl hätte sie abgelenkt und sie verunsichert, egal, wie gut es ausgesehen hätte.

Die ersten paar Wochen als reguläre Rezeptionistin am Empfang des *Ship Hotel* vergingen wie im Flug. Die Sommergäste kamen und gingen. Ebenso Labor Day und das alljährliche Clam Chowder Wettkochen im Uferpark, ein freundschaftliches Tauziehen zwischen örtlicher Feuerwehr und Polizei. Und während die Saison etwas stiller wurde, beschloss Lena endlich, Wirtschaftswissenschaften zu studieren. Wycliff war eine beliebte Kleinstadt, und wegen seines Standorts zwischen zwei großen Knotenpunkten am Sund kamen immer Menschen vorbei, wenn auch vielleicht nicht so häufig zum Übernachten. Lena hatte das Gefühl, ihr Leben sei einfacher als während ihres letzten Jahres an der Highschool.

Im Dezember war Lena eigentlich wieder recht glücklich. Ihre ersten Prüfungen waren gut gelaufen, wenn auch nicht so gut, wie sie es sich erhofft hatte; vielleicht hing ihr Herz ja doch nicht so sehr an dem Fach, für das sie sich entschieden hatte. Nick Cartwright war endlich vergessen. Eine Laune, die ihr aus dem Sinn gegangen war, sobald er aus den Augen gewesen war. Einmal hörte sie, dass er irgendwo im Mittleren Westen dank eines Football-Stipendiums studiere. Ihr Unfall blieb jedoch eine düstere Erinnerung, und es schauderte sie noch immer, ja, sie vermied es, am Bürgerzentrum auch nur vorbeizugehen, wenn es eben ging. Eine Sache jedoch blieb hängen. Jener Kuss, den sie auf den Lippen gespürt hatte, wenn auch nur eine Sekunde lang. Und sie begann sich zu wünschen, dass sie Mitch Montgomery nicht weggestoßen hätte.

*

Autumn sah sich Spalte um Spalte von Statistiken an. Sie seufzte. Das war so absolut nicht ihr Ding. Zahlen waren immer ihr größter Feind gewesen. Doch sie wusste, dass sie, während sie eine Abneigung gegen sie aufgebaut hatte, vorurteilsfrei waren und somit bezwingbar sein mussten. Am Ende wären sie immer nur ein Mittel zu dem sein, was sie wirklich tun wollte.

„Meinst du, du könntest mir dabei helfen, das Bürgerzentrum wieder für das Jahresessen des Gartenklubs herzurichten?"

Ihr Vater steckte den Kopf in ihr Zimmer, wo sie dasaß, den Kopf in den Händen, und auf die Unterlagen vor sich starrte. Es war ein sehr mädchenhaftes Zimmer, ganz in Pink und Weiß, mit einer Blumenbordüre über der kalkweißen Wandvertäfelung. Da waren ein weißes Himmelbett mit hauchdünnen rosa Vorhängen, und Schreibtisch und Stuhl wirkten wie etwas aus dem Barock.

Autumn blickte auf. „Wenn du mir hilfst, dieses Rätsel zu lösen, bin ich bestimmt schneller fertig. Und dann kann ich dir auch helfen."

„Lass mich mal sehen." Ronald Rain trat näher und sah sich die Sache an. Dann begann er, seiner Tochter zu erklären, und sie machte Notizen.

„Danke, Dad. Du bist der Beste." Sie lächelte ihn an. „Sag mal, warum bist *du* eigentlich mit all deinem Wissen kein Akademiker geworden?"

Ronald lachte in sich hinein. „Weil ich es gehasst haben würde, den ganzen Tag am Schreibtisch zu sitzen und mit Zahlen zu jonglieren und unhöflichen Menschen höfliche Briefe zu schreiben. Oder zu einem Thema zu recherchieren, für das jemand anders die Anerkennung bekommt. Ich arbeite gern mit den Händen, und liebe das, was ich tue. Meine Arbeit ist sinnvoll und bringt uns den Lebensunterhalt ein. – Aber mal anders gefragt: Warum quälst *du* dich mit einem Fach, das so gar nicht du bist?"

„Weil ich," sagte Autumn verträumt, „eines Tages auf Reisen gehen möchte."

„Ich verstehe", sagte Ronald nur. Dann zog er sich rasch ins Wohnzimmer in ihrer Wohnung zurück, wo er aus dem Fenster starrte.

Reisen waren etwas gewesen, was ihm immer Unbehagen verursacht hatte. Nun, das stimmte so nicht. Seit seine Frau bei einem Verkehrsunfall ums Leben gekommen war, hatte er beschlossen, es nicht zu riskieren, dass Autumn oder ihm dasselbe zustieße. Er hatte gefürchtet, auch er könne von Autumns Seite gerissen werden – und wer hätte sie dann aufgezogen? Andererseits, wäre es nicht er, sondern Autumn, die umkäme, war der Gedanke, sie zu verlieren, einfach unerträglich gewesen. Da er seine Tochter nicht mit seiner wachsenden Furcht davor belasten wollte, irgendwohin zu gehen, hatte er einfach die Ausrede erfunden, sie hätten nicht genug Geld. Hätte sie nachgerechnet, hätte sie bestimmt herausgefunden, dass die Ausflüge, die er mit ihr unternahm, den Kosten jeglicher Reise entsprochen hätten, zu denen sie von Freunden eingeladen wurde, oder sie sogar überstiegen. Doch Autumn hatte es anscheinend nie nachgeprüft.

Hatte er sie einer Gelegenheit bestohlen? Hatte er sie in diese Reisebesessenheit getrieben, indem er mit ihr meist nur den I-5-Korridor hinauf und hinunter gefahren war? Hatte er etwas an seiner Tochter versäumt?

Geistesabwesend griff Ronald nach einer Platine, die er auf den Esstisch gelegt hatte, um sie später zu reparieren. Seine Fingerspitzen fuhren über die Dioden mit ihren bunten Ringen, über die Drähte, die durch die Platte verliefen, über die kaum spürbaren Lötstellen. Er seufzte. Es war mitunter anstrengend gewesen, ein Alleinerziehender zu sein. Aber das Schlimmste war der Gedanke, dass seine Tochter wegen seiner Sorgen etwas verpasst haben könnte.

„Fertig!" Autumn kam nach einer Weile herein und strahlte ihn an. „Bei dir hat es so viel logischer geklungen, als es uns unser Professor neulich gelehrt hat."

„Freut mich zu hören. Trotzdem, hättest du dir nicht ein anderes Gebiet auswählen können, wenn es nur darum geht, genug Geld zum Reisen zu verdienen?"

Autumn lachte. „Dad, nicht wenn ich diejenige sein will, die gratis reist."

„Gratis?"

„Natürlich. In einem Reisebüro?"

„Aber du könntest einfach in einem Reisebüro in die Lehre gehen und dort alles lernen, oder nicht?"

„Dieser Studiengang umfasst eine Reihe praktischer Dinge, glaub mir, Dad. Außerdem will ich nicht als angestellte enden. Ich möchte mein eigenes Unternehmen aufmachen. Und deswegen muss ich mehr lernen als Gastronomie, Hotellerie, Transportwesen und Geographie. Wenn ich meinen Abschluss und ein Praktikum hinter mir habe, eröffne ich meine eigene Agentur, kreiere meine eigenen Touren und maßgeschneiderte Chartertouren und reise kostenlos mit."

„Wer bezahlt dann für dein Ticket?"

„Sagen wir, es wird eine Übereinkunft mit den beteiligten Unternehmen sein."

„Also bezahlen sie für dich?"

„M-hm, es wäre eine Art Quersubventionierung. Wenn ich ihnen genügend Kunden bringe, bekomme ich eine Freifahrt."

Autumn zwinkerte. „Ich bin mir ziemlich sicher, dass ich das hinkriege."

„Bist du dir sicher, dass das legal ist?"

„Das wird überall so gemacht, Dad." Autumn gab ihm einen Kuss. „Keine Sorges. – Jetzt lass uns rübergehen und den Bankettraum herrichten. Und wer wird den Blumenschmuck bringen?"

Sie liefen hinüber zu Ronalds Arbeitsstelle. Autumn schwatzte die ganze Zeit munter. Einmal sah Ronald sie von der Seite an und sah, dass ihre Wangen von einem gesunden Rot waren und dass ihre Augen glänzten. Auch klang sie nicht unglücklich. Sie schien nur einem leidenschaftlichen Traum zu folgen, für den ein paar Hürden überwunden werden mussten. So wie ein Fach, dass sie nicht gern studierte. Aber das gab es schließlich bei jedem Job der Welt – den Teil, den man nie mochte. So wie das Reinigen der Toiletten im Bürgerzentrum. Oder das Reinigen der Rohre in seiner Großküche, weil jemand heißes Fett in den Ausguss geschüttet hatte, das sie beim Abkühlen verstopft hatte. Solange das Gesamtbild so aussah, wie man es sich die ganze Zeit erträumt hatte, war alles bestens. *Sein* Traum war es immer nur gewesen, dass Autumn glücklich war.

Sie betraten das Bürgerzentrum und liefen durch die Lobby. Es war ein gemütlicher Raum mit vielen Sitzgelegenheiten und einem großen Kamin, unter dem Holz gestapelt war. Sie spähten in die Küche, weil dort jemand das Licht angelassen hatte. Ronald schaltete es aus.

„Weißt du, es war mächtig lieb von dir, dass du bei eurer Schulabschlussparty für deine Freundin eingestanden bist."

„Lena? Aber sie ist auch so ein Schatz. Natürlich musste ich für sie da sein, als sich alle diese Idioten auf sie einschossen!"

„Das habe ich nicht gemeint. Ich meinte, dass du sogar gelogen und ihnen gesagt hast, die Küche würde ohnehin neu gestrichen."

Autumn grinste ihn an. „Ich wette, keinem von ihnen wäre es aufgefallen. Ich bezweifle, dass irgendwer zurückgekommen ist, um nachzusehen, ob die Decke wiederhergestellt worden ist."

„Vielleicht Lena."

„Oh nein, sie meidet dieses Gebäude wie die Pest. Als würde das irgendwas ändern. Aber ich wusste, dass du mir aus der Patsche helfen würdest. Also bist auch du für sie eingestanden, indem du die Malerarbeiten aus eigener Tasche erledigt hast."

„Tja, Renovierungen waren nicht auf der Agenda der Stadt", schmunzelte Ronald.

„Ich weiß. Und das macht dich zum besten Dad der Welt."

*

Mitch sehnte sich heim nach Wycliff. Ashley hatte es geschafft, ein kleines Apartment für sie zu finden, das ungefähr dasselbe kostete wie das, das sie in Wycliff gehabt hatten. Und sie hatte es geschafft, so lange an ihm herumzunörgeln, bis er schließlich einverstanden damit gewesen war, dorthin umzuziehen. Es war auch in Ordnung, da die Jobangebote oben im Norden gar nicht übel gewesen waren. Nur nicht auf dem Gebiet, von dem er geträumt hatte. Aber ihr neues Heim in einem größeren Apartmentkomplex lag im Osten von Seattle, weit weg vom Wasser. Die Nachbarschaft war schäbig und heruntergekommen. In der Nähe war eine Bahnstation, was bedeutete, dass sie das Kreischen der Raeder gegen die Schienen bis spät in die Nacht hörten, bis die letzten Züge abgefahren waren.

Außerdem beklagte sich Ashley immer noch ständig. Er konnte ihr einfach nichts recht machen, und er spürte, dass es dasselbe mit ihr gewesen wäre, hätte er ihr alles bieten können, wonach sie sich jetzt sehnte.

Ashley hatte zunächst halbherzig einen Job in einem Nagelstudio angenommen. Sie war gut darin, ausgefallene Nagel-Design zu kreieren. Auch zog sie wegen ihres Aussehens einige Kunden an. Doch sie war nicht so nett wie die anderen weniger hübschen Nagel-Designerinnen, und bald nahm sie wahr, dass die Liste ihrer Kunden genauso schrumpfte wie die Trinkgelder, die sie erhielt. Da ihr Bauch immer dicker wurde, nutzte sie dies als Ausrede, um aufzuhören zu arbeiten, und saß stattdessen zu Hause herum, aß Süßigkeiten, spielte mit ihrem Smartphone herum und sah fern. Bald merkte sie, dass die meisten ihrer Freundinnen tagsüber arbeiteten und dass sie nicht glücklich waren, während ihrer Arbeit mit Textmessages unterbrochen zu werden, die zumeist lauteten „Wo bist du?" oder „Was machst du gerade?"

Und nachts waren ihre Antworten ebenfalls knapp, da die meisten nach einem langen Tag erschöpft waren und mit ihren Partnern entspannen wollten. Von ihnen war gewiss noch nicht eine verheiratet. Mitch saß unterdessen mit Ohrstöpseln am Esstisch und studierte fleißig Bücher oder Onlinequellen und schrieb Hausarbeiten.

Das Leben machte definitiv keinen Spaß mehr, und je schwerer ihr Körper wurde, desto ungeduldiger und unglücklicher wurde Ashley. Es half nicht gerade, dass sie jetzt weit weg vom Zuhause ihrer Eltern waren, vom Verwöhntwerden durch ihre Mutter, von all den Orten in Wycliff, die sie am Ende anscheinend doch geliebt hatte. Sie konnten es sich auch nicht leisten, allzu oft nach Wycliff zu fahren – Mitch sagte ihr ständig, dass sie, statt aufzutanken, sich um Dinge für ihr Baby kümmern sollten, wie zum Beispiel Kleider kaufen oder das Windelbudget aufzustocken. Oder sie sollten einfach für schlechtere Zeiten sparen. Als wenn diese Tage nicht längst schlechter gewesen wären!

Regentage in dieser Gegend von Seattle waren ebenfalls dunkelgrau, schmutzig und bedrückend. Der Lärm der vorbeifahrenden Autos wurde durch das von spritzenden Pfützen verstärkt. Die wenigen Bäume entlang der Straße sahen aus, als stürben sie im sie umgebenden Asphaltdschungel, nun mehr blattlos im Spätherbst; ihre mächtigen Wurzeln rissen das Pflaster auf. Man konnte nicht mal eben hinunter ans Ufer von Wycliff hinunterrennen und es genießen, in einem der inhabergeführten

Läden der Unterstadt zu stöbern. Hier wurden die kleinen Geschäfte meist von Männern unterschiedlichster Ethnien geführt, und Ashley fühlte sich unbehaglich dabei, wenn sie eines betrat, selbst wenn sie wirklich etwas kaufte. Sie verstand weder die Sprache, in der sie hinter ihren Theken fernsahen, noch die kulturelle Atmosphäre, die in den Gängen schwebte.

Sie fuhren über Weihnachten zurück nach Wycliff, um es bei ihren Eltern zu verbringen. Es war ein seltsames Fest für alle Beteiligten. Mitch fühlte sich wie das fünfte Rad am Wagen in Ashleys Elternhaus; Ashley benahm sich im Haus seiner Eltern unbeholfen. Mitch dachte, sie hätten die Feiertage besser daheim in Seattle verbringen und sie selbst sein sollen, ohne so zu tun, als seien alle glücklich. Ashleys Schwangerschaft schien das einzige Thema zu sein, das alles gerade noch zusammenhielt.

Dann, eines Abends Ende Januar, als Mitch und Ashley gerade zu Bett gegangen waren, beschloss das Baby, es sei Zeit für sein Eintreffen. Mitch rief ein Taxi, und sie wurden eilig zu einem Krankenhaus nicht ihrer Wahl gefahren, sondern zu einem, das ihren begrenzten finanziellen Mitteln entsprach. Das Wartezimmer der Notaufnahme war überfüllt von Menschen, die gerade eine schlechte Nacht erlebt hatten – Stichwunden, Autounfälle, Schusswunden, Prellungen, Überdosen, Betrunkene. Mitch war entsetzt und nur zu froh, dass Ashley rasch weggebracht und in eine andere Abteilung verlegt wurde. Er folgte seiner Frau und den Schwestern, willens, sich dem Geburtserlebnis zu stellen. Doch Ashley war unnachgiebig.

„Komm nicht mit mir hinein, Mitch. Es wird nicht schön sein, und ich will nicht, dass du mich so siehst."

Er war perplex, und die Schwestern sahen ihn mitleidig an.

„Wenn Sie hier warten möchten …" Eine der Schwestern deutete auf das Wartezimmer, das mit werdenden Vätern gefüllt war, mit Familien, die einander im Schoss oder an der Schulter einschliefen und mit knötternden Kleinkindern. Das Mobiliar war abgenutzt, das Linoleum von zu vielem Auf- und Ablaufen zerkratzt. „Da drüben ist Kaffee, und auf dem Flur finden Sie einen Snack-Automaten."

Mitch nickte dankbar und sah zu, wie sie Ashley hinter eine Tür rollten, die sich erbarmungslos vor ihm schloss. Er suchte sich einen Stuhl am Ende des Raums. Er realisierte, dass er keine Ahnung hatte, wie lange eine Geburt dauern konnte. Er bemerkte auch, dass er vergessen hatte, etwas zu lesen mitzunehmen. Also starrte er auf den stummgeschalteten Bildschirm eines Fernsehers, der auf einen Kinderkanal geschaltet war.

Ashley brachte gerade ihr gemeinsames Kind zur Welt. Alles würde sich verändern, sobald sich diese Türen öffnen und sie wieder freigeben würden. Sie würde nicht allein sein. *Sie* würden nicht mehr allein sein. Für lange Zeit nicht. Da wäre ein kleines menschliches Wesen, das jedes Bisschen Aufmerksamkeit und Energie brauchen würde, das sie hatten. Der Gedanke war furchteinflößend. Der Gedanke aber auch wundervoll. Es würde sein Kind sein. Sein Vermächtnis. Seine Verantwortung. Sein zu formen, ihm Möglichkeiten zu bieten, ihm die Türen zu den Geheimnissen des Lebens zu öffnen.

Mitchs Augenlider wurden schwer. Sie sanken. Er zwang seine Augen wieder auf. Er spürte, wie ihn Schlafeswärme überkam. Sein Kopf begann nach vorne zu sacken. Einige Male ruckte er nach oben, als wolle er ihn daran erinnern wo er sei und warum. Dann nichts.

Er spürte das Gewicht einer sanften Hand auf seinem Arm zur selben Zeit, wie ihn sein Genick schmerzhaft weckte, weil er zu lange in einer gekrümmten Position geruht hatte.

„Mr. Montgomery …"

Mitch gähnte. „Ash …" Dann war er hellwach, setzte sich auf und rieb sich die Augen. „Geht es ihr gut? Und dem Baby? Was …"

„Schhh", beruhigte ihn die Schwester.

Mitch konnte nicht erkennen, ob es Tag oder Nacht war, da der Raum fensterlos war. Die Uhr neben dem Fernseher war kaputt. Ihre Zeiger standen immer noch auf halb vier, so wie sie es gestern Abend getan hatten, als er und Ashley angekommen waren. Wäre ihm der Ablauf des Kinderprogramms vertraut gewesen, wäre er vielleicht schlauer daraus gewesen. Er blickte die Schwester an, zerzaust und mit großen Augen.

„Alles ist ganz glatt gegangen. Ich bin mir sicher, Sie möchten Ihren kleinen Sohn sehen. Kommen Sie mit."

„Wie geht es meiner Frau?" Eine Woge des Stolzes überkam ihn, als mache ihn das Wort „Frau" älter und reifer als seine Jahre.

„Es war hart für sie, und es wird eine Weile dauern, bis sie geheilt ist. Sie sollten also besser nicht … na, Sie wissen schon, was ich meine. Ansonsten ist alles in völlig Ordnung."

Sie kamen an der Tür mit dem temporären Schild „Montgomery" an. Die Schwester öffnete sie und warf einen Blick hinein. „Wenn Sie ganz leise sind, dürfen Sie hinein. Es scheint, als schliefen die beiden."

Als Mitch auf Zehenspitzen hineinging, wandte Ashley ihm den Kopf zu. Ihr Haar war verschwitzt, ihr Gesicht fleckig, und ihre Lippen sahen aufgesprungen aus. Ihre Augen sahen ihn an, als sei er ein Fremder. Mitch schluckte.

„Hi", krächzte er. „Wie geht es dir?"

„Hab' mich schon besser gefühlt", erwiderte Ashley, ohne zu lächeln.

„Das wird schon wieder", sagte die Schwester ruhig. Sie hatte den Raum nach Mitch betreten und beobachtete sie, um sicherzustellen, dass Mitch die junge Mutter nicht aufregte oder erschöpfte.

„Wo ist unser Sohn?"

Ashley deutete auf den Tragekorb neben sich auf der anderen Seite des Bettes. Mitch trat ans Bett heran und beugte sich hinab, um Ashley einen Kuss zu geben. Sie drehte das Gesicht weg.

„Ich möchte nie wieder ein Kind", sagte sie bestimmt.

Mitch wich zurück, als hätte man ihn ins Gesicht geschlagen.

„Ich verstehe, dass du viel durchgemacht hast. Lass uns irgendwann darüber reden, wenn du abgeheilt bist und dich an die neue Situation gewöhnt hast."

Er ging um das Bett herum und blickte in den Korb. Ein zerknittertes rotes Gesichtchen mit geschlossenen Augen, einem leicht geöffneten Kirschmund und einer winzigen Knopfnase war alles, was menschlich aussah – der gesamte Rest war ein regloses weißes Wickelbündel.

„Hallo, kleiner Geselle", sagte Mitch sanft. „Willkommen auf der Welt." Ihm kamen die Tränen. Dann sprach er zu Ashley, während er immer noch das Baby betrachtete. „Wenn man bedenkt, dass du einen Monat zu früh dran bist, sieht er wirklich groß aus. Ich bin froh, dass du ihn zu früh zur Welt gebracht hast. Stell dir seine Größe vor, wenn er …"

„Ich bin jetzt etwas müde", sagte Ashley.

Mitch sah den Blick nicht, den Ashley und die Schwester wechselten. Er nickte nur, küsste die winzige Stirn, und drückte Ashleys Hand, bevor er den Raum verließ. Über das Krankenhaus senkte sich eine neue Nacht.

*

Im *Pine Beach Resort* am Hood Canal stapelten sich die Buchungen auf dem Bürotisch. Diese Sommersaison würde ein echter Erfolg werden, wenn Wendell und Emily das nach der Anzahl der Nachfragen nach ihren Pfahlbauten beurteilten. Emilys Liebe fürs Detail in den Hütten selbst hatte sich offenbar gerechnet, und es hatte sich herumgesprochen. Natürlich war es vielleicht auch hilfreich, dass eine Journalistin der *Seattle Times* während ihrer Winterferien auf der Suche nach einem romantischen Urlaubsort hier vorbeigekommen war. Sie hatte nach etwas abseits des Üblichen gesucht und, wie sie es formuliert hatte, „einfach mal nach etwas anderem". Wendell und Emily waren von einem sehr netten Bericht in der Sonntagsausgabe eine Woche nach ihrer Abreise überrascht worden, und seither hatte ihr Telefon nicht mehr stillgestanden, Emails waren hereingeströmt, und Leute kamen einfach aufs Geratewohl vorbei in der Hoffnung auf einen zufälligen Leerstand. Nun, das Schild unter dem Straßenschild war dieser Tage fast ständig auf „voll" gestellt.

Im Herbst hatte Emily Wendell ein sehr zartes Geheimnis ins Ohr geflüstert, und im November hatten sie es ihren jeweiligen Familien mitgeteilt, dass Emily schwanger war. Wendell himmelte seine Frau nur noch mehr an. Er fuhr Emily hinüber zur Frauenklinik im St. Christopher Krankenhaus in Wycliff, wo sie sich und ihr ungeborenes Kind regelmäßig untersuchen ließ. Auch suchte er noch engeren Kontakt mit seinen Eltern, damit Em ihre Schwiegereltern in der Nähe hätte, wenn ihre Zeit gekommen wäre, da ihre eigenen Eltern jetzt in Arizona lebten. Wendell bestellte im Internet alle möglichen Delikatessen, von denen er glaubte, Emily könnte sie mögen. Er fuhr sie zu Geschäften in der gesamten Region, um nach Babykleidung, Babymöbeln und Spielzeug zu stöbern. Er dekorierte ein Schlafzimmer in ihrem Zuhause mit einem Tierfries, für den er die Schablonen selbst kreiert hatte. Er hätte seinen Mantel unter Emilys Füße gelegt, wäre ihr das behaglich gewesen.

„Schatz, ich bin keine Invalidin", pflegte sie zu lachen und legte ihre Hände um sein Gesicht, um ihn zu küssen. „Ich trage nur ein Kind in mir wie so viele andere Frauen auch."

„Aber das hier ist ein besonderes Kind", beharrte Wendell. „Es ist unseres, und du bist für mich die außergewöhnlichste Frau der Welt."

„Natürlich nur wegen des Kindes", neckte sie ihn. Aber sie hörte rasch auf, ihn zu necken, weil sie sah, dass es ihm wehtat. Sie würde es einfach akzeptieren müssen, dass sie für diesen liebevollen und fürsorglichen Mann etwas Besonderes war.

Sie halfen, die Geburt von Mitchs und Ashleys Sohn Jackson in Wycliff zu feiern. Sie organisierten eine Ostereiersuche in ihrer Ferienanlage für all Kinder ihrer Gäste. Sie diskutierten Veränderungen auf der Speisekarte mit ihren Restaurantpächtern, da beide Seiten noch mehr Gäste anziehen wollten – vielleicht auch Leute, die nur auf der Strecke zwischen Skokomish und Belfair vorbeifuhren. Sie dachten sich Namen für ihr Ungeborenes aus – es würde ein Mädchen werden – und wählten Emily als zweiten Vornamen, während sie sich noch nicht auf einen ersten einigen konnten.

Und die ganze Zeit, obwohl Emily dicker und dicker wurde und sie so glücklich wirkte, wurde sie blasser und blasser. An manchen Tagen schien sie fast gar nichts zu essen, und nur, wenn Wendell sie daran erinnerte, dass sie zwei ernähren musste, langte sie mit Inbrunst zu. Wendell begann, sich Sorgen zu machen, was ihr fehlte. Aber nach der nächsten Untersuchung im Krankenhaus kam Emily mit ein paar Tablettendosen zurück und sagte, es sei nur der Mangel an bestimmten Mineralien, der einfach wieder behoben werden könne.

Wendell sah nun noch öfter als zuvor nach Emily. Jede Stunde steckte er seinen Kopf in ihr Büro, nur um sie hinter ihrem Schreibtisch aufblicken zu sehen, blass und erschöpft. Derr ständige Strom von Gästen half auch nicht gerade; manche kamen nur herein, um mit Emily zu plaudern, statt ihr eine dringend notwendige Pause zu gönnen. Zumindest sah Wendell das so. Emily machte es eigentlich nichts aus. Sie war zu jedermann freundlich, nahm sich Zeit für einen Plausch hier, recherchierte spezielle Ziele in der Gegend da, checkte die Straßenbedingungen im Internet, kurz, kam jedem so gut wie möglich entgegen.

Der Frühling lockte ihre Gäste auch auf den Bootssteg. Die meisten saßen nur da und blickten über das Wasser. Doch eines Tages brüstete sich ein junger Mann, welch guter Schwimmer er sei, und zeigte jedem, der es sehen wollte oder auch nicht, seine breiten Schultern und seinen Waschbrettbauch. Vor allem wollte er seiner Verlobten imponieren, die ihn darin befeuerte, indem sie behauptete, sie glaube nicht, dass er zum anderen Ufer, das in Sichtweite lag, schwimmen könne. Wendell stand nahe genug dabei, um zu hören, was vor sich ging. Er versuchte, dem Paar die Idee des jungen Mannes von einem tollen Erlebnis auszureden. Umsonst.

Auf dem Hood Canal wimmelte es an diesem Mittag von Booten. Doch das Wasser war kaum aufgewühlt. Der junge Mann setzte sich auf den Steg, bespritzte seine Brust mit Wasser und tauchte dann hinein. Zuerst winkte er und forderte die Leute auf dem Steg auf, Wetten abzuschließen. Dann begann er zu schwimmen. Die Leute begannen sich abzuwenden, je mehr er sich von dieser Seite des Kanals entfernte. Es war letztlich nicht allzu aufregend, jemandes Kopf auf den sanften Wellen schwimmen zu sehen. Außerdem hatte jeder so seine eigenen Pläne für den Nachmittag.

„Das sieht nicht gut aus", sagte plötzlich ein Mann, der auf dem Steg geblieben war, zu Wendell und deutete auf den Schwimmer. Der Kopf des jungen Mannes tauchte im Wasser auf und ab, der Mund tauchte unter und dann wieder auf. Er hatte aufgehört, sich zu bewegen, und seine Arme lagen flach auf dem Wasser. In seinen Augen lag Entsetzen.

„Schnell!" schrie Wendell. „Ins Boot. Der Mann ertrinkt."

Da er die Schlüssel für den Bootsmotor an seinem Schlüsselbund hatte, gelang es ihm innerhalb von Sekunden, ins Boot zu springen und den Motor anzulassen. Der andere Mann sprang ihm nach und behielt den ertrinkenden Schwimmer im Auge. Das Boot raste über die Wellen und legte die Entfernung gerade noch rechtzeitig zurück, bevor der Schwimmer unterging.

„Rettungsring!" rief Wendell und sprang über Bord in das trügerische, dunkle Gewässer.

Zehn Minuten später lag ein sehr gedemütigter junger Mann immer noch würgend auf dem Bootssteg, eingewickelt in warme Decken, die jemand geistesgegenwärtig genug aus seiner Hütte geholt hatte. Wendell schritt an ihm vorbei, nachdem er dafür gesorgt hatte, dass das Boot wieder sicher am Steg angebunden war.

„Es tut uns so leid", jammerte die junge Frau ihn an. Sie schien die Tollkühnheit begriffen zu haben, in der sie den Mann unterstützt hatte, den sie beinahe verloren hätte.

„Nächstes Mal hören Sie besser auf die Einheimischen, wenn Sie etwas tun wollen, was sie Ihnen auszureden versuchen", sagte Wendell nur. „Überall in den Gewässern hier gibt es eisige Unterströmungen. Jeden Sommer ertrinken Leute, weil sie glauben, sie seien stärker als die Natur."

Dann machte er sich auf den Weg zum Hauptgebäude, um lange und heiß zu duschen. Als er etwas später wieder aus dem Haus trat, hörte er den Trubel vor dem Verwaltungsbüro des Resorts, bevor er ihn sah. Stimmen, die versuchten, Aufmerksamkeit zu erlangen, einige Leute, die an ihm vorbeirannten, als er um die Ecke bog.

„Ruf doch jemand einen Krankenwagen!"

„Wir können sie rüber nach Shelton fahren. Das ist die kürzeste Entfernung zu einem Krankenhaus."

„Sie können auf diesen Straßen nicht Rasen, wenn Sie kein Martinshorn haben. Was, wenn Sie erwischt werden?!"

„Was, wenn sie nicht rechtzeitig hinkommt?"

Als die Gäste Wendell erkannten, wichen sie zurück, sodass er zum Büro durchgehen konnte. Emily lag auf dem Läufer vor dem Schreibtisch, als sei sie zusammengebrochen. Als sie ihn erblickte, weiteten sich ihre Augen in ihrem weißen Gesicht, und sie versuchte zu lächeln.

„Es kommt", flüsterte sie, während eine neuerliche Welle des Schmerzes sie durchfuhr. „Ich hörte, dass jemand am Steg ertrinken würde. Ich glaubte, das seist du."

Wendell kniete an ihrer Seite nieder und hielt ihre Hand. Dann drehte der Kopf den Leuten zu, die sich in der Tür versammelt hatten und auf die Szene starrten.

„Könnte bitte jemand einen Krankenwagen rufen?" fragte er niemanden konkret.

„Schon geschehen", antwortete eine weibliche Stimme.

„Ich fürchte, unsere Kleine wird nun doch nicht in Wycliff geboren werden", versuchte Wendell zu scherzen, während er sich bemühte, es Emily bequemer zu machen.

„Ist schon gut", stöhnte Emily. „Hätte so oder so nicht so kommen können."

„Wir hatten es versuchen können …"

Es schien eine Ewigkeit zu dauern, bis sie die Martinshörner näherkommen hörten. Dann drängte sich ein Sanitäter durch die kleine Menge, und ein anderer schickte die Leute weg.

„Es gibt nichts zu sehen, Leute. Bitte stehen Sie uns nicht im Weg."

Sie versorgten Emily rasch, hoben sie dann auf eine Bahre und luden sie in ihren Krankenwagen.

Sie fahren wohin?" wollte Wendell wissen.

„Shelton", sagte der Fahrer, und sie rasten davon.

Wendell schloss das Büro, rannte nach oben und schnappte die kleine Reisetasche, die sie für eine weniger eilig geplante Fahrt zum Krankenhaus gepackt hatten, und stieg in sein Auto. Es war nicht einfach, den Krankenwagen einzuholen, besonders nicht an der Kreuzung mit der Straße, die nach Shelton führte. Es kam Wendell nicht einmal in den Sinn, dass er weit über dem Tempolimit fuhr und dass er riskierte, in einen Unfall verwickelt zu werden. Er folgte nur den blinkenden Lichtern, die ihm anzeigte, wo sich die Liebe seines Lebens befand.

Es schien Wendell Ewigkeiten zu dauern, bis er einen Parkplatz gefunden hatte, das Krankenhaus-Gebäude betrat und an der Rezeption von einer Schwester angesprochen wurde. Natürlich dauerte es nur wenige Minuten. Lang genug allerdings, dass er es verpasst hatte, wie Emily ins Gebäude gerollt und in die Frauenklinik geschickt worden war, wo sie bereits in einem Geburtszimmer lag. Sie lächelte matt, als sie ihn sah.

„Sie müssen sich setzen, Sir", sagte eine der Schwestern. „Sie sind ganz weiß im Gesicht. Wir können hier drinnen keinen weiteren Patienten brauchen. Ihre Frau ist die Hauptperson in diesem Raum." Sie zwinkerte.

„Aber wird für sie alles gut werden?" fragte Wendell und spürte, wie Welle um Welle eines Schwindelgefühls überkam.

Ihre Antwort war für ihn unverständlich. Das Nächste, was er hörte, war ein winziges Weinen, das seine Benommenheit zerriss und beendete. Sein Kopf fuhr hoch.

„Möchten Sie die Nabelschnur durchtrennen, Sir?" fragte ihn dieselbe Schwester.

„Darf ich denn?"

„Aber sicher. Sehen Sie nur zu, dass ihnen das Messer nicht abrutscht."

Wendell wusste nicht, wie er es schaffte, der Aufgabe Herr zu sein, aber er tat es. Er sah das winzige Wesen an, das dann weggetragen wurde, um gereinigt zu werden, und küsste Emily sanft auf die Stirn.

„Danke, Liebstes", flüsterte er mit Tränen in den Augen.

Ihre Augen schlossen sich bereits, um in einem tiefen Schlaf der Erschöpfung zu ertrinken.

„Mr. Montgomery?" sagte der Stationsarzt. „Könnten Sie bitte mit in mein Buro kommen?"

„Natürlich", antwortete Wendell. „Ich vermute, es geht um die Versicherungsunterlagen und all das?"

Der Arzt erwiderte kein Wort und ging nur voraus. Er öffnete eine Tür weiter hinten auf dem Flur und bot Wendell einen Platz an, während er sich selbst in einen Stuhl fallen ließ. Wendell sah sich um. Es war ein freundliches Zimmer mit Bildern von exotischen Blumen und einer Wand hinter dem Schreibtisch, die voller Babyfotos und Dankschreiben hing. Das Fenster bot einen Blick auf ein paar Baumwipfel in der Nähe.

„Herzlichen Glückwunsch zu ihrer kleinen Tochter", sagte der Arzt mit einem Lächeln, das seine Augen nicht erreichte.

„Ist sie in Ordnung?" fragte Wendell.

„Sie sieht aus, wie jedes Kind nach einer schnellen und leichten Geburt aussehen sollte", nickte der Arzt. „Im Augenblick nehmen die Schwestern alle Vitalwerte, um sicherzustellen, dass sie alles bekommt, was sie braucht." Er verstummte, und seine Miene wurde noch ernster. Er räusperte sich. „Es ist Ihre Frau, um die ich mir Sorgen mache."

„Emily?" fragte Wendell verwirrt.

Der Arzt erhob sich, ging ans Fenster und blickte hinaus. Wendell spürte, wie er den Boden unter den Füßen verlor. Etwas fühlte sich entsetzlich verkehrt an. Dann drehte sich der Arzt um.

„Ihre Frau ist sehr krank, Mr. Montgomery. Leukämie." Er sah, wie Wendells Gesicht aschfahl wurde. „Sie haben das nicht gewusst?" Wendell schüttelte nur den Kopf. „Wir haben ihre Werte sofort geprüft, als sie hier ankam. Leider haben wir hier keine Patientenunterlagen von sie."

„Weil sie immer ins St. Christopher Krankenhaus in Wycliff gegangen ist", erwiderte Wendell tonlos. Pause. „Meine Familie ist von da. Weiß sie es?"

Der Arzt nickte. „Wir haben sie gefragt. Sie war ganz ruhig. Sie wollte das Baby nicht aufgrund einer Behandlung verlieren."

Wendell vergrub sein Gesicht in den Händen. Derr Arzt ging zu ihm hinüber und legte ihm eine Hand auf die Schulter.

„Sie braucht so schnell wie möglich Behandlung. Hoffentlich findet sich ein Spender."

„Ein Spender …"

„Für eine Rückenmarkstransplantation. Das ist unser bester Versuch."

Wendell nickte. Dann hob er sein Gesicht; es war tränennass.

„Warum? Warum sie? Sie ist noch so jung. Ich liebe sie so sehr."

Der Arzt schluckte schwer. „Leukämie ist keine Frage des Alters. Wir wissen nicht, warum der eine es bekommt und der andere nicht. Selbst kleine Kinder haben es. Es ist nicht einmal eine Sache des Lebensstils. Ihre Frau ist sehr stark, Mr. Montgomery. Ihr Beistand wird die beste Medizin während der Behandlung sein, die auf sie zukommt. Versuchen Sie, für sie tapfer zu sein. Sie braucht Sie jetzt."

*

Aus Loretta Franklins Tagebuch:

Es ist ein langer Tag gewesen. Zuerst sind wir an all den Drehorten in Tacoma vorbeigefahren. Da ich seinerzeit keinen der betreffenden Filme gesehen habe, haben mir diese Orte nicht viel bedeutet. Ich habe einfach die Architektur und die Aussicht auf die Bucht genossen, die Berge, die aus den Wolken am Horizont ragten, und das allgemeine Gefühl unterschwelliger Erregung im Bus. Es ist, als säße man im Sessel, während man all diese Orte erlebt. Das Pioniermuseum in Old Tacoma war eine weitere Erinnerung daran, wie spät sich dieser Teil unserer Nation entwickelt hat und wie weit er in so kurzer Zeit gediehen ist. Wenn man bedenkt, dass manche Menschen mancherorts noch bis kurz nach dem 2. Weltkrieg so karg gelebt haben! Taylor sagte, seine Großeltern hätten erst irgendwann in den 1930ern fließendes Wasser installiert bekommen.

Ich bin nicht gern über die Narrows Bridge gefahren – vor allem nicht, als man uns sagte, dass vermutlich in den Überresten der Brücke, die 1940 einstürzte, Riesenoktopusse leben. Wir fuhren den Hood Canal entlang durch eine sehr stille Landschaft mit viel Wald und dunklem Wasser. Es machte mich melancholisch, und ich fragte mich, wie es wohl wäre, hier zu leben. Es ist gewiss eine Gegend für die Meditation. Später konnte ich kaum genug bekommen von dem bezaubernden Chehalis-Flusstal. Und was für ein Gefühl, als es sich hin zum Grays Harbor öffnete! Ich hätte darauf verzichten können, an Kurt Cobains Haus und seinem Schlafquartier unter der Brücke in

Aberdeen anzuhalten. Aber ich weiß, dass einige meiner Mitreisenden Fans der Gruppe sind, die anscheinend „Nirvana" heißt; und man wird sie zu all den Details dieser Erfahrung befragen, wenn diese Reise zu Ende ist. Ich versteh's einfach nicht. Aber unsere Generation hatte ihre eigenen Bands, für die sich die Kinder nicht interessieren.

Was soll ich sagen? Natürlich fuhren wir nach Ocean Shores hinein. Dort aßen wir zu Mittag. Wir verbrachten dort eine Stunde. Tay und ich kauften uns ein paar Sandwiches und flohen an den Strand. Wir wussten nicht, was wir von der Stadt halten sollten. Es gibt zu viele Touristenfallen, und die Straßen sind zu breit, um dieser Küstengemeinde eine Atmosphäre der Gemütlichkeit zu verleihen. Ich weiß, dass Freunde von Bonnie Meadows, der früheren Besitzerin des „Flower Bower" in Wycliff, ihr Zuhause da draußen haben. Karl und Dee. Und die berühmte und unterhaltsame Autorin Sheila Roberts. Wenn wir mehr Zeit gehabt hätten, hätte ich versucht, ein signiertes Exemplar ihrer Moon Harbor Romanserie in einem der Läden zu finden. Aber ich wollte nicht Tay mitschleppen. Ich brauche Zeit und Muße in einem Buchladen. Und Taylor macht mich nervös, weil er ständig an meiner Seite ist. Allerdings redet er nicht viel. Und ich fühle mich nicht unwohl bei ihm, weil ich ihn wirklich mag. Aber er macht mir mehr denn je bewusst, was ich in Fred verloren habe und welche Entscheidung ich besser früher als später zu treffen habe. Denn je älter man wird, desto schwieriger wird ein Umzug quer durch die Nation. Den Gedanken muss ich in die Überlegung einfließen lassen.

Dann fuhren wir die Küste hinauf durch kleinere Dörfer mit kaum mehr als einem Gemischtwarenladen oder einer Tankstelle, die man als Ortsmitte bezeichnen könnte. Und danach waren es nur noch meilenweite Wälder. Mit riesigen Abholzungen ab und zu. Ich frage mich immer, warum diese Rodungen immer aussehen, als habe eine Bombe eingeschlagen. Das kann für die Natur nicht gesund sein. Ich denke an die ganze Erosion an den Hängen; Erdrutsche, Schlammlawinen, die Auswirkungen auf Bäche und Flüsse und auf die Tierwelt in der Umgebung. Und wie die einst riesigen Nadelbäume, die gefällt worden sind, durch Schösslinge ersetzt werden, die ewig brauchen, so groß zu werden, und nicht einmal die Chance dazu bekommen, weil sie sogar noch früher gefällt werden.

Ich wurde wehmütig, und Tay bemerkte es. Er fragte mich, worüber ich nachdächte – etwas, das Fred nie getan hätte. Fred wollte Tatsachen, keine Gedanken. Es war einfach, mit ihm zu leben, und schwierig, Grübeleien mit ihm zu teilen. Es fällt mir auf, wie anders Tay ist. Er war schon damals so. Interessiert an dem, was in meinem Kopf vorging. Jedenfalls sagte ich ihm, dass diese Bäume mir alle vorkämen wie Menschen. Wenn sie einmal brutal gefällt worden seien, würde der nachwachsende Wald nie mehr dieselben tiefen Wurzeln und die Kraft in seinen Kronen haben wie jene, die in die Sägemühlen gekommen seien. Dass ich dächte, dass ein Volk, das einen Krieg durchlebt, die Folgen der

Zerstörung an die nächste Generation weitergibt, die wiederaufbauen muss, bevor sie etwas daraufsetzen kann. Dass diese jüngere Generation dies vielleicht nicht einmal erlebt, da das Ausmaß der Zerstörung mit jedem Krieg wächst und die Bemühung beinahe sinnlos macht.

Tay schüttelte den Kopf über mich. Dann deutete er nach draußen, da wir gerade an einer großen Lichtung vorbeifuhren.

„Was siehst du da?" fragte er. Er wartete keine Antwort ab. „Siehst du, wie die Natur für sich selbst sorgt? Es gibt bereits neues Leben. Da sind blühende Blumen, und die hätten in der Dunkelheit des Regenwaldes nicht überlebt. Es gibt Schönheit, wenn du nur willens bist, sie zu sehen. Und Hoffnung."

Ich musste schlucken, dass ich das nicht gesehen hatte, sondern mich nur auf die schlechte Seite konzentriert hatte.

„Ich sage nicht, dass ich diese Art der Abholzung mag", fuhr er fort, und es schien, als habe er meine Gedanken gelesen. „Es ist nur so, dass wir manche Dinge nicht ändern können, weil wir nur kleine Würstchen sind und im Großen und Ganzen nicht viel zu sagen haben. Aber wenn wir das schon nicht können, müssen wir nach dem Ausschau halten, was uns tröstet. Denn sonst bleibt nur ... Verzweiflung."

Ich drückte Tays Arm und war zugleich erschrocken ob meiner Kühnheit. Wir lernen einander eben erneut kennen, und Anfassen stand nicht auf der Liste. Nicht einmal „nur als Freunde". Es war einfach ... Einen Augenblick lang war ich zurück in unseren Highschool-Tagen und fand meine alte Liebe wieder.

Wie habe ich ihn damals verloren? War es, weil wir auf unterschiedliche Colleges gingen? Dass Zeit und Entfernung uns nicht zärtlicher, sondern anfälliger für die Annaeherungenanderer Menschen machten? Dass ich Freds fantasievollem Hofieren nicht lange widerstehen konnte? Vielleicht verlor damals nicht ich Tay? Vielleicht war anders herum? Ich sah Tay verstohlen von der Seite an. Sein Profil ist immer noch so faszinierend mit seinen starken, kantigen Zügen und seiner hohen Stirn.

Wir schwiegen, bis wir in Quinault ausstiegen, einem kleinen Ferienort mitten im Nirgendwo, in einem riesigen Reservat mit demselben Namen. Es machte mich nachdenklich, dass wir Gäste auf einem Stück Land waren, das den Menschen „zurückgegeben" wurde, von denen man es gestohlen hatte. Wie konnten sie unsere Gegenwart nur ertragen? Bäume, dachte ich. Und Blumen. Sie tun ihr Bestes zu gedeihen, selbst angesichts der Zerstörung. Die immense Fichte nicht weit entfernt vom liebevoll gestalteten historischen Museum in Quinault machte es mir irgendwie noch deutlicher. Wie wir zu solch einem Wesen pilgern, das irgendwie alles überlebt hat. Wie wir es verehren, weil es unseren Plänen widerstanden hat, uns die Erde untertan zu machen. Menschen und Bäume ...

Heute Abend sind wir in einer Unterkunft direkt am Strand. Sie heißt Kalaloch und wird Clay-Lock ausgesprochen.

Witzig, wie verkehrt wir diese indianischen Namen ohne Anleitung aussprechen. Irgendwo weiter oben am Strand gibt es einen Baum des Lebens, der sich mit seinen Wurzeln an die beiden Seiten einer stetig weiter klaffenden Lücke im Steilhang klammert. Noch so ein Überlebenskünstler.

Es gibt hier weder Handy- noch Internetempfang. Ich wusste das, da mir das meine Nachbarin Dottie McMahon erzählt hatte, nachdem sie von einem ihrer Hochzeitstags-Ausflüge an die Küste zurückgekehrt war. Ich muss kichern, wie diese Tatsache einiger meiner Mitreisenden aufregt. Als ginge es um Leben und Tod, eine Nacht lang ohne Netz zu sein. Sie sind zum Haupthaus gerannt mit seinem Laden und Restaurant. Über der Bar hängt ein Fernseher, und es gibt irgendwo oben einen Fernsehraum. Ach, die Anbetung der Technologie, weil sie uns mit der Welt zu verbinden scheint.

Ich hätte es vorgezogen, an solch einem ausgefallen schönen Ort ganz allein zu speisen. Nur, um seine Besonderheit noch mehr zu genießen. Stattdessen saß unsere Gruppe an einen größeren Tisch und begann bald eine lebhafte Unterhaltung zu Themen, die vernachlässigbar waren. Ich entschuldigte mich, sobald ich meinen Nachtisch aufgegessen hatte und die anderen zu einem Absacker an die Bar gingen.

Ich ging hinunter an den Strand und schaute nach den Sternen, während ich dem Brüllen der Wellen des Pazifik lauschte, die heranrollten, sich überschlugen und gegen die felsigen Klippen schlugen oder am Strand ausliefen. Satelliten schossen durch die Konstellationen. Die Navigationslichter eines Schiffs blinkten ein paar Augenblicke lang am Horizont auf, bevor sie wieder verschwanden.

Irgendwann hörte ich leise Schritte irgendwo hinter mir. Als ich mich umdrehte, sah ich Tay die Sterne betrachten. Ich stahl mich so still wie möglich davon, um ihn nicht in seinen Gedanken zu stören.

4

FORKS & PORT ANGELES

FILM: „TWILIGHT SAGA"
IN DEN HAUPTROLLEN: KRISTEN STEWART & ROBERT PATTINSON

Twilight Tour in Forks und Fotogelegenheit bei Bellas Truck; optional: eine Busfahrt zum echten Rialto Beach. Tour durch die Innenstadt von Port Angeles; Abendessen im „Bella Italia", wo die Buchprotagonisten essen – das Film-Restaurant liegt in Oregon.
Übernachtung in Port Angeles.
(Autumn Rains Tour „Drehorte in West-Washington")

Einer nach dem anderen wurde mit Freudengeschrei und lachend im Bankettraum des *Ship Hotel* in Wycliff begrüßt, den sie für den Anlass gemietet hatten, ihr fünfjähriges Klassentreffen. Einige hatten sich darauf gefreut, andere hatten den Hauch eines Zweifels gehegt, ob sie dem Ruf ihrer ehemaligen Klassenkameraden, die es organisiert hatten, wirklich folgen sollten. Andererseits, was konnte schon schiefgehen?! Zunächst einmal war es ein Grund für alle, die woandershin gezogen waren, um ihren Lebensunterhalt zu verdienen, wieder mit ihrer Heimatstadt, ihren Familien und ihren hier verbliebenen Freunden in Verbindung zu treten. Zu sehen, was sich verändert hatte, und es positiv – oder auch nicht – mit den Orten zu vergleichen, an denen sie jetzt lebten. Falls sie jemandem begegneten, der weniger freundlich war, waren sie erwachsen genug, ihnen die kalte Schulter zu zeigen oder zu gehen.

Einer dieser Zweifler war natürlich Lena gewesen. Sobald die Einladung per Email auf ihrem Computer-Bildschirm daheim aufgetaucht war, war in ihr die desaströse Schulabschlussparty so lebendig wie eh und je aufgestiegen. Sie war sich sicher, dass sich alle daran erinnern und sie deshalb verhöhnen würden. Sie hatte sich bei dem Gedanken gewunden, aber sich auch dessen gemahnt, dass sie sich an irgendeinem Punkt den Tatsachen stellen musste. Und danach würde die Erinnerung entfernter und für die anderen uninteressanter werden. Ein alter Witz, der durch wiederholtes Erzählen schal werden würde. Also würde sie gehen.

Lena hatte noch immer keinen männlichen Freund. Aber sie fühlte sich auch nicht allein. Das heißt, nicht allzu sehr. Sie hatte ihre Freunde im *Ship Hotel*, die Gäste, die wiederkamen und ihren Namen von ihrem letzten Aufenthalt her noch kannten, ihre Familie, Freunde wie Autumn. Sie hatte sich für das Hotel unentbehrlich gemacht mit so einfallreichen Ideen wie einem Valentinstanz für Singles im Bankettraum. Oder mit einer Themennacht im Restaurant an jedem ersten Samstagabend eines Monats. Sie hatte vorgeschlagen, Werbung für die Verfügbarkeit des Bankettraums zu privaten Anlässen zu schalten; er war zu 75 Prozent im Jahr unbenutzt gewesen – jetzt war es nur noch ein Viertel. Immer noch viel, aber um soviel besser. Vier der Singles bei jenem Valentinstanz hatten tatsächlich geheiratet und ihren Hochzeitsempfang im Hotel abgehalten. Noch ein großer Erfolg in Lenas Portfolio. Und ein Grund für Mrs. Talbot, Lena von der Rezeptionistin zur Eventmanagerin zu befördern, einer neu geschaffenen Position mit der Erwartung, noch mehr Wachstum zu erzielen und sich stetig Neues einfallen zu lassen.

„Oh, und nenn mich Melissa", hatte sie gesagt, worauf Lena sehr schüchtern gelächelt und nur genickt hatte. Sie blieb allerdings bei „Mrs. Talbot". Der Altersunterschied und der Status Eigentümer gegenüber Angestellter waren ihr zu unangenehm, als dass sie sich auf das Duzen umgestellt hätte.

Jetzt betrat sie also den Bankettraum an ihrem Arbeitsplatz und würde einmal nicht arbeiten, sondern mit den anderen feiern. Sie hatte diesmal auch keinen Beitrag zu einem Pot-Luck-Buffet leisten müssen. Was auch ganz gut so war. Erst letzten Sonntag beim Pot-Luck-Dinner der Angestellten im Uferpark, wo sie den Pavillon gemietet hatten, war sie mit einem gekauften Nudelsalat aufgekreuzt, in den sie Selleriestangen und Tomaten geschnitten hatte. Er hatte langweilig geschmeckt und genau danach, was er war – etwas Gekauftes, das fieberhaft mit einigen willkürlichen zusätzlichen Zutaten optimiert worden war.

Es wäre schlimmer gewesen, hätte sie versucht, die Pasta, die sie am Abend davor gekocht hatte, in etwas Essbares zu verwandeln. Die Nudelverpackung hatte nur die Kochzeit angegeben, nicht die benötigte Wassermenge oder Topfgröße. Als sie sich endlich vom Schneiden frischer Zutaten umgedreht hatte, war der Topf gewissermaßen explodiert, weil die aufgequollenen Nudeln den Deckel hochhoben. Einige der ungekochten Nudeln fielen auf den Herd und begannen anzubrennen, während einige der Nudeln auf dem Topfboden anbrannten. Was sich zwischen den anbrennenden und den rohen Nudeln befand, wäre essbar gewesen, hätte es nicht leicht angebrannt geschmeckt. Und mitten in dieser Pasta-Katastrophe war auch noch der Rauchmelder angesprungen und hatte durch ihr Wohnschlafzimmer gekreischt. Sie war auf einen Stuhl gestiegen und hatte nach dem Schalter getastet; in der Zwischenzeit hatte ihr Nachbar, ein unfreundlicher, alter Mann, mit seinem Stock gegen die Wand geschlagen, die ihre Behausungen trennte, und geschrien, sie solle besser etwas gegen den Lärm unternehmen, sonst hole er die Polizei.

Als sie endlich ihren Herd geputzt und alle Nudeln weggeworfen hatte, war sie auf einen Stuhl gesunken. Sie war hoffnungslos. Niemand würde sie je für gewandt genug halten, für jemand anders zu sorgen. Sie hatte das Vorratsregal neben ihrem Herd betrachtet und eine alarmierend traurige Ansammlung von Dosenessen gesehen, das nur aufgewärmt werden musste. Eine Streberin, die nicht in der Lage war, die Chemie des Kochens zu begreifen …

Heute Abend würde es ein von der Hotelküche kreiertes Fingerfood-Buffet geben. Nicht so edel, wie wenn sie *The Bionic Chef* alias Paul Sinclair gefragt hätten, den Miteigentümer des Bistro-Restaurants *Le Quartier*. Aber auch nicht so teuer. Etwas, das vermutlich jeder berappen konnte. Sie hatte gerade einen kurzen Plausch mit einer ihrer früher weniger beliebten Klassenkameradinnen beendet, einen Teller ergriffen und versucht, sich zu entscheiden, welche Delikatesse sie zuerst wählen sollte, als eine männliche Stimme hinter ihr sie erröten und zittern ließ.

„Hey, Miss Tornado, gibt's heute Abend irgendwelche Sundowner?!"

Sie brauchte sich nicht umzudrehen, um Nick Cartwright zu erkennen. Die Stimme, die Wahl der Worte, die wehtaten, ohne sie direkt auf hässliche Weise zu beschimpfen. Aber mit dem Wissen, wo man zuschlagen musste. Sie biss sich auf die Zunge. Lass ihn dich nicht provozieren. Vielleicht ist es die einzige Art der Überlegenheit, die er heutzutage noch kennt. Lena hatte gehört, dass mit dem Ende seiner College-Zeit auch seine Football-Karriere gewendet hatte. Nicht wegen Verletzungen, sondern mangels überragenden Talents. Überraschenderweise nicht einmal gut genug für ein Farmteam. Und da Sport sein Hauptinteresse gewesen war und er alle anderen Fächer vernachlässigt hatte, hatte er auch keine großen Aussichten auf eine Karriere. Wenn denn nicht sein Vater, der Eigentümer einer Dachdeckerfirma, in ins Unternehmen aufnähme. Mit Hammer und Nägeln auf einem Dach zu sitzen, wäre vielleicht Nicks höchste Leistung im Leben. Nicht, dass daran etwas falsch gewesen wäre – es waren nur nicht die hochfliegenden Football-Träume, von denen er damals während ihrer Schulzeit immer geredet hatte. Hier ohrfeigte sich Lena innerlich. Sie machte genau dasselbe, wovon sie fürchtete, dass es jemand mit ihr machte. Jemanden abstempeln und in eine Schublade stopfen, ohne ihn je neu zu bewerten. Vielleicht besaß er ja doch ein verborgenes

Talent. Vielleicht waren die Gerüchte über ihn falsch. Vielleicht war er besser als das, was sie über ihn gehört hatte.

Langsam nahm Lena sich eine mit Speck umwickelte Dattel, legte sie sich auf den Teller und drehte sich mit heiterem Lächeln um. „Und auch die hallo, Nick. Offensichtlich versorgt uns heute Abend das Hotel mit allem. Deine Frage ist also überflüssig." Sie ließ ihn offenen Mundes am Buffet stehen.

Das war nicht die scheue Lena, die Nick seinerzeit gekannt hatte. Damals wäre sie errötet, hätte gestottert und wäre wie erstarrt gewesen. Er hätte sie ausgelacht, noch einen Witz über sie gerissen und dann *sie* stehen lassen. Jetzt hatte sie eine Antwort parat und ließ ihn dumm aussehen. Und nicht, weil es *ihre* Schuld war.

Sie sah auch nicht so aus, wie er sich an sie erinnerte. Die Brille war weg. Entweder hatte sie ihre Augen lasern lassen, oder sie trug Kontaktlinsen. Und ihr Haar war schulterlang in einen modischen Haarschnitt gestuft. Eigentlich ziemlich attraktiv auf eine sehr sachliche Weise. Hatte ihr Aussehen ihr Selbstbewusstsein verändert? Oder andersherum?

Und wo war ihre Freundin, die Wie-hieß-sie noch mit den kastanienbraunen Locken? Hoffentlich würde aber Ashley nicht aufkreuzen. Er wollte nicht hören, was mit ihr nach ihrer letzten Begegnung kurz vor dem Schulabschluss geschehen war. Sie hatte versucht, sein Leben für immer zu ruinieren. Seine Blicke schweiften nervös umher. Da war sie, und jetzt erinnerte er sich auch an ihren Namen. Autumn Rain. Sogar ihre Haarfarbe machte

Sinn. Kastanienbraun wie ein Baum in einer Herbstwiese.
Langsam bewegte er sich in ihre Richtung. Aber er hielt wieder
inne, als er sah, wie Lena ihre Freundin mit einer Umarmung
begrüßte. Er würde abwarten müssen, bis er an die Reihe kam,
sich ihr zu nähern.

*

Autumn hatte ihr Studium abgeschlossen und Arbeit in
einem Reisebüro in Olympia gefunden. Sie war immer noch
nirgendwohin aufregender gereist als zu Kongressen in Seattle,
die sich mit Aspekten des Tourismus befassten. Sie hatte den
einen oder anderen Artikel zu touristischen Tipps an spezifische
Magazine eingeschickt, die an Flughäfen ausgelegt würden sowie
auf Fähren und in Touristen-Informationsbüros. Und jetzt hatte sie
einen Schreibtisch in diesem Reisebüro, das zu einer größeren
Kette gehörte. Genau, wie sie es sich erhofft hatte, als sie in jenem
Sommer vor fünf Jahren ihr Studium aufgenommen hatte.

Die bunten Broschüren, die sie Kunden übergab, erfüllten
sie mit Staunen. Machu Picchu, Copa Cabana, Phuket, Hawaii,
London, Paris, Griechenland … Die Fotos in diesen Broschüren
ließen sie ihre eigenen Touren rund um diese Reiseziele
ausdenken. Sie las über sie nach. Sie googelte die Karten und ging
auf dem Bildschirm durch die Straßen. Doch sie wusste, dass
nichts davon die sinnliche Erfahrung ersetzen konnte, die eine
persönliche Reise bedeutete. Nicht einmal, wenn sie sich ein

Kochbuch holte und eines dieser internationalen Rezepte ausprobierte während sie ein YouTube-Video über ein Reiseziel ihrer Wahl ansah.

Erst gestern Abend hatte sie Pasta selbstgemacht und eine Bolognese-Sauce produziert, von der sie fand, dass sie es wert gewesen war, ganze zwei Stunden lang auf dem Herd zu köcheln. Im Hintergrund war eine alte Schallplatte mit den beliebtesten italienischen Schlagern der 1950er aus dem Lautsprecher ihres Plattenspielers erschallt; beides hatte sie in einem Laden für gebrauchte Schallplatten gefunden, wie sie überall im Bundesstaat wieder aus dem Boden schossen. Anscheinend fingen die Leute an, sich an die Gemütlichkeit der alten Zeiten zu erinnern, in der man noch Schallplatten abspielte. Ihr Vater hatte ihr eines Tages seine Sammlung ausgehändigt.

„Ich höre sie ohnehin nicht mehr. Sie haben meinen Großeltern gehört. Selbst meine Eltern haben damals schon Rockmusik gehört. Aber ich denke, dass das Vintage-Stücke sind und eines Tages etwas wert sein könnten."

Nun, sie hatten ihr dabei geholfen, die perfekte Atmosphäre für ein italienisches Essen für sich ganz allein zu schaffen. Es war schade, dass niemand da gewesen war, mit dem sie es hätte teilen können. Es wäre so viel romantischer mit einem Italiener mit feurigen Augen gewesen – oder einfach dem netten Typen von nebenan, hätte es da einen gegeben. Die Tatsache war, dass sie niemanden in der Nähe kannte, den zu sich zum Essen hätte einladen können. Ihre Kolleginnen im Reisebüro waren alle

Damen, die ihre Mutter hätten sein können, wenn sie nicht noch älter waren. Ihre Kunden waren zumeist glücklich verheiratete Paare – sonst hätten sie wohl kaum in teure Reisen investiert, die sie für sich deutlich günstiger übers Internet arrangiert hätte. Und wenn sie abends nach Hause kam, musste sie sich um ihren kleinen Haushalt kümmern, einkaufen und Rechnungen bezahlen. Danach war sie meist zu müde, um noch irgendwohin auszugehen. Außerdem glaubte sie, verlassen und bedürftig zu wirken, wenn sie so etwas alleine tat. Sie hatte noch keine gleichaltrigen Freunde in Olympia gefunden. Sie sah Grüppchen junger Frauen ihres Alters gemeinsam die Freizeit verbringen – aber die waren miteinander aufgewachsen. Sie passte nicht dazu.

„Autumn!"

Sie wurde von ihrer Freundin Lena aus ihren Gedanken gerissen. Sie umarmten einander. Sie hatten sich in den letzten Jahren regelmäßig gesehen, aber natürlich nicht so oft wie damals zur gemeinsamen Schulzeit. Im vergangenen Jahr hatten sie sich tatsächlich nur viermal getroffen. Lenas Terminplan hatte häufig Wochenenden eingeschlossen, während Autumn an den ihren frei hatte. Das und die Fahrt von Wycliff nach Olympia oder andersherum hatte sie einander weniger oft sehen lassen, als ihnen lieb war.

„Wo übernachtest du heute? Du fährst doch nicht nach Olympia zurück, oder?"

Autumn schüttelte den Kopf. „Ich übernachte bei meinem Vater. Es wird Spaß machen, wieder in meinem alten Zimmer zu sein."

Lena lächelte. „Du hättest bei mir über Nacht bleiben können."

„Schätzungsweise. Aber Dad freut sich, mich zu Besuch zu haben, und ich werde auch morgen den ganzen Tag dort sein."

„Klammert er sich immer noch so an dich?"

Autumn schüttelte den Kopf. „Nee. Nicht, seit er bei einem deiner Events eine ernsthafte Freundin für sich gefunden hat. Es war eine Weinprobe, soweit ich weiß ..."

Lena hob die Brauen. „Die ‚Weißen Winternächte' am Valentinstag? Ich erinnere mich daran, dass ich ihn mit der Besitzerin von dieses Antiquitätengeschäfts an der Main Street zusammengesetzt habe. *Timeless Treasures* ... Es hat also für die beiden funktioniert, hm?"

Autumn lachte. „Ich habe ihn noch nie so glücklich erlebt. Lena, du hast da eine Gabe. Du verstehst offenbar, paare zusammenzuführen."

„Jesses, du lässt mich wie die alte Jente aus dem Musical klingen."

„Nicht im Entferntesten wie die Kupplerin aus ‚Anatevka'. Aber du könntest einen Versuch damit wagen. Warum lässt du dich dafür bezahlen, dass du für andere die Beinarbeit machst, wenn du eine Eventmanagerin und Partnervermittlerin in einem sein und das ganze Geld für dich behalten könntest? Einschließlich des Lobs? Anstelle dieses ziemlich altmodischen Hotels?"

„Ja, aber Mrs. Talbot verlässt sich auf mich."

„Du könntest das trotzdem tun und sie einfach ein paar deiner Events buchen lassen. Aber warum nicht auch ein paar tolle Events an anderen Orten? Mit deinem Namen als Veranstalter?"

„Du meinst das ernst, oder?"

„Allerdings."

Lena kaute auf ihrer Unterlippe. „Es klingt verlockend, scheint aber auch etwas gewagt."

Gewagt warum? Soweit ich weiß, waren all die Veranstaltungen, die hier plötzlich entstanden sind, deine Idee. Sie nicht einmal einen Eventmanager. Wenn du also deine eigene Firma gründest und eine Partnervermittlung hinzufügst, stehst du auf zwei Geschäftsbeinen. Beide erfolgreich."

„Tja, ich bin mir nicht sicher, ob ich mutig genug dafür bin."

„Du meinst hinsichtlich einer Kündigung?"

„Das und Geschäftsräume in der Unterstadt zu mieten und meine Ideen zu bewerben. Es wäre etwas anderes, wenn ich darin einen Partner hätte."

„Eine Partnervermittlung, die nach einem Partner sucht …" Autumn kicherte.

„Na, du hast gut reden. Wie steht's denn mit dir und deinem Traum, dein eigenes Reisebüro zu öffnen?"

Autumns Gesicht wurde ernst. „Du hast recht. Ich träume immer noch davon."

„Warum lässt du ihn dann nicht wahr werden?"

Autumn zuckte mit den Achseln. „Ich bin erst seit einem Jahr bei dem Reisebüro."

„Bist du dort glücklich?"

„Gewissermaßen."

„Gewissermaßen ist nicht glücklich genug für mich."

„Das gilt auch für dich, liebe Freundin! Soweit ich weiß, stehst du in derselben Ecke."

„Nicht wirklich. Ich habe einen Job, den ich mag."

„Aber du wärst glücklicher mit einem Partner. Und wie steht's mit einem Lebenspartner?"

Lenas Schultern sackten herunter. „Du hast recht. Ich glaube, wir könnten es beide besser machen, nicht? Und wann ist ein besserer Zeitpunkt, damit anzufangen, als jetzt, wo die Ideen noch fließen und neu und interessant sind und als das verkauft werden können, was sie sind? Unsere."

„Jetzt redest du vernünftig!" Autumns Augen glänzten. „Ich sag dir was, Mädel. Warum suchen wir uns nicht erschwingliche Geschäftsräume in der Unterstadt?"

„Du meinst, wir legen unsere beiden Unternehmen zusammen?"

„So in der Art? Du hättest die eine Hälfte der Räume, ich die andere."

„Falls es solche Räumlichkeiten gibt, sind sie nicht erschwinglich, glaub mir."

„Na, es müsste natürlich nicht an der Main Street oder Front Street sein. Aber wie wäre es mit der Back Row?"

„Du meinst es wirklich, hm?" Lena musterte Autumns Gesicht und brauchte keine Worte zur Antwort.

„Ich glaube, selbst unsere örtliche Touristeninformation könnte daraus Vorteil schlagen. Es wären Reisen durch den ganzen Bundesstaat Washington. Sogar dem anderen Reisebüro in der Harbor Mall würde es nichts ausmachen – ich würde ja nicht in ihr Gebiet von Spezialreisen eindringen. Sie machen nicht, was ich anbieten würde", träumte Autumn. „*Breaking Away* – was hältst du von diesem Firmennamen?"

„Du hast dir schon alles ausgedacht, oder?" staunte Lena.

„Nicht in allen Einzelheiten", sagte Autumn. „Nur bis an diesen Punkt."

„Du bist in unserem Bundesstaat noch nicht *einmal* herumgereist. Eigentlich hast du noch keinen der Orte persönlich gesehen. Wie willst du wissen, wohin du deine Kunden schickst?"

„Ich bin auch noch nie an einen der Orte gereist, die ich im Reisebüro in Olympia verkaufe. Das ist gehüpft wie gesprungen. Aber wenn du mir sagst, dass du mitmachst, erstelle ich mir im Handumdrehen einen Businessplan. Und ich weiß, er wird funktionieren."

„Darf ich das überschlafen?"

„Wenn du nicht zu lange schläfst", neckte Autumn Lena.

„Werd' ich nicht. Versprochen. – Hör mal, ich hole mir noch ein bisschen was zu essen. Und ich glaube, Nick Ex-Quarterback starrt dich die ganze Zeit schon an."

„Nicht möglich!" Autumn wandte sich in die Richtung, in die Lena geblickt hatte.

„Durchaus möglich", sagte Lena trocken. „Er scheint immer noch zu glauben, er sei King Käs. Was macht er eigentlich neuerdings?"

„Keine Ahnung", sagte Autumn. „Könnte Spaß machen, das herauszufinden."

„Nun, er gehört ganz dir." Lena zwinkerte und ließ Autumn allein, um sich am Buffet noch mehr Fingerfood zu holen. Während sie nach einem Canapé mit Räucherlachs, Frischkäse, Meerrettich, Kapern und Dillgarnitur angelte, bekam sie mit, wie Nick Autumn begrüßte.

„Hallo, Hübsche. Lange nicht gesehen."

Lena schauderte es. Hoffentlich verfiel Autumn nicht seinem Aussehen. Schönheit war nur Oberfläche. Und Nick war ziemlich hässlich, wenn es darum ging, andere zu schikanieren. Gut, dass sie vorhin seinen Intellekt durch den Kakao gezogen hatte. Aber zu ihrer Überraschung sah sie, dass Nick und Autumn in ein Gespräch verwickelt waren. Na, sie würde ihre Freundin später dazu befragen.

Ashley erschien neben Lenas Schulter, checkte das Buffet ab und nahm sich Trauben und einen Käse-Cracker.

„Hi", sagte sie. „Wie geht's?"

„Gut", erwiderte Lena automatisch. Warum sollte Ashley mit ihr plaudern wollen?

„Mir gefällt dein Haarschnitt", wagte Ashley sich vor.

„Danke", sagte Lena.

„Der Salon deiner Mutter?"

„Jepp."

„Gute Arbeit. Ich würde mir selbst einen Termin dort buchen, wenn ich die Zeit hätte, jedes Mal von Seattle hierher zu fahren."

„Klar." Lena wusste nicht, wie sie damit umgehen sollte. Schönheits- und Modegespräche waren nie ihre Stärke gewesen. Außerdem ließ sie, wie Ashleys schlecht gefärbtes Haar aussah und wie offensichtlich ihre Garderobe zweiter Hand war, vermuten, dass nicht Zeit, sondern Geld das Problem war. Der Mangel an Geld, um genau zu sein.

„Ich weiß auch noch, dass du immer eine dicke, hässliche Brille getragen hast."

„Jepp." Lena griff nach einem Roastbeef-Canapé mit einem Klecks Mayonnaise und einer Scheibe saure Gurke.

„Hast du sie lasern lassen? Deine Augen, meine ich."

„Sicher nicht meine Nase", fühlte Lena den Drang zu spotten, aber Ashley schien den Scherz nicht zu verstehen. „Nein, Kontaktlinsen."

„Schoen für dich. Du siehst jetzt so attraktiv aus."

Lena war überrascht. Sie hatte nicht erwartet, dass Ashley ihr ein Kompliment machen würde.

116

„Danke."

„Meinst du, sie hätten hier im Hotel auch einen Job für mich?" fragte Ashley.

Also *das* war es. Ashley war nur gekommen, um ihr zu schmeicheln, weil sie Arbeit suchte. Es ging überhaupt nicht um Lena.

„Wieso? Ich dachte, du wohnst oben in Seattle?"

„Ja. Aber ... Mitch und ich ... Ach, vergiss es einfach." Ashley lächelte süßlich und wollte sich schon abwenden.

„Wie *geht* es Mitch? Und wo ist er heute Abend?"

„Oh, er ist zu Besuch in der Ferienanlage seines Bruders in der Nähe von Union. Ein paar Familienprobleme."

„Und du bist nicht bei ihm?"

„Offensichtlich nicht", grinste Ashley. „Seine Familie, nicht meine." Sie zwinkerte und ließ Lena stehen.

„Alles gut bei dir?" Einer ihrer ehemaligen Klassenkameraden war ans Buffet gekommen und blickte auf ihren Teller. „Sind die *so* gut?" Er deutete auf Lenas Auswahl.

„Ich weiß nicht", erwiderte sie und kehrte langsam aus ihrer benommenen Überraschung ob Ashleys kaltherziger Haltung gegenüber Mitchs Familie in die Realität zurück. „Ich habe sie noch nicht gekostet."

„Na, du hast jedenfalls 'nen Berg davon!" lachte er.

Da erst bemerkte Lena, dass sie während des gesamten Wortwechsels mit Ashley gedankenlos Roastbeef-Canapé um

Roastbeef-Canapé vom Buffet auf ihren Teller geladen hatte. Sie wurde rot.

„Ich bin bereit, welche zu verkaufen", flüsterte sie. „Sag bitte bloß nicht meiner Chefin, dass ich einen Anteil am abendlichen Geschäft heute haben wollte."

Er lachte gutmütig und erleichterte sie um ein paar Stück.

„Diese Ashley muss dich abgelenkt haben. Hast du das neuste Gerücht über sie und Mitch schon gehört?"

„Mitch?"

„Der Typ, der dich auf unserer Schulabschluss-Party geküsst hat, soweit ich mich erinnere?"

Lena errötete noch mehr.

„Nein. Hab' ich nicht."

„Nun, dem Gerücht zufolge sieht sein Kind immer mehr wie ein Mitglied der Familie Cartwright aus."

„Was?!"

„Und ich rede nicht von Big Hoss oder Little Joe. – Naja, ich sitze da drüben an einem Tisch." Er zeigte vage auf die andere Seite des Raums. „Haste Lust, dich ein Weilchen dazuzusetzen?"

*

Während Lena jede Woche bei Hunter Madigan von *Sound Decision Real Estate* nachfragte, ob es in der Unterstadt von Wycliff eine bezahlbare Business-Suite zu mieten gebe, arbeitete Autumn still an dem Konzept für ihr eigenes Reisebüro.

Sie lebte noch immer in Olympia, angestellt bei der Reisebüro-Kette, aber nichts hinderte sie daran, ihren eigenen Businessplan zu erstellen, sich mit potenziellen künftigen Geschäftspartnern zu vernetzen und Reisen an ihrem Schreibtisch daheim zu entwickeln. Sie fand ein inhabergeführtes Unternehmen nahe Wycliff mit Minibussen für Gruppen mit bis zu zwölf Personen; man war dort willens, mit ihr zusammenzuarbeiten. Sie googelte kleine Hotels und Motels und stellte eine Liste von Unterkünften für Geldbörsen aller Größen zusammen, sodass sie ihre Reisen individuell auf den Kunden zuschneiden konnte. Sie starrte auf die Karte des Bundesstaates Washington, bis sich in ihr Gehirn jeder landschaftlich reizvolle Highway eingebrannt hatte, den sie vielleicht in ihre Fahrten einbringen wollte.

In der Zwischenzeit hatte es sich Nick Cartwright zur Aufgabe gemacht, sie immer wieder an ihrem Arbeitsplatz im Reisebüro aufzusuchen. Autumn war ziemlich verwirrt. Es fühlte sich wirklich gut an, dass jemand manchmal mit ihr zum Mittagessen ausging. Oder nur zum Plaudern hereinkam. Obwohl sie auf diese Weise keine Arbeit erledigt bekam. Er fragte einfach nach allen möglichen Reisen, die sie ihm an Orte in der Karibik oder drüben in Europa empfehlen konnte. Aber er buchte nie etwas. Autumns ältere Kolleginnen begannen zu grinsen, wenn sich die Tür öffnete und Nick über die Schwelle trat. Und sie wisperten untereinander. Es war klar, dass sie dachten, er sei Autumns Liebster. Aber das war er nicht.

119

„Meinst du das im Ernst?!" heulte Lena eines Abends ins Telefon. „Der Typ ist ein Widerling. Und du gehst mit ihm aus zum Mittagessen?! Und jetzt hat er – was?! Dich zu einem Abendessen am Samstag und einem Konzert hinterher eingeladen?!" Sie bemerkte, wie pathetisch sie klang. Autumn konnte vermutlich jedes einzelne Satzzeichen in ihrer Klage hören.

„Er hat sich verändert", sagte Autumn. „Er ist wirklich nett und höflich."

„Nein, ist er nicht. Habe ich dir nicht erzählt, wie er an unserem Klassentreffen immer noch versucht hat, mich einzuschüchtern?"

„Nein, hast du nicht."

„Nun, er hat mich tatsächlich gehänselt, als sei die Mixer-Katastrophe immer noch die wichtigste Sache der Welt, die mir je passiert sei. Als hätte ich in der Zwischenzeit nichts erreicht."

„Oh. Ich verstehe. Na, und wie hast du reagiert?"

„Ich habe ihm im Grunde gesagt, was ich von seinem Hirn halte, und habe ihn einfach stehen lassen."

„Siehst du wohl. Er muss es sich zu Herzen genommen haben, denn er ist wirklich nett zu mir."

Lena verdrehte die Augen. „Und du fällst auf diesen Unsinn herein?"

„Verschon mich", entgegnete Autumn. „Und halte ihn einfach im Zweifelsfall für unschuldig. Wir werden alle auf die eine oder andere Weise reifer, und vielleicht hat auch er seine

Lektion gerade gelernt. Ich bin willens, ihm eine Chance zu geben."

„In einer Beziehung?!"

Autumn seufzte. „Das ist noch nicht mal in Aussicht. Er hat mich zum Abendessen eingeladen und zu einem Konzert, für das er zufällig zwei Karten hat. Nicht mehr und nicht weniger."

„Aber du stehst auf ihn?"

„Ich weiß es noch nicht. Ich glaube, ich mag ihn."

„Ich traue ihm nicht."

„Nun, *ich* bin diejenige, mit der er ausgehen will, nicht du. Du bist also aus dem Schneider."

Sie legten etwas später auf, beide gereizt über die jeweils andere. Lena fühlte sich von ihrer Freundin betrogen, und Autumn wollte einfach daran glauben, dass Menschen sich ändern konnten. Keine von ihnen war sich sicher, ob es noch so eine gute Idee war, unter den gegenwärtigen Umständen Büroräume teilen zu wollen. Was, wenn sie sich irgendwann in der Zukunft einmal richtig stritten und dann mit einer Miete festhingen, die keine von ihnen sich allein leisten konnte? Beide waren sich jetzt allerdings sicher, dass sie mit ihrer jeweiligen Geschäftsidee auf dem richtigen Weg waren.

*

Nick Cartwright summte fröhlich vor sich hin. Alles sah gut aus. Niemand hatte geahnt, dass mehr in ihm steckte als nur

Football-Spielen. Er hatte auch schon immer gern gezeichnet. Karikaturen von Klassenkameraden und Lehrern oder von Spielern der gegnerischen Football-Teams. Die meisten waren ausgesprochen gemein gewesen. Aber sie waren auch ziemlich gut gewesen. Er lachte in sich hinein, wenn er daran dachte, wie die Leute reagieren würden, wenn sie wüssten, wie er sie sah. Selbst Autumn war einmal sein Opfer gewesen mit großen Locken, einer Stupsnase und frechen, kleinen Brüsten; er hatte sie in ein Hexenkostüm gesteckt und auf einem Besen reiten lassen, an den sich ihr Vater klammerte und um Hilfe rief. Was Lena anging, sie war als Eule gezeichnet worden, die mit ihren Zahnspangen-Zähnen Bücher zerfledderte. Wie hatte sie es wagen können, ihn beim Klassentreffen zurechtzuweisen?! Es würde ihr recht geschehen, wenn er dieses Bild herumzeigte.

Vorerst musste er sich zusammenreißen und sich auf seinen Job konzentrieren. Er musste etwas Einzigartiges produzieren. Er schuldete sich das mehr als alles andere. Natürlich hatten ihn Gerüchte ob der Gerüchte ob seines Scheiterns erreicht. Er war wütend gewesen und hatte beschlossen, dass er die Geschichte ins Gegenteil verkehren würde. Sein Vater hatte ihm schließlich doch einen zinsfreien Kredit gewährt, und er hatte sich um einen Start-up-Kredit bei einer Gruppe beworben, die Jungunternehmer unterstützte. Nick betrachtete seine Zeichnungen mit zusammengekniffenen Augen. Es war eine Kollektion Unisex-Outdoor-Outfits und -Accessoires mit dem

Logo „NiC" auf allem. „NiC" wie in Nick Cartwright. Ausgesprochen wie das Wort „nice", „gut".

Er schnappte sich sein Telefon und wählte eine Nummer.

„Hallo, hier ist Nick. Sind die Stoffe für die Hemden schon eingetroffen? Na, warum lässt du es mich dann nicht sofort wissen?! Ich sitze hier und warte auf die Ausführung. Die Präsentation ist in zwei Wochen, und bislang habt ihr mir nur die Reißverschlusshosen und -jacken geliefert. Das ist viel zu langsam. Ja, ja, ich weiß, dass dein Sohn vorige Woche krank war. Aber warum hast du keinen Babysitter bestellt und deine Arbeit abgeliefert? Bezahle ich dir nicht genug? – Hör zu, es geht hier um meine Karriere. Und wenn ich untergehe, gehst du mit unter. – Nein. Ich werde sicherstellen, dass auch niemand anders mit dir noch Geschäfte machen will. Ich erwarte mindestens ein Hemd je Farbkombination bis morgen Mittag. Ja, ich weiß, dass das ein Samstag ist. Wenn ich am Wochenende arbeite, kannst du das auch."

Er legte auf und holte tief Luft. Dann wählte er die nächste Nummer.

„Autumn, meine Liebe. Hättest du Zeit für einen sehr deprimierten Designer, der fürchtet, dass er von seinem Herstellungsteam sabotiert wird? – Na, in ungefähr einer Stunde? Wie wär's mit Mittagessen in dem neuen Fischrestaurant am Hafen? Ja, ich hole dich ab und bring dich auch wieder zurück. Abgemacht?"

Während er den Anruf beendete, verzog sich sein Mund zu einem breiten Lächeln. Er verließ sein Zeichenbrett in dem Atelier, das er nahe Percival Landing gemietet hatte und spähte aus dem Fenster. Die Kuppel des Kapitols auf dem Hügel wirkte grau unter einem noch dunkelgraueren Himmel, und der Wind trieb weiße Wolkenfetzen auf den Hafen zu. Jachten lagen Seite an Seite an den Docks. Der Bootsverkehr war natürlich nicht so stark wie an einem sonnigen Tag, aber Leute betraten Bootshäuser zu Fuß und kamen nur Augenblicke später in ihrem Boot wieder heraus. Wenn man Zeit und Geld genug für eine Vergnügungsfahrt hatte, warum nicht auch an einem so tristen Tag, wenn andere arbeiten mussten? Naja, eines Tages würde er seine eigenen Outdoor-Läden überall im pazifischen Nordwesten besitzen. Und er wäre einer dieser lässigen Typen mit einer reizenden Begleiterin an seiner Seite, nur weil er es sich leisten konnte.

Inzwischen wäre Autumn mit ihrem Reisebüro eine wunderbare Multiplikatorin für seine Kollektionen. Er war sich ziemlich sicher, dass er sie dazu überreden konnte, ein paar Outdoor-Touren für diejenigen anzubieten, die in die Region kamen, um zu wandern, zu klettern oder Boot zu fahren. Er würde eine Modenschau in einem der Hotels für Zwischenübernachtungen arrangieren und sicherstellen, dass jeder seine Marke kaufte.

„NiC", sagte er vor sich hin. „Einer für alle. Nein, das klingt billig. Wir müssen es besser machen. Ich sollte auch nach einer Werbeagentur Ausschau halten."

Einen Augenblick lang grübelte er. Dann ging er zurück an sein Zeichenbrett, nahm sein Telefon und wählte eine neue Nummer.

„Denise!" rief er einen Moment später aus. „Wie geht es dir, Süße? Oh, gut, gut. Große Kunden sind immer großartig für eine Werbeagentur, hab' ich nicht recht? Was? Oh nein, nichts dergleichen. Ich frage mich nur, ob du Zeit für einen überarbeiteten Designer hättest, der sich sehr einsam fühlt und gern mit einer reizenden Dame zu einem schicken Abendessen ausgehen würde. Heute Abend? Wo darf ich dich abholen? Wunderbar. Du bist meine Lebensretterin. Bis dann."

Er legte auf und rieb sich die Hände. Eine kleine Investition in die Damen würde seinem Geschäft viel bringen. Und sie würden sich nicht darüber beschweren können, dass sie nicht so behandelt worden wären, wie sie es verdienten, diese hübschen, kleinen Närrinnen.

*

Aus Loretta Franklins Tagebuch:

Was für ein seltsames Gefühl, so nahe an unserem nördlichen Nachbarn Kanada zu sein und doch nicht einfach so hingehen zu können. Der Blick aus meinem Hotelzimmerfenster hier in Port Angeles geht auf die San Juan de Fuca Straße hinaus mit ihrem unablässigen Strom von Schiffen aller Nationalitäten, Zwecke und Größen. Ich kann sogar die Lichter der Siedlungen jenseits dieser stark befahrenen Wasserstraße sehen. Steht jetzt gerade jemand dort drüben am Fenster und denkt dasselbe?

Heute Morgen, nachdem wir wieder in den Bus gestiegen waren, fragte Tay mich, warum ich diese Tour gebucht hätte. Einen Moment lang fehlten mir doch wirklich die Worte. In der Tat macht sie mir so viel Spaß, dass ich einen Augenblick lang mein Dilemma vergessen habe! Natürlich verflog der Moment rasch, und der wahre Grund krachte in meinen Kopf wie ein Stein. Ich sagte Tay, ich hätte dies als Möglichkeit gesehen, aus meiner normalen Routine auszubrechen und eine Antwort zu finden auf die Bitte oder Forderung meiner Töchter umzuziehen.

„Ist das also deine Art, von West-Washington Abschied zu nehmen? Ziehst du in den Osten?"

Warum braucht es jemand anders, den Dingen, die mich verwirren, so rasch auf den Grund zu gehen? Es fühlte sich an wie ein Schlag in die Magengrube, als ich merkte, dass dies tatsächlich einer meiner Beweggründe gewesen sein könnte. Warum habe ich nicht einfach eine andere Route gewählt? Oder ein gänzlich anderes Reiseziel? Sagen wir, eine Kreuzfahrt in die Bahamas, hinauf nach Alaska, einen Flug nach Hawaii, wie das alle anderen hier zu tun scheinen? Unternehme ich diese Reise wirklich, weil es das letzte Mal sein könnte, dass ich all das sehe? Sage ich allem hier Lebewohl? Dem Teil der Welt, in dem ich

126

aufgewachsen bin, geheiratet habe, eine Familie gegründet und einen Ehemann beerdigt habe? Oder versuche ich zu ergründen, wie tief meine Wurzeln reichen, um ein Argument zu haben, dass ich nicht weggehen will?

„Ehrlich gesagt: Ich weiß es nicht", war alles, was ich Tay antworten konnte. „Warum unternimmst du diese Reise? "

„Ich habe sie gewonnen", erwiderte er.

Ich war verblüfft. Anscheinend hat Autumns Reisebüro eine Verlosung kreiert, die einen Spaziergang durch die Innenstadt von Olympia umfasst. Und da Tay genau das unternahm – diesen Spaziergang durch die Stadt – und er genug Glück hatte, gewann er das goldene Ticket. Wäre er noch verheiratet gewesen, hätte er vermutlich für seine Frau ein weiteres Reisepaket kaufen müssen, um sie mitzunehmen. In diesem Fall hat sich das Reisebüro also selbst ins Bein geschossen. Ich hoffe, es kann das verschmerzen, denn ich finde die Idee originell und ziemlich mutig. Unser Wycliffer Gutscheinbuch, das an verschiedenen Unternehmensstandorten der Stadt gekauft werden kann und das neuen Bürgern in unserer Gemeinde gratis gegeben wird, scheint eine sicherere Variante der Neukunden-Gewinnung zu sein. Aber natürlich gibt es auch keine unterhaltsame Verlosung zum Jahresende.

Unser nächster Halt war inmitten des Holzfällerlands an der Küste, in Forks. Ich habe nie die Filme gesehen, die sogar noch mehr Bekanntheit erreicht haben als die Buchserie – die ich ebenfalls nicht gelesen habe. Ich kann einfach nicht viel mit

Fantasy anfangen, obwohl mir bewusst ist, dass das Genre mit den Archetypen der Menschheit spielt. Also ließen wir uns pro forma vor einem angeblich berühmten Truck vor dem Holzfällermuseum fotografieren. Uns gemeinsam. Tay zog mich überraschend an seine Seite, als er an die Reihe kam, und beließ seinen Arm noch etwas länger als notwendig um mich, nachdem die Aufnahme gemacht worden war.

Während die anderen ihre Twilight-Tour unternahmen, bummelten wir hinüber zu einem Strandgut-Museum. Dort erlebten wir eine andere Art von Dämmerung. Letztlich bedeuten die Strandgut-Schätze allesamt, dass etwas schiefgelaufen ist – das sie über Bord geweht wurden, von einem Schiff gestürzt sind, von einem Strand weggeschwemmt wurden, brutal von einem Tsunami getroffen wurden. Tay und ich waren sehr still, während wir durch die Ausstellung gingen. Einige Gegenstände brachten mich zum Lachen – wie die Container-Ladung Quietsche-Entchen. Andere machten mich nachdenklich. Mir kam der Gedanke, dass all diese Überbleibsel menschlicher Absichten auch unser Wesen definieren – skurril, auf Geldverdienen bedacht, ums Überleben kämpfend, je nachdem, welchen Gegenstand wir betrachteten. Am Ende waren sie alle nutzlos. Aber immer noch interessant zu betrachten. Sie erzählten uns Geschichten.

Nachdem die anderen damit fertig waren, Bellas Fußstapfen in der Stadt zu folgen, wurden wir vom Bus abgeholt und zum Rialto Beach gefahren, um ein paar Fotos von den beeindruckenden Felsformationen vor der Küste und von der wilden Brandung zu machen. Und dann machten wir uns auf den Weg hierher, durch bewaldete Berge und entlang den Ufern des Lake Crescent. Irgendwann nickte Tay ein, und sein Kopf landete auf meiner Schulter. Im Schlaf tastete seine Hand nach meiner, fand sie und hielt sie. Ich fragte mich, ob er von seiner Ex-Frau träumte oder unbewusst zu den Erinnerungen zurückkehrte, die wir teilen. Der Mann auf der anderen Seite des Gangs sah es und zog die Brauen hoch, als verletzten wir seinen Sinn für Moral. Ich sah ihn nur entsprechend an – wäre ich weniger höflich erzogen und hätte es nicht Tay geweckt, hätte er etwas anderes von mir abgekriegt.

5

FORT WORDEN, PORT TOWNSEND

FILM: „EIN OFFIZIER UND GENTLEMAN"

IN DEN HAUPTROLLEN: RICHARD GERE & DEBRA WINGER

Spaziergang durch den ehemaligen U.S. Heeresstützpunkt, der als Ausbildungsstätte für Offiziersanwärter der Navy Aviation gezeigt wird. Bustour vorbei an diversen Drehorten dieses Films sowie von „Schnee, der auf Zedern fällt". Zeit zum Einkaufsbummel. Die Teilnehmer übernachten im „Tide Inn", das auch in dem Film mit Richard Gere zu sehen ist.

(Autumn Rains Tour „Drehorte in West-Washington")

Es dauerte nicht lange, bis Autumn Nicks Annäherungsversuchen erlag. Er war die Antwort auf all ihre Tagträume. Er hörte zu, was sie sagte, und wusste, worüber sie geredet hatten und wann er zusätzliche Kommentare abgeben oder Vorschläge machen musste. Er erinnerte sich daran, wo es ihr gefiel und brachte sie dorthin. Er behielt es im Kopf, welche Musik sie mochte und spielte sie, wann immer sie gemeinsam unterwegs waren. Oder er fragte in einem Restaurant oder in einer Bar, ob sie ein bestimmtes Stück spielen könnten. Er bestand darauf zu bezahlen, wenn sie ausgingen, obwohl sein Unternehmen nur schwer in Gang kam – es gab so viele Outdoor-Marken, die bereits im Markt festetabliert waren. Er würde sich ein besseres Storyboard drumherum einfallen lassen müssen oder mit noch besserer Qualität kommen. „Made in America" spiegelte sich im Preis wider – aber es war nicht wettbewerbsfähig mit Marken, die in Südostasien oder in China hergestellt wurden.

Autumn war sich seines Ringens bewusst. Umso mehr verehrte sie ihn für seine ritterliche Großzügigkeit.

„Ich kann gut für mich selbst bezahlen", pflegte sie ihn zu tadeln.

„Ich schreibe es als Geschäftsessen ab", zwinkerte er. „Das ist keine große Sache."

„Ich will nicht, dass das hier ein Geschäftsessen ist", schmollte sie. „Wo liegt darin die Romantik?"

„Aber wir werden doch Geschäftspartner sein, oder nicht? Also ist es nicht gelogen." Er hatte ihre Hand ergriffen und seine Lippen darauf gedrückt. „Getrennt zu bezahlen ist nicht halb so romantisch, glaub mir."

Autumn seufzte und gab nach, obwohl sie sich fragte, wie ernst es ihm mit ihrer Beziehung war. Denn eine Beziehung war es geworden. Wenn auch eine sporadische. Aber dauerte sie nicht bereits fast ein Jahr?!

Nick behauptete, zu allen möglichen Geschäftsreisen in der Region unterwegs zu sein. Autumn verstand das. Er musste seine Marke präsentieren und nach und nach Geschäftspartner gewinnen. Er fuhr den Puget Sound auf und ab, da die bekanntermaßen hier die wohlhabendsten Kunden saßen. Und daher hatten die besten Ausstatter ihre Läden am Gestade entlang. Aber er reiste auch ostwärts an Orte wie Ellensburg oder Walla Walla, Republic und Spokane, um die Möglichkeiten dort zu prüfen. Das waren einsame Zeiten für Autumn mit Bettgeflüster nur abends am Telefon. Wenn sie allerdings ehrlich zu sich selbst war, war es die meiste Zeit dasselbe, auch wenn er in seinem Atelier in Olympia arbeitete.

Inzwischen war Lena von ihrem Bildschirm so gut wie verschwunden. Das letzte Mal, als sie miteinander gesprochen hatten, war es ein relativ gestelzter Wortwechsel darüber gewesen, wie ihre Geschäftspläne gediehen. Lena hatte tatsächlich eine kleine Büro-Suite mit einem Hinterzimmer an der Back Row gefunden.

„Es ist genau, was ich mir erhofft hatte", hatte sie es beschrieben, wobei sie außer Acht ließ, dass es ursprünglich der Plan gewesen war, Geschäftsräume für sie beide zu finden. „Ich werde das vordere Zimmer als mein Büro nutzen, und das hintere Zimmer eignet sich perfekt, um Videos von meinen Klienten zu machen."

Autumn war enttäuscht gewesen, hatte aber dennoch ihrer Freundin gratuliert. „Das ist wundervoll. Und weißt du, ich kann genauso gut hier unten bleiben und hier nach Büroräumen suchen. Letztlich finde ich vielleicht mehr Kunden in der Landeshauptstadt als in Wycliff."

Sie hatten einander viel Glück und Erfolg gewünscht. Dann hatten sie aufgelegt, wobei beide bereits ein Stück ihrer gemeinsamen Vergangenheit vermissten.

Autumn war jetzt auf sich allein gestellt. Ab und zu besuchte sie ihren Vater in Wycliff. Aber jetzt, da er eine Freundin hofierte, fühlte sie sich fehl am Platz. Sie war froh, ihn so engagiert zu sehen und wollte nicht das fünfte Rad am Wagen in einer Romanze sein, die sich zu etwas Dauerhaftem entwickelte. Ihre eigenen Ambitionen hinsichtlich einer ähnlichen Beziehung zu Nick schienen nicht der Rede wert zu sein. Wenn sie die Liebe ihres Vaters und ihre eigene miteinander verglich, fand sie, dass es ihrer an etwas ermangelte. Sie sah Nick viel zu selten für ihren Geschmack, aber er arbeitete natürlich an seinem eigenen Geschäftserfolg. Er blieb nie über Nacht, und er hatte sie nur zweimal zu sich eingeladen, beide Male ebenfalls ohne Übernachtung. Es verwirrte sie. Aber sie konnte den Grund nicht finden, warum ihre Beziehung nicht zu mehr führte. Da sie nicht perfekt war, zog sie es vor, gar nicht darüber zu reden. Am Ende wusste nur Lena über sie und Nick Bescheid, und Autumn vermied es, bei ihr in der Firma oder daheim vorbeizukommen, denn sie wollte so sehr an einen guten Ausgang ihrer fehlerhaften Romanze glauben.

Autumns eigene Pläne für ein Reisebüro wurden so konkret, dass sie sich um alle notwendigen Lizenzen und Geschäftskredite bemühte, die sie benötigte, um es physisch auf die Beine zu stellen. Da sich Olympia stetig entwickelte und die Menschen auch ständig umzogen, konnte sie bald einen kleinen Geschäftsraum am Capitol Way nahe dem Bauernmarkt finden. Nicht ganz das, was sie sich vorgestellt hatte, da sie furchtbar gern an der 5th Avenue gewesen wäre, wo mehr Durchgangsverkehr herrschte und Leute ihr Unternehmen einfach im Vorbeifahren gesehen hätten. Falls sie auf dem Capitol Way so weit in Richtung Wasser fuhren, hatten sie bereits ein Geschäft im Sinn und waren nicht unbedingt darauf aus, sich mit etwas anderem zu beschäftigen. Aber das Café und die Mode- und Schmuckboutique zu beiden Seiten ihres Büros sorgten vielleicht trotzdem für eine gute Kundenfrequenz. Da sie ihr tägliches Mittagessen vom einen holte und Schmuck trug, der für den anderen warb, wurde sie nicht nur eine Art Freundin der Inhaber, sondern war sich auch sicher, dass sie sie zum Gesprächsthema bei ihren Kunden machen würden.

Jeden Morgen, wenn sie ihr kleines Reisebüro betrat, sah sich Autumn stolz und zugleich besorgt um. Würde die Tapete mit einem Bild der Felsen von Rialto Beach an der Pazifikküste dazu beitragen, Kunden anzulocken? War es zu offensichtlich? Manchmal verwechselten sie die Leute mit einem Fremdenverkehrsbüro. Deshalb entwickelte sie selbstgeführte Spaziertouren. Es gelang ihr sogar, andere Firmen einzubinden. Wenn die Touristen eines der Geschäfte betraten, konnten sie einen Punkt ernten, der auf eine Karte gestempelt wurde. Am Ende gaben sie ihre vollends abgestempelten Karten bei Autumns Reisebüro wieder ab und nahmen an einer Verlosung zum Jahresende teil. Der Preis war ein Gutschein für eine von Autumns Touren zu anderen Orten in West-Washington. Wenn sie Glück hatte, würde sie dem Gewinner ein weiteres Reisepaket oder mehr verkaufen können, je nachdem, ob er eine Familie hatte, die mitfahren wollte. Es war gewagt, aber die Spaziertouren erwiesen sich als Verkaufsschlager. Aus irgendeinem Grund fanden die

Leute sie reizvoller, als Olympia allein mit einem simplen Stadtplan zu entdecken.

„Ich weiß nicht, was ich falsch mache", stöhnte Autumn einmal, während sie mit Nick bei *Anthony's* zu Abend aß. „Ich werbe, wo ich nur kann – aber mein Budget geht zur Neige. Warum interessieren sich nicht mehr Leute für Reisen in unserem Bundesstaat? Ich könnte für sie so eine tolle Informationsquelle sein."

„Nun", überlegte Nick. „Vielleicht solltest du weniger Information und mehr Abenteuer anbieten. Oder Glamour. Oder beides. Wenn ich Urlaub mache, will ich mich ganz sicher nicht so fühlen, als wäre ich wieder auf der Highschool."

„Denkst du, das ist ihr Eindruck?"

„Du könntest dir zumindest etwas thematisch anderes einfallen lassen. Touren um die Halbinsel oder einen Teil des Northern Cascade Loop oder um den Puget Sound – na, wie aufregend klingt das für dich? Ich meine, da ist nichts verkehrt dran. Aber man braucht nicht unbedingt einen Reiseleiter dafür."

Autumn legte einen Ellbogen auf den Tisch und beugte sich leicht vor. „Weißt du, du könntest recht haben."

„Probier meinen Vorschlag einfach aus. Du hast versprochen, du würdest mir dabei helfen, meine Marke zu verkaufen – aber welche der Touren lässt es aufregend genug klingen, dass man dafür überhaupt Outdoor-Ausrüstungen kauft?"

„Welche würde es?"

„Verkauf ihnen Klettertouren am Mount Rainier."

„Ich bin kein Bergsteiger und habe auch nicht vor, es zu werden."

„Pack einen Bergführer dazu. Du kannst inzwischen in Paradise entspannen – kauf ein, iss zu Mittag, was auch immer. Meines Erachtens müsstest du nicht einmal mitgehen."

„Hm, warum habe ich nicht schon früher auf dich gehört?"

So entstanden Autumns Thementouren. Mit Nick als Anzeigenpartner bewarb sie eine Klettertour am Mount Rainier, eine Wasserfall-Tour im nördlichen Kaskadengebirge und eine Angeltour auf dem Snohomish River. Sie dachte sich eine Lewis & Clark Tour aus, eine Tour zu skandinavischen Wurzeln, eine Weinprobentour und – nach einiger Recherche und Requisitenauswahl – eine Tour zu Drehorten in West-Washington. Es war Letztere, die die Aufmerksamkeit auf ihr Unternehmen lenkte, als sie ankündigte, dass je nach Saison, am Ende der Tour das Filmfestival in Seattle, Port Townsend oder Wycliff stehen würde. An dem Tag, an dem sie ihren ersten Minibus ausbuchte, wollte sie mit Nick feiern. Aber er ging nicht ans Telefon, obwohl sie wusste, dass er in der Stadt war. Und als sie zu seinem Atelier hinüberging, um ihn nach der Arbeit abzuholen, war es bereits geschlossen. Es nahm ihr etwas von der Freude; sie zu teilen, hätte sie um einiges vergrößert. So begnügte sie sich mit einem einsamen Glas Champagner in einer kleinen Bar mit Blick auf den Hafen und hob es einigermaßen wehmütig auf eine erfolgreiche Zukunft von *Breaking Away*, wie sie ihr Reisebüro genannt hatte.

*

Mitch öffnete die Tür und erstarrte. Ashley saß auf einem gepackten Koffer im Flur. Hinter ihr konnte er Jackson in einem Sessel schlafen sehen, seinen Teddybären an die Brust gedrückt, sein blondes Haar in die Augen gefallen. Mitch stellte seine Aktentasche ab, hängte seine Schlüssel an einen Haken neben dem Kleiderständer und schlüpfte aus seiner Jacke, während er seine Frau im Auge behielt. Sie sprach nicht, sondern erwiderte nur seinen stillen Blick. Endlich durchbrach er das Schweigen.

„Was soll das bedeuten?" fragte er. Seine Stimme war hart, aber leise, damit er Jackson nicht wecke.

„Wonach sieht es aus?" antwortete Ashley.

„Du hast nicht gesagt, dass du jemanden über Nacht besuchen willst."

„Tja, hab' ich nicht. Und es ist auch kein Übernachtungsbesuch, Mitch. Ich verlasse dich."

Mitch wurde blass. Er starrte Ashley an und sagte kein Wort.

„Ist das alles, was du zu sagen hast?" spottete Ashley. „Nichts? Du lässt mich einfach gehen?"

Mitch holte tief Luft und riss sich sichtlich zusammen.

„Schau, ich weiß, dass wir versucht haben, dass es funktioniert.

Aber ich bin nicht dumm. Wir waren nie füreinander bestimmt. Wenn du also beschlossen hast zu gehen, schätze ich, dass ich deine Meinung nicht ändern könnte. Eigentlich will ich das auch nicht. Reisende soll man nicht aufhalten. Ich meine, früher oder später würdest du dieselbe Entscheidung wieder treffen und trotzdem gehen."

Ashley stand auf.

„Du bist ein trauriger Wicht, Mitch Montgomery. Du bist nicht einmal Manns genug zu versuchen, mich zurückzuhalten." Sie trat näher und zischte: „Bist du dir dessen bewusst, dass das für immer ist, Mitch? Ich verlasse dich. Dann reiche ich die Scheidung ein. Ich habe genug von dieser Scheinehe."

„Scheinehe", wiederholte Mitch tonlos. Dann räusperte er sich und sagte immer noch mit leiser Stimme: „Leider muss ich dir da zustimmen. Das kommt selten genug vor."

Ashley lachte grimmig. „Ich glaube, keiner von uns wollte es wirklich. Das Schicksal hat uns einfach zusammengefügt."

„Nicht das Schicksal. Jackson", nickte Mitch und warf einen mitleidvollen Blick auf das schlafende Kind.

„Ja, Jackson. Aber ich brauche dich nicht mehr. Ich werde das von jetzt an alleine handhaben. Ich habe es satt, herumzusitzen und für dich die kleine Hausfrau zu spielen."

Mitch hob nur die Brauen.

„Ich hätte so viel mehr Zukunft ohne dich haben können. Ich sehe es jetzt. Ich dachte, du wärst ein brillanter Kerl, der eine große Karriere hinlegt in einer Stadt, die praktisch vor

Arbeitsplätzen für Leute wie dich birst. Deshalb dachte ich, ein Umzug nach Seattle sei eine tolle Idee. Um dich näher an diese Möglichkeiten heranzubringen."

Jetzt lachte Mitch.

„Dann ging also alles nur um mich, hm? Der Umzug. Daheim zu bleiben, um was zu tun? Den ganzen Tag fernzusehen? Am Telefon mit Gott weiß, wem, hängen?"

Seine Stimme war etwas lauter geworden. Er merkte es und sah nach, ob Jackson immer noch schlief. Dann wechselte er wieder zu einem halben Flüstern.

„Tu nicht so, als gehe es um mich. Es ging von Anfang an um dich. Nicht einmal um Jackson."

Ashley zuckte die Achseln und hob den Koffer an. „Jedenfalls bist du jetzt daheim, und ich nehme das Auto."

Obwohl Mitch nach dem Schlüssel am Nagel stürzte, schlug ihn Ashley um eine Sekunde und ließ ihn triumphierend zwischen Daumen und Zeigefinger baumeln.

„Du kannst das Auto nicht nehmen. Wie soll ich zur Arbeit kommen?"

„Oh, dir fällt schon was ein. Außerdem wirst du noch viel mehr lernen müssen. Du weißt, dass du für mich und Jackson Unterhalt wirst bezahlen müssen – anständigen Unterhalt. Traditionell entscheiden so die Gerichte. Zugunsten der Mutter. Also bereitest du dich besser darauf vor."

Mitchs Gesicht wurde rot. „Du bist eine Hexe, Ashley. Ich habe alles für dich getan. Und nun zahlst du es mir so zurück? Hab' zumindest etwas Anstand."

Ashley grinste. „Weißt du, Mitch, ich werde nett sein und nur das fordern, was mir zusteht, ohne noch mehr Ansprüche zu stellen. Das sollte anständig genug sein."

Sie ging zurück ins Wohnzimmer und weckte Jackson, indem sie ihn leicht an der Schulter rüttelte.

„Hey, Schlafmütze, Zeit zu gehen. Grammy und Grampy warten auf uns. Du wirst sehen, wir werden jede Menge Spaß haben, wo sie wohnen."

Jackson gähnte und schlüpfte aus dem Sessel. „Kommt Daddy auch mit?"

„Nein, Schätzchen. Daddy kommt nicht mit uns mit. Aber er darf uns besuchen, wenn er nett bittet."

„Aber ich will, dass Daddy mitkommt", protestierte der Fünfjährige.

„Nun, das kannst du auf deinen Wunschzettel an den Weihnachtsmann schreiben", sagte Ashley.

„Daddy!"

Ashley trug den Koffer in der einen Hand und zerrte Jackson mit der anderen an Mitch vorbei. Jackson versuchte, sich loszureißen, doch Ashley zog ihn hinaus und auf die Treppen zu.

„Daddy!"

„Wirst du wohl aufhören zurückzusehen und dich auf deine Füße konzentrieren?!" schimpfte Ashley mit Jackson, der nunmehr weinte, sein Gesicht rot und verzerrt.

Mitch stand in der Tür und sah ihnen zu; seine Arme hingen leblos von seinen Schultern herab.

„Es ist okay, Jackson ..."

Seine Gedanken waren wie betäubt. In der Mitte der Treppe hievte Ashley Jackson auf ihre Hüfte und stürmte die letzten Stufen hinunter. Sie eilte auf das Auto zu, das an seinem zugewiesenen Platz stand, ließ den Koffer fallen und schnallte Jackson in seinen Sitz, so schnell sie konnte. Dann warf sie den Koffer in den Kofferraum, stieg ins Auto und fuhr ohne einen weiteren Blick zu Mitch davon. Das Letzte, was er sah, waren die hellen Rücklichter; dann wurde das Auto vom Verkehr und den Gebäuden dazwischen verschluckt.

Mitch stand nur da und starrte vor sich hin.

„Sind Sie in Ordnung?"

Seine Nachbarin, eine ältere Frau mit unbändigem, buntem Haar hatte ihre Tür geöffnet und lehnte nun im Türrahmen. Sie trug ein glitzerndes T-Shirt und leuchtend-rosafarbene Leggings, und sie rauchte eine Zigarette. Mitch war ihr kaum begegnet, seit sie eingezogen waren. Er wusste, dass sie Madge Miller hieß. Er wusste, dass sie Köchin in einem der Pubs in der Nähe des Neptune Theaters gewesen war. Dass sie eines Nachts überfallen worden und seither nicht mehr in der Lage war, dort zu arbeiten, aus Furcht, es könne wieder passieren. Dass sie

Gelegenheitsarbeit verrichtete und wohl ums nackte Überleben kämpfte mit einem Mindesteinkommen bei steigenden Mieten in Seattle.

Er nickte ihr zu. „Ja."

Er wollte sich umdrehen und zurück in seine Wohnung gehen.

„Verlässt sie Sie endgültig?"

Mitch hielt inne. „Woher wissen Sie?"

„Es war einfach wie eine klassische Filmszene", lächelte sie traurig.

„Tja, ich fühle mich bestimmt wie im falschen Film."

„Haben Sie schon zu Abend gegessen?"

Mitch schüttelte nur den Kopf.

„Nun, warum kommen Sie nicht rüber und leisten mir Gesellschaft? Es ist nichts Besonderes, aber es reicht für zwei. Sie sehen so aus, als sollten Sie jetzt nicht allein sein." Madge sah, dass Mitch zögerte. „Kommen Sie schon; ich bin nicht die böse Hexe aus dem Märchen."

Mitch versuchte zu lächeln. „Das ist sehr nett von Ihnen, aber ..."

„Hat sie schon etwas für Sie gemacht? – Ach, kommen Sie, nur keine Schüchternheit!" Sie löschte die Zigarette in einer mit Wasser gefüllten Dose, die auf dem Boden neben ihrer Tür stand.

Mitch nickte langsam. Er griff sich seinen Wohnungsschlüssel und folgte Madge in ihre Wohnung. Sie hatte eines der Wohnschlafzimmer auf dem Stockwerk, und es war mit Kartons vollgestapelt. Die einzigen Möbel waren ein Tisch und zwei Stühle sowie ein Sofa gegenüber einem sehr kleinen Flachbildschirm. Die Küche war vollgestopft mit Kochgeschirr und Körbchen voller Kräuter und Gewürzgläser. Der Raum roch würzig und fruchtig zugleich.

„Setzen Sie sich", lud ihn Madge ein. „Ich kann Ihnen nur Wasser oder Tee anbieten. Kein Geld für irgendwas Schickeres."

„Wasser ist fein."

Wortlos holte sie zwei Gläser aus einem Schrank, füllte sie an der Küchenspüle und brachte sie an den Tisch zurück. Dann deckte sie den Tisch und stellte zwei dampfende Töpfe auf einen Langen Untersetzer.

„Bedienen Sie sich. Mitch, richtig?" Sie bot ihm eine große Kelle an und schob ihm einen der Töpfe zu. Er war mit Reis gefüllt.

Eine Sekunde lang zögerte Mitch. Seine Frau hatte ihn kaum verlassen, da saß er schon bei einer anderen Frau in der Wohnung. Obwohl niemand im Geringsten bezweifelt hätte, dass zwischen ihnen nichts passierte als reine gute Nachbarschaft.

Madge grinste. „Sie zweifeln noch?"

Mitch lachte leise und verlegen. „Es fühlt sich gerade alles so absurd seltsam an. Als waere es nicht ich, dem all das passiert."

„Ja, nun. Das Leben ist manchmal so."

Mitch bediente sich. Dann bot ihm Madge ein Curry mit Huhn und Ananas an. Sein Magen knurrte, und er merkte, wie hungrig er war.

Madge lachte leise. „Langen Sie zu!"

Eine Zeitlang waren sie in Schweigen versunken. Sie hörten nur ihr eigenes Kauen, das Klirren des Bestecks gegen die Teller, den fernen Verkehrslärm, ein Flugzeug über dem Haus im Landeanflug auf SeaTac Airport.

„Das ist gut", sagte Mitch schließlich.

„Danke."

„Nein, ich meine es auch so – das ist richtig, richtig köstlich. Ich habe schon lange nichts Selbstgekochtes mehr gegessen. Danke."

„Dann war Ihre Frau also keine große Köchin, hm?"

„Nein."

„Entschuldigung, ich bin keine Klatschbase. Und ich erwarte auch nicht, dass Sie über sie reden."

„Nun, nein", sagte Mitch mit schiefem Lächeln.

„Aber sie sind ein feiner Kerl. Sie hatte bestimmt Glück, Sie gefunden zu haben. Ich sehe Sie täglich zur selben Zeit zur Arbeit gehen und wieder heimkommen. Ich sehe, wie Sie mit dem Kleinen von ihr spazieren gehen."

„Mit *unserem* Kleinen."

Madge legte den Kopf schief. „Sehen Sie, so sehr nett und anständig sind Sie. Ziehen ihr Kind auf als sei es Ihr eigenes ..."

144

„Entschuldigung?" Mitchs Gesicht sah aus wie ein lebendiges Fragezeichen.

Madge wurde rot. „Oje, oje! Ich dachte, ich träte offene Türen ein, aber ich schätze, ich hätte mir besser auf die Zunge beißen sollen."

„Was meinen Sie?" Mitch legte seinen Loeffel in seinen nunmehr leeren Teller.

„Ich dachte es sei für jedermann so offensichtlich, der Sie und Ihre Familie gesehen hat. Jackson hat absolut keine Ähnlichkeit mit Ihnen hinsichtlich Aussehens oder Körpersprache." Madge atmete aus. „Es tut mir leid. Ich dachte, Sie wüssten, dass er nicht Ihr Sohn sein konnte."

*

Es war gegen Ende der Hauptsaison im *Pine Beach Resort*. Und das war auch gut so. Emily war den Sommer über von körperlichen Aufgaben immer mehr überfordert gewesen, sei es das Hochheben jeglicher Gegenstände, die schwerer waren als ihre kleinste Lodge Pfanne, oder das Spielen mit ihrer und Wendells kleiner Tochter Laurie. Die Leukämie war mit voller Wucht zurückgekehrt. Eine Zeitlang hatte es geschienen, als hätte sie sie überwunden. Sie hatten eine übereinstimmende Rückenmarksprobe gefunden, und die Person war willens gewesen, sich der Spende zu unterziehen. Emily hatte sich in Remission befunden. Sie hatte angefangen, das Leben wieder zu genießen, obwohl die große Angst immer im Schatten gelauert hatte. Als die Krankheit zurückgekehrt war, hatte sie erst versucht, sie zu ignorieren, dann herunterzuspielen. Nun gab es keinen Zweifel mehr. Sie hatten die Diagnose vom St. Christopher Krankenhaus in Wycliff erhalten. Emily lag im Sterben. Es würde ein Wunder geschehen müssen, um ihr Leben zu retten und sie für immer zu heilen.

Wendell sah die Lebensfreude seiner Frau immer mehr schwinden. Ständige Erschöpfung machte alles außerhalb ihres Zuhauses zur Qual. Sogar die kleine Laurie, ihre lebhafte brünette Tochter mit ihren riesigen anthrazitfarbenen Augen, spürte, dass mit ihrer Mutter etwas nicht stimmte, obwohl ihr noch niemand die furchtbare Wahrheit gesagt hatte. Denn es gab ja noch Hoffnung, oder nicht? Und solange es Hoffnung gab, warum sollte man da dieses kleine Wesen aufregen, das so voller Fröhlichkeit und Energie war? Um Lauries willen machte Wendell so weiter, als sei alles so, wie es sein sollte. Und nur nachts, wenn Emily bereits fest schlief, erlaubte er es sich zu weinen. Ganz leise, damit er sie nicht wecke.

Das Personal hielt die Ferienanlage immer noch in sauberem und einladendem Zustand. Aber es fürchtete die Stimmungsschwankungen seines Besitzers. Dass er sich einen Bart wachsen ließ und nach einer schlaflosen Nacht immer öfter ungekämmt und ungepflegt umherging, half Wendells Ruf bei ihm auch nicht gerade. Seine Traurigkeit und Wortlosigkeit wurden als Missmut und Zorn missverstanden, sein vernachlässigtes Äußeres kündigte den Niedergang an. Bis zum Labor Day hatten die meisten Angestellten gekündigt, und der Restaurant-Pächter hatte erklärt, er denke darüber nach, die Pacht nicht zu verlängern. Er habe schon bessere Zeiten gesehen, und so leid ihm Emilys Gesundheitszustand tue, so sei ihm das Hemd doch näher als der Rock. Seine Köchin sah sich bereits nach einer neuen Stelle um; ihre Geliebte war mit einer weiteren Freundin von ihr auf und davon gegangen, und nun sah sich die Frau des Pächters gezwungen, die Verantwortung für die Küche zu übernehmen. Nicht, dass sie das je vorgehabt hätte. Und sagen wir es so: Die Gäste wussten ihre Mahlzeiten nicht zu schätzen, die sich aufwändig auf der Speisekarte lasen, aber einmal auf dem Teller einen Mangel an Können verrieten.

Natürlich wusste Wendell, dass er das Schiff am Schwimmen halten musste, wenn es schon nicht segelte. Da waren die Arztrechnungen für die Bereiche in Emilys Behandlung, die die Versicherung nicht abdeckte. Und die kleine Laurie brauchte ein Zuhause, das immer noch eines zu sein schien, auch wenn es aufgrund der Umstände, nicht mangels Zuneigung zerfiel. Als Emilys Eltern vorschlugen, aus Arizona zurückzukehren und die Zeit zu überbrücken, bis Wendell jemanden gefunden hätte, der zumindest vorübergehend für ihn übernehmen könnte, war er entsetzt und erklärte ihnen in groben Worten, was er von ihrem Angebot hielt und von ihrer Unterstellung, er sei unfähig. Seine eigenen Eltern erhielten dieselbe Antwort.

Mitch hatte zu dem Zeitpunkt seine eigenen Probleme; also war er kaum so jemand, dem man sein Leid klagen und auf den man sich stützen konnte. Er hatte nicht angedeutet, was es war, aber Wendell hatte mehr als nur so eine Ahnung, was sich dahinter verbarg. Er hatte schon immer seinen Verdacht hinsichtlich der Motive dieses glamourösen Mädchens gehegt, seinen kleinen Bruder zu heiraten. Die sehr frühe Geburt von Jackson hatte Wendells Verdacht nur erhärtet. Jedes Mal, wenn er in den folgenden Jahren den kleinen Kerl gesehen hatte, war es klarer und klarer geworden, dass Jackson kein Montgomery sein konnte. Nichts in seinem Aussehen, seiner Körpersprache, seinen Interessen deutete auch nur im Entferntesten auf eine Blutsverwandtschaft. Es war Wendell nicht klar, ob Mitch sich dessen glücklicherweise nicht bewusst war oder ob er sich unwissend stellte, um den Schein zu wahren. Es war nicht Wendells Angelegenheit, sich einzumischen oder auch nur etwas anzudeuten. Solange sein Bruder glücklich war.

Glücklich gewesen wäre, korrigierte sich Wendell. Immer häufiger war Mitch im vergangenen Frühjahr als Hausgast bei ihnen aufgekreuzt, zunächst ohne Emilys Krankheit in seinem eigenen Zustand der Verwirrung und Bedürftigkeit zu bemerken oder ihn ignorierend. Ashley war nie mitgekommen. Das deutlichste Anzeichen, dass ihre Ehe nicht war, was sie zu hätte sein sollen, war, als Mitch auftauchte, weil er endlich verstand, was er unter dem Dach seines Bruders mitbekommen hatte, und versuchte, seinen Beitrag mit Arbeiten an der Ferienanlage und emotionaler Unterstützung zu leisten. Ashley hatte darauf bestanden, zu ihrem Klassentreffen zu gehen, obwohl Mitch ihr deutlich gemacht hatte, dass sein Bruder so viel Hilfe wie möglich benötigte. Er hatte ihr sogar gesagt, dass sie Emily schon demnächst vielleicht zum letzten Mal draußen herumlaufen sehen würden.

Es war eine Nacht im Frühherbst. Noch war es warm genug, um draußen zu sitzen, und Wendell saß in einem Stuhl auf seinem schwankenden Bootssteg. Das Resort schlief schon – was noch davon übrig war. Das Restaurant hatte schon früh geschlossen. Die Öffnungszeiten des Ladens hatten vor Einbruch der Dunkelheit geendet. Nur zwei Hütten waren erleuchtet – der einzige Beweis dafür, dass die Ferienanlage immer noch gebucht wurde. Das Wasser glitzerte im Mondlicht, ewig rastlos mit seinen sachten Wellen, die gegen das schlammige Ufer schwappten. Das Boot am Dock wogte auf und ab and down mit der Dünung der Flut. Der Wind rauschte ganz sanft in den Zweigen der Bäume.

Es hätte eine dieser verträumten Nächte der vergangenen Jahre sein können. Mit Emily an seiner Seite, ihren Kopf an seiner Schulter, beide in den Himmel blickend, um Planeten und Sternkonstellationen zu finden. Jetzt starrte Wendell auf die Knoten im Seil, die sein Boot festmachten. Was sollte er nur tun, falls … wenn Emily nicht mehr da wäre? Was sollte er mit Laurie tun? Seine Eltern hatten angeboten, sich um sie zu kümmern, solange er Hilfe brauchte. Er hatte abgelehnt. Nun das war milde ausgedrückt. Er hatte sie angeschrien, denn er wollte nicht, dass jemand andeute, dass dies Emilys letzter Sommer war, ihr letzter Herbst, ihr Letztes von allem. Sein Letztes von Emily.

Wendells Gedanken wurden durch Rufe vom Parkplatz her unterbrochen. Er fluchte leise. Diese Leute, wer auch immer sie waren, würden Emily und Laurie wecken. Womöglich würden sie ihnen sogar Angst machen. Er erhob sich rasch, wobei seinen Stuhl umwarf, und rannte auf das Licht zu, das sich über der Tür eingeschaltet hatte, die zum Treppenhaus ihrer Wohnung führte. Augenblicke später stand er keuchend vor einer Gruppe von neun Leuten, die Gepäck mit sich schleppten. Ungefähr die Hälfte von ihnen waren Frauen. Alle sahen müde und gestresst aus. Dann meldete sich jemand zu Wort.

„Hey, Mann, bin ich froh, dass noch jemand wach ist. Mein Bus hat etwa eine Meile von hier eine Panne gehabt, und ich habe ihn am Straßenrand stehen lassen müssen. Sie hätten nicht zufällig Zimmer für uns alle für eine Nacht? Und vielleicht 'nen Snack oder so?"

Wendell starrte die Gruppe finster an. „Wir sind nicht mehr geöffnet. Die Saison ist zu Ende", behauptete er. Plötzliche Gäste waren das Letzte, womit er sich jetzt auseinandersetzen wollte.

„Aber Sie haben Leerstände. So steht es auf dem Zeichen an der Straße", bemerkte ein Mann vorsichtig.

„Pst", sagte eine Frau stirnrunzelnd. „Er sieht nicht freundlich aus und auch nicht reinlich. Vielleicht *wollen* wir ja gar nicht hier übernachten."

Wendell starrte sie so zornig an, dass sie sich nach hinten in die Gruppe zurückzog. „Es gibt Zimmer. Aber kein Essen. Das Restaurant hat zu. Ich habe keine Lizenz. Sie müssen drauf verzichten."

Er ging zum Büro und schloss die Tür auf. Sie gingen nacheinander hinein und drängten sich um den Schreibtisch, wo er ihnen Papiere zum Ausfüllen reichte.

„Wir sind 'ne Chartergruppe", erklärte der Busfahrer. „Ist uns noch nie passiert. Unsere Busse sind normalerweise gut gewartet. Muss einer dieser Rückrufe sein, vor denen man uns bei diesem Modell gewarnt hat. Entschuldigen Sie die Unannehmlichkeiten, Mann. Das Reisebüro wird für den Aufenthalt bezahlen. Hier ist die Karte von denen."

Er entnahm seiner Brieftasche eine Visitenkarte und schob sie Wendell über den Tisch zu. Wendell warf ihm nur einen kurzen Blick zu, und der Busfahrer schloss den Mund. Einer nach dem anderen händigte Wendell sein ausgefülltes Formular aus und erhielt einen Schlüssel.

„Gehen Sie zum Ufer runter. Das Licht springt automatisch an, sobald Sie den Verbindungssteg erreichen. Die Farbe des Schlüsselanhängers entspricht der Farbe der Hütte."

„Wird es Frühstück geben?" fragte ein Mann beinahe ängstlich.

„Das Restaurant öffnet um acht. Es ist nicht im Hüttenpreis eingeschlossen."

Sie flohen beinahe aus dem Büro, als könnten sie ihm nicht schnell genug entkommen. Wendell grinste, als er das Büro wieder abschloss. Na, wenigstens würde sich niemand über die Reinlichkeit der Behausungen beschweren können. Sein noch verbliebenes Personal kümmerte sich täglich darum. Eine Sache, auf die Emily bestanden hatte, kurz bevor sie damit aufgehört hatte, die Hütten selbst kontrollieren zu können.

„Man weiß nie, ob nicht ein Überraschungsgast kommt", hatte sie ihm erklärt.

„Aber wenn ein Zimmer nicht bewohnt worden ist, warum sollte ich überprüfen, ob es in Ordnung ist? Ich meine, es sollte so aussehen, wie ich es verlassen habe."

„Und das wird es", hatte Emily ihn beruhigt. „Aber eine Brise Frischluft und vielleicht Raumspray beseitigen die Abgestandenheit, die sonst zurückbleiben und den Raum weniger gemütlich und einladend erscheinen lassen könnte."

Wendell seufzte. Ihre Geschäftskenntnis war unbezahlbar. Sie hatte ihn im Lauf der Jahre so viel gelehrt. Wie es ihm fehlte, Dinge mit ihr zu diskutieren! Er tat um ihretwillen so, als sei alles perfekt in Ordnung. Er wollte ihr nicht sagen, dass die Rohre in einer Hütte kaputt waren und er sich überlegte, einen Klempner zu holen oder die Hütte nicht mehr zu vermieten. Was Niedergang und endgültigen Verfall bedeuten würde. Genau, wie er sich in diesem Augenblick fühlte.

Schweren Herzens ging er durch seine eigene Tür und schlich so leise wie möglich nach oben. Die Holzstufen knarrten unter seinem Gewicht, und obwohl er die lauteste Stufe sorgfältig vermied, stieß er sich die Zehen an der Stufe darüber und atmete ein wenig lauter.

„Bist du das, Liebling?"

Er sah, dass das Licht auf einem Beistelltisch eingeschaltet war und Emily in seinem Lieblingssessel saß, eine Wolldecke um sich gewickelt. Sie war fast durchsichtig und spindeldürr. Aber ihr Lächeln war so lieblich wie immer, obwohl ihre riesigen Augen und die hervortretenden Wangenknochen das fortgeschrittene Stadium ihrer Krankheit verrieten. Es war, als verlöre sie stündlich an Substanz.

„Späte Gäste?"

„Anscheinend mit ihrem Minibus gestrandet", nickte Wendell.

„Ist es nicht wunderbar, dass sie uns gefunden haben und dass unsere Zimmer immer bereitstehen?"

Wendell ging zu ihr hinüber und hob sie auf seine Arme, als sei sie ein Kind. Dann setzte er sich wieder mit ihr. Sie schmiegte sich an seine Brust.

„Mir wäre es lieber gewesen, sie hätten dich nicht geweckt."

„Ich war sowieso wach", sagte Emily. „Es ist schwer zu schlafen, wenn ich mir darum Sorgen mache, was aus dir und Laurie wird, wenn ich nicht mehr da bin. Du bist so stolz, Wendell. Sei nicht zu stolz, Hilfe anzunehmen, wenn sie dir angeboten wird. Und lass deinen Zorn gegen das Schicksal nicht zum Zorn gegen Menschen werden. Oder zur Vernachlässigung des Resorts führen."

„Mensch, Emily, du kennst mich viel zu gut." Er vergrub sein Gesicht in ihrem Haar, das leicht nach Rosen-Shampoo duftete.

„Genau", kichere sie leise. „Du weißt, dass du ziemlich grimmig sein kannst, wenn dir etwas nicht behagt."

„Du musst mich mit jemand anders verwechseln", murmelte er. Aber ihr leichtherziger Kommentar brachte ihn zum Schmunzeln.

„Ich weiß, es ist hart, jetzt darüber zu reden, und es ist schon spät. Es war wieder ein schwieriger Tag. Aber würdest du mir etwas versprechen, mein Schatz? Bitte?"

„Alles."

Emily atmete erleichtert auf. „Wenn ich nicht mehr da bin …"

„Bitte, Em. Denk nicht einmal daran …" Wendells Stimme brach, und in seinen Augen stiegen Tränen auf. Er legte den Kopf zurück, um sie vor ihr zu verbergen und schluckte schwer.

„Wendell, das ist es, was uns erwartet. Ich habe nicht einmal mehr Angst um mich selbst. Ich bin immer so müde, dass ich nur schlafen möchte und dass dies das Ende ist. – Versprich mir nur, dass, wenn ich nicht mehr da bin, du dir eine neue Liebe suchst, die willens ist, für Laurie eine neue Mutter zu sein. Das bedeutet nicht, dass du mich vergessen musst. Aber mach es dir nicht schwer. Baue keinen Schrein, der für mich zu groß ist und für eine andere Frau furchterregend. Bitte?"

Wendell schlang seine Arme noch fester um sie. Er sagte kein Wort, und sie kämpfte damit, nicht das Gesicht zu verziehen. Aber sie verstand seine schweigende Zustimmung.

„Mommy? Daddy?" Die kleine Laurie war aus ihrem Kinderzimmer gekommen und stand am Ende der Diele. Ihr Gesicht war vom Schlaf verquollen, und sie wischte sich gähnend mit einer Hand über die Augen. „Ich kann nicht schlafen."

„Komm her, mein Kleines", gurrte Emily und streckte ihre Arme aus.

Laurie ging schnell und leichtfüßig durch das Wohnzimmer. Das Trippeln ihrer kleinen Füße und die lange, stille Familienumarmung vor dem leeren Kamin würden eine Erinnerung sein, die Emily als kostbar hegte, solange ihr Bewusstsein es ihr erlaubte, sich noch zu erinnern.

Wendell fuhr Emily und Laurie nach Wycliff, als es klar wurde, dass es keine Möglichkeit mehr gab, seiner Frau noch ein angenehmes Zuhause zu bieten. Wenn sie im Haus der Montgomerys waren, hatten sie Zugang zu den Hospizdiensten, die St. Christopher anbot. Emily starb in der Nacht nach ihrer Ankunft im Schlaf. Wendell reiste am nächsten Morgen ohne Vorankündigung ab – womit er Laurie und die Formalitäten von Emilys Kremation seinen Eltern überließ – und kehrte an den Hood Canal zurück, der einst für ihn ein so glücklicher Ort gewesen war.

*

Aus Loretta Franklins Tagebuch:

Glückliche Orte. Je älter ich werde, desto mehr scheint es zu geben. Und es braucht nicht viel, sie dazu zu machen. Manche sind Orte in meinen Gedanken – Erinnerungen, die manchmal Jahrzehnte zurückliegen. Port Townsend ist so ein immerwährender Ort. Ich habe mich in ihn verliebt, als ich als junge College-Studentin zum ersten Mal hierherkam, um einen Sommerjob anzutreten. Damals wusste ich Wycliff nicht so recht zu schätzen. Es war mein Zuhause, und ich wollte meine Flügel ausbreiten und fliegen. Also arbeitete ich einen ganzen Sommer lang als Kellnerin. Es war harte Arbeit. Und nachts feierten wir jungen Leute heftig. Das waren Zeiten. Fred und ich kamen später hierher. Wir brachten auch unsere drei Mädchen hierher, bis sie beschlossen, nicht mehr Teil der elterlichen Pläne sein zu wollen. Und jetzt?

Ich habe ein gemütliches Zimmer in diesem legendären Hotel. Eigentlich ist es legendär für eine der traurigsten Filmszenen aller Zeiten. Aber ich glaube nicht, dass je ein Gast jenes spezifische Zimmer erhält – falls es noch existiert oder je wirklich existiert hat. Der Blick über die Passage zwischen hier und Whidbey Island ist heute Abend mit Segelbooten übersät. Sie müssen eine Regatta gehabt haben und fahren nun einer nach dem anderen Richtung Jachthafen. Möwen kreischen in der Luft, und ich kann sie durch die geschlossenen Fenster hören. Wenn man

hier die Sonne untergehen sehen könnte, wäre das
Vollkommenheit. Aber dies ist die verkehrte Himmelsrichtung.
Osten.

Heute Morgen haben wir an der Underground Tour in
Port Angeles teilgenommen. Wir haben am Vorabend in Bellas
Pizzeria zu Abend gegessen, das heißt, in der im eigentlichen Buch
erwähnten. Es war recht interessant, die Geschichten über diese
alte Hafenstadt zu hören. Eine Zeitlang auf Zeitreise zu gehen.
Tay wurde tatsächlich rot, als wir ein altes Bordell betraten, das
oberhalb eines Schuhgeschäfts lag. Er sah mich von der Seite an,
und ich tat so, als merke ich es nicht. Wollte er meine Reaktionen
sehen, wenn es um die Bedürfnisse von Männern und um deren
Befriedigung ging?

Die Busfahrt nach Port Townsend war ereignislos und
langweilig. An zwei- oder dreispurigen Highways durch eine
Gegend, in der sich zumeist Vororts-Ladenzentren, ist nichts
Bemerkenswertes. Aber es langweilt mich nie, diese
viktorianische Stadt und Fort Worden zu erreichen. Selbst wenn
ich nicht mehr so agil wie früher bin und es vorzog, mich auf eine
Bank im Schatten zu setzen, anstatt über die Wiesen zwischen den
ehemaligen Offiziershäusern zu schlendern. Tay fragte diesmal
nicht einmal, ob ich seine Gesellschaft wünsche. Er kam einfach
mit und saß in angenehmer Stille mit mir zusammen. Interessant,
wie wichtig es mir geworden ist, Wortlosigkeit zu teilen. Einen
stillen Augenblick nicht mit dem unnötigen Lärm leerer Worte zu
füllen. Und Tay scheint es auch zu gefallen.

Wir ließen uns vom Minibus am Maritime Center absetzen. Der Fahrer kümmerte sich darum, unser Gepäck beim „Tide Inn" abzuliefern. Wir erhielten Gutscheine für Mittag- und Abendessen in ein paar Restaurants, die wir nach Belieben aufsuchen konnten. Keine Gruppenmahlzeit heute. Es passte Tay und mir ganz gut.

„Was würde deine Töchter am meisten daran aufregen, wenn du dich entschiedest hierzubleiben?" fragte Tay irgendwann, während wir am Geländer eines Stegs lehnten und auf das Kaskadengebirge und den Dampf schauten, der träge aus der Papiermühle in den wolkenlosen Sommerhimmel stieg.

„Das musst du schon sie fragen, nicht mich", erwiderte ich.

„Warum ist es dann so wichtig für dich, die richtige Entscheidung zu treffen?"

Ja, warum? Wenn es Tammy darum geht, Kontrolle über meinen Lebensstil zu gewinnen, dann könnte das der Grund dafür sein, dass sie sich aufregt, wenn ich mich entschließe hierzubleiben. Wenn es ihr so wichtig ist, dass meine Enkel mich sehen und, vermutlich eines nicht allzu fernen Tages, meine Urenkel, kann sie sie einfach herschicken. Ich habe ihre viele Male angeboten, die Flugtickets zu bezahlen. Aber sie tut's nicht. Es ist wie eine Machtprobe zwischen meinen Töchtern und mir. Und wenn es dazu gekommen sein sollte – zur Frage, wer nachgibt –, dann ist das völlig verkehrt.

Die richtige Entscheidung muss von mir und für mich getroffen werden. Tay hat mir das mit seiner einfühlsamen Art, mir die richtigen Fragen zu stellen, klar gemacht.

Zu Mittag hatten wir scharfes thailändisches Essen in einem wundervollen, kleinen Restaurant etwas abseits. Und wir lachten über unseren ersten schrecken, als die Schärfe unsere Gaumen traf. Wir stöberten durch Geschäfte, die maritime Dekorationen anbieten, kauften Salzwasser-Taffy in einem Süßwarenladen und machten uns langsam auf den Weg zu unserem Hotel.

Entgegen meinen üblichen Gewohnheiten machte ich einen Mittagsschlaf. In ein paar Minuten holt Tay mich zum Abendessen ab. Wir haben uns auf etwas geeinigt, das nur einen kurzen Fußweg entfernt ist. Ich muss Tay vielleicht fragen, warum es so einfach ist herauszufinden, warum die Sonne in Port Townsend nicht über dem Wasser untergeht. Und warum es so schwer ist, im Leben die richtigen Himmelsrichtungen zu finden.

6

FILM: „SCHNEE, DER AUF ZEDERN FALLT"

IN DEN HAUPTROLLEN: ETHAN HAWKE & YOUKI KUDOH

1851 baute Whidbey-Island-Pionier Isaac Ebey seine Hütte und einen inzwischen nicht mehr existierenden Anleger für die kommerzielle Schifffahrt. Im Film ist die Hütte das Gehöft des deutschen Einwanderers Carl Heine, Sr. Sie ist auch das erste unter kulturhistorischem Schutz stehende Gebäude der U.S.A.

(Autumn Rains Tour „Drehorte in West-Washington")

Niemand war überrascht gewesen, als Lena im *Ship Hotel* kündigte und verkündete, sie werde ihr eigenes Eventmanagement-Büro in einem schmalen Geschäftsgebäude an der Back Row eröffnen. Nun, vielleicht war es Mrs. Talbot gewesen. Sie hatte offenbar gehofft, Lena zu halten, indem sie die Position eines Eventmanagers schuf. Doch als Lena ihr gesagt hatte, sie stehe für das Hotel weiterhin zur Verfügung und werde nur ihre Optionen erweitern, auch mit anderen Geschäftspartnern zu arbeiten, hatte Mrs. Talbot verständnisvoll genickt. Lena hatte offenbar ihre Berufung gefunden.

Was Wycliff mehr überraschte, war, dass Lena einen zweiten Geschäftsbereich ankündigte, den einer Partnervermittlung. Gewiss, sie hatte einige Paare zusammengebracht, die es bis zum Traualtar geschafft hatten. Aber von wie vielen Teilnehmern ihrer Veranstaltungen? Und brauchte Wycliff wirklich eine Partnervermittlung? Waren die Leute in einer Kleinstadt wie dieser nicht fähig, für sich selbst herauszufinden, wer mit wem zusammenpasste und mit wem ganz sicher nicht? Und wie überzeugend war es, dass Lena selbst immer noch unverheiratet war? Nicht einmal in einer festen Beziehung?

Doch das Schild über Lenas Geschäftseingang machte deutlich, dass es ihr mehr als ernst mit ihrer Ambition war, ein moderner Amor zu werden. Es war ihr eigener Entwurf, und sie fühlte sich mächtig stolz, als es installiert wurde. Es bestand aus zwei sich überschneidenden schmiedeeisernen Herzsilhouetten; und in ihrer Schnittmenge konnte sich eine „2" aus rotem Glas bei jedem Windhauch um eine senkrechte Achse drehen. Damit sah es so aus, als befinde sich ein schlagendes Herz im Schild des Start-up-Unternehmens *Heart2Heart*.

Die Nachricht begann sich zu verbreiten, dass Lena auch anderen Unternehmen für die Organisation von Veranstaltungen aller Arten zur Verfügung stand. Ihre Feste warten garantierte Erfolge – sie galt als effizient und gründlich. Bei ihrer Partnervermittlung begann sie mit Werbung, wobei sie die Ausgaben mit den Einnahmen ihrer Eventagentur finanzierte. Auch platzierte sie Werbematerial für ihre Partnervermittlung auf ihren Veranstaltungen. Wenn es das Event zuließ. Sie rief Julie Dolan vom *Sound Messenger* an, damit sie einen Artikel über ihr Jungunternehmen schreibe. Und sie kreierte weiterhin Veranstaltungen für einsame Herzen an Örtlichkeiten in und um Wycliff.

Hin und wieder dachte Lena wehmütig an ihr Klassentreffen vor etwas mehr als einem Jahr zurück. Sie war so voller Pläne gewesen. Autumn war solch eine Freundin gewesen. Welch Chaos konnte doch die Einmischung eines einzigen Mannes in einer Freundschaft anrichten! Autumn sah nicht einmal, wie falsch sie damit gelegen hatte, sich für Nick Cartwright zu entscheiden. Als hätte der Typ plötzlich in ihren Augen einen Heiligenschein bekommen.

Wie sah ein typischer tag in ihrem Unternehmen aus? Eines der Agenturtelefone klingelte. Lena hatte zwei Leitungen mit Telefonen unterschiedlicher Farbe. Klingelte das kirschrote, wusste sie, dass es ein Anruf für ihre Partnervermittlung war.

„*Heart2Heart Partnervermittlung*, Lena am Apparat."

„Hallo Lena, hier ist Barney", begann ein Mann zögernd. „Ich habe mich gefragt, ob Sie mir helfen könnten, eine passende Frau für mich zu finden."

„Hallo Barney!" Lenas Stimme nahm einen sehr warmen Ton an. Es schien für Männer immer schwieriger zu sein, auf dem sensiblen Gebiet der Liebe um Hilfe zu bitten. „Genau dafür bin ich da. Möchten Sie das gern per Telefon und E-Mail erledigen? Oder lieber vorbeikommen und alles persönlich tun? Natürlich nur, wenn Sie nicht zu weit weg von Wycliff wohnen …"

„Ähm, nein, ich wohne in der Oberstadt. Also, was würde besser für mich funktionieren?"

„Nun, wenn es nicht zu viel Mühe für Sie ist, dann ist es immer hilfreicher, Dinge herauszufinden, wenn ich einen Klienten persönlich sehe. Dann kann ich Eigenschaften weit besser zuordnen, als wenn ich nur Ihre eigene Beschreibung habe."

„Ich verstehe. Und wie teuer wird das sein?"

Lenas Businessplan umfasste verschiedene Pakete. Klienten buchten das eine oder andere und konnten es ausbauen oder kürzen, was auch immer sie im Laufe der Zeit vorzogen. Denn einige Zeit würde es dauern. Lenas Partnerschafts-Ordner waren mit der Zeit ein wenig gewachsen, aber nur Stückchen für Stückchen. Manchmal war sie über sich selbst erschrocken, dass sie dieses Gebiet in Angriff genommen hatte. Inzwischen schien es fast wie ein Witz. Als habe sie sich auf eine Wette eingelassen und verliere sie jämmerlich. Aber sie tat ihr Bestes für ihre Klienten, und es *war* ihr gelungen, im letzten Jahr einige Paare zusammenzubringen. Drei von ihnen hatten sogar geheiratet, und sie präsentierte ihre Hochzeitsfotos stolz in ihrem Agenturfenster.

Also erläuterte Lena die Pakete am Telefon. „Warum kommen Sie nicht einfach vorbei und sehen, ob das Paket mit der Videobotschaft etwas für Sie wäre oder nicht?" schlug sie vor. „Es *kann* hilfreich sein, aber nur, wenn Sie sich vor einer Kamera wohlfühlen."

Sie vereinbarten einen Termin in der kommenden Woche und legten auf. Dann klingelte das gelbe Telefon. Gelb war die Farbe, die Lena hatte finden können, die Gold am ähnlichsten war. Es musste diese Nuance sein, weil es sie daran gemahnte, dass dies ihr Telefon war, mit dem sie Geld verdiente. Sie grinste über sich selbst. Aber es half ihr dabei, sich zu fokussieren, wenn sie sich zu sehr auf einen scheinbar hoffnungslosen Klienten konzentrierte und gleichzeitig Details mit einem

Veranstaltungsort oder mit Geschäftspartnern regeln musste, die sich darauf verließen, von ihr eingebunden zu werden. Was ihr einen Prozentsatz des Geschäfts einbrachte, das *sie* machten.

„*Magic Moments Event-Agentur*, Lena am Apparat", meldete sie sich diesmal am Telefon.

„Lena!" Sie zuckte zusammen. Das war einer ihrer komplizierteren Kunden, Sam Fuller, der Manager des Wycliff Yacht Club, der alles unter Kontrolle haben wollte, wann immer er die Gelegenheit hatte, sie zu erwischen. Sie verstand, dass eine seiner größten Schwierigkeiten war, dass sein Jachtklub halben Wegs auf dem Steilhang an der Durchfahrtstrasse lag, die die Unterstadt mit der Oberstadt in einer weiten Kurve miteinander verband. Die meisten Leute hätten angenommen, dass er am Wasser liege. Aber der *WYC*, wie er von den Einheimischen genannt wurde, lag so nahe am Jachthafen wie die Harbor Mall. Also musste jede Veranstaltung für all jene Mitglieder, die neu im Klub oder noch nie im Klubhaus gewesen waren, gut beworben werden. Dieses Jahr planten sie eine Informationsveranstaltung zum Überwintern von Jachten in der Karibik mit Partyessen, Tombola, Musik – Lena sollte eine Steelband finden – und Dekorationen passend zum Thema.

„Oh Sam", erwiderte Lena und täuschte ein Lächeln vor, sodass ihre Stimme ebenso fröhlich klang. „Ich nehme an, Sie rufen wegen der Band an?"

„Ja, naja", wand sich Sam. „Werden sie alle authentisch gekleidet sein?"

„Authentisch in welcher Hinsicht?" fragte Lena.

„Nun, sie sollen doch Leute aus der Karibik sein – also spielen sie wohl in Strandbekleidung, oder nicht? Nun, das bedeutet wir müssen die Temperatur im Klubhaus um ein oder zwei Stufen erhöhen. Und das wiederum würde bedeuten, dass unsere Mitglieder entweder schwitzen würden oder …"

Lena seufzte innerlich, versprach ihm, einen Weg zu finden, der beiden Seiten des Programms helfen würde, und schaffte es, ihn davon abzuhalten, noch mehr Fragen ähnlicher Natur zu stellen.

Um fünfzehn Uhr erschien eine sehr nervöse Frau mittleren zu ihrem Videotermin. Sie war stark geschminkt und ihr Haar steif von Haarspray. Lena kannte sie nicht. Also musste sie sie sehr vorsichtig fragen, ob sie diese Frisur immer trage und ob sie sich normalerweise schminke.

„Ich bin heute zu einem Salon außerhalb Wycliffs gegangen, um mein Haar besonders stylen und mich professionell schminken zu lassen. Meine übliche Friseuse weiß es also gar nicht", gestand sie und errötete.

„Heißt das, Ihnen gefällt nicht, was sie normalerweise machen lassen?" wollte Lena wissen und staunte.

„Oh, mir gefällt es sehr gut. Aber ist so allerweltsmäßig. Ich hebe mich nicht von der Masse ab."

„Werden Sie dann bei diesem Stil bleiben?"

„Oh nein, ich wollte nur etwas Besonderes für das Video tun, um die Bandbreite der Männer zu erweitern, die mich attraktiv finden könnten. Morgen wird es wieder dasselbe alte Ich sein."

Lena biss sich in die Wangen, um nicht laut in Lachen oder Tränen auszubrechen – sie wusste nicht, ob sie diese Situation eher lustig oder traurig fand. Stattdessen nickte sie, nahm die Hände der Frau und sagte: „Dann lassen Sie uns den Termin jetzt wahrnehmen und morgen eine andere Version filmen, und Sie entscheiden dann, welche mehr dem entspricht, was Sie einem potenziellen Partner von sich zeigen wollen."

Natürlich war sich Lena bewusst, dass das übliche Aussehen der Frau die andere Präsentation auf Video um Längen schlagen würde. Allein das Wissen, dass sie eine andere Frisur, übertriebenes Make-up und ein schlechtes Gewissen gegenüber ihrer Lieblings-Stylistin hatte, ließ die Frau sich winden, mit anderer Stimme sprechen winden und eine Form der Körpersprache verwenden, die bewies, dass sie sich gänzlich außerhalb ihrer Komfortzone befand. Sie mochte vielleicht nicht so auffallen, wenn sie ihre normale Frisur trug und nur ein bisschen künstliche Farbe auf ihrem Teint und ihren Augen; aber sie besaß eine natürliche Wärme in ihrem Lächeln, ihre Gesten waren ruhig und selbstbewusst, und sie lachte tatsächlich so, dass es auf einen Mann ansteckend wirken musste, der diese Art Frau mochte.

Das waren Lenas Tage. Menschen in die Richtungen zu steuern, in denen sie ihr bestes Potenzial zeigten, ob sie nun Kunden der einen oder der anderen ihre Agenturen waren. Ab und zu nahm Lena an einer Veranstaltung im Hintergrund teil, nur um zu sehen, dass alles gut gehe und um nach Verbesserungsmöglichkeiten zu suchen. Sie machte sich akribisch Notizen und legte sie in riesigen Aktenschränken ab, manche mit roten Klebepunkten für *Heart 2Heart*, manche mit gelben für *Magic Moments*.

Fast ein Jahr, nachdem sie ihre Agenturen eröffnet hatte, war Lena allerdings immer noch Single. Anfangs hatte sie gern mit dem einen oder anderen Geschäftspartner geflirtet. Sogar der eine oder andere Klient ihrer Partnervermittlung hatte sein Glück bei ihr versucht. Sie hatte mit einigen von beiden versucht, etwas anzufangen. Aber es blieb beim „etwas"; es wurde nie auch nur annähernd zu einer Beziehung. Je mehr Menschen Lena begegnete, desto weniger Lust verspürte sie, sich auf eine solche einzulassen. Sie lernte ihren eigenen Geschmack kennen. Obwohl sie zuerst davon geträumt hatte, dass Männer nie zu offensichtlich gutaussehend, abenteuerlustig, ja vielleicht gar etwas gefährlich sein konnten, merkte sie nun, dass je älter sie wurde, sie sich desto mehr jemanden wünschte und brauchte, der verlässlich, ehrlich und liebenswürdig war. Noch seltsamer war, dass ihre Partnervermittlung begann, wie eine Rakete abzuheben, obwohl sie ihre eigene schlechteste Werbung dafür war.

*

Rob Shelton war der Eigentümer von *Cascadian Challenge* in Olympia, einem Geschäft, dass alle möglichen Outdoor-Ausrüstungen für Menschen führte, die die Berge liebten – Bergsteiger, Wanderer, Mountainbiker, Wintersportler. Es war ein großes Ladenlokal nahe dem Hands-On Children's Museum, wo das Parken einfach war und bis vor einigen Jahren noch Immobilien verfügbar gewesen waren. Da er selbst ein begeisterter Sportler war, hatte er sich ausgerechnet, dass er die besten Optionen hatte, alle Ausrüstungen, die er für sich selbst wollte, zu bekommen, wenn er ein Geschäft eröffnete, das diese führte. Ein leerstehendes Gebäude, das zu verkaufen war, hatte sich angeboten, und nachdem er die Fassade verändert hatte, indem er einige Fenster zur Präsentation einfügen ließ, hatte er Personal eingestellt, dass so begeistert für Außenaktivitäten war, wie er. Falls Robs Eltern nicht angetan gewesen waren, dass er keine akademische Laufbahn eingeschlagen hatte, hätten sie jetzt, da sein Laden in aller Munde war, sicher nicht stolzer sein können.

Nick hatte natürlich *Cascadian Challenge* schon als Geschäftspartner im Auge, noch bevor er seine Marke gegründet hatte. Er hatte das Geschäft auf Nischenprodukte durchstöbert und beschlossen, für diesen Standort etwas Exklusives zu kreieren, ehe er überhaupt um einen Termin ersuchte. Aber zu seiner völligen Überraschung war er abgewiesen worden. Rob hatte ihm gesagt, der Laden habe alles, was sie benötigten, im Angebot und noch einiges darüber hinaus.

Daher hatte Nick seine Strategie ändern müssen. Aus eigener Tasche hatte er einige seiner speziellen Kletter-Overalls in leuchtenden Farben produzieren lassen, ein paar Accessoires wie Chalk Bags in kontrastierenden Farben hinzugefügt, sodass sie eher wie ein Modeartikel als wie ein Must-have aussahen, und Karabinerhaken und Seile in denselben Kontrastfarben herstellen lassen. Dann hatte er ein Outfit angezogen – er hatte tatsächlich ein Gesicht gezogen bei dem Gedanken, wie er sich in einer Kletterausrüstung in einer Großstadt am Sund zur Schau stellte – und war an einem Samstagmorgen zu dem Laden hinübergefahren. An einem betriebsamen Samstagmorgen. Und natürlich war er nicht nur den Kunden, sondern auch dem Personal ins Auge gefallen. Innerhalb nur weniger Minuten war er von einer hübschen Blondine mit langen künstlichen Wimpern und einem Outfit mit Ladenlogo angesprochen und gebeten worden, ihr ins Management-Büro zu folgen, wenn es ihm nichts ausmache.

„Rob würde Sie gern sehen", hatte sie mit einem breiten Lächeln gesagt, das ein schneeweißes Gebiss hinter ihren üppigen Lippen zeigte. „Es geht sicher um Ihre Ausrüstung. Wir haben so etwas Ähnliches bisher noch nicht in der Branche gesehen. Er ist ziemlich neugierig, woher sie das haben."

Nick hatte an jenem Tag einen Testauftrag gelandet. Was die Blondine betraf – sie hieß Cassie –, so war sie zu einem weiteren Date in seinem bereits wohlgefüllten Terminkalender geworden.

In den letzten Monaten hatte Nick noch mehr Outfits in seinem leuchtenden Kontrastfarbschema entwickelt, und Rob war zum festen Geschäftspartner geworden. Nicks Kollektion war vielleicht nicht gerade der Bestseller des Geschäfts, rechtfertigte aber ihre Präsenz darin. Lokale Herstellung und einzigartiger Stil trugen zu ihrer Attraktivität bei.

„Ich würde übrigens wirklich gern mal *dein* Unternehmen sehen", schlug Rob eines Tages vor. „Warum komme ich nicht auf eine Tasse Kaffee vorbei, und du zeigst mir alles?"

Nick hatte ihn gewarnt, dass es nicht viel zu zeigen gebe, aber Rob hatte sich dadurch nicht abhalten lassen. Er lief während einer Mittagspause hinüber – weil er die körperliche Betätigung einer schnelleren Fahrt gegenüber vorzog, auch wenn es nieselte – und betrat Nicks Atelier.

„Willkommen in meiner bescheidenen Unterkunft", grinste Nick und erhob sich hinter seinem Zeichenbrett. „Ich lasse von nebenan ein paar Sushi und Sashimi liefern, wenn du magst. Oder wir können hingehen, nachdem ich dir gezeigt habe, was zu sehen ist. Was nicht sehr viel ist."

Rob nickte und näherte sich dem Zeichentisch. „Du kreierst also die Designs alle selbst?"

„Jedes einzelne", erklärte Nick stolz.

„Wo hast du das gelernt?"

Nick kratzte sich am Kopf und lächelte schief. „Du wirst es nicht glauben – von den Comicheften meiner Kindheit. Ich liebte all diese Superhelden. Indem ich sie aus den Heften kopierte, habe ich wohl Anatomie gelernt. Und von da aus habe ich weitergemacht."

„Du sagst, du warst der Quarterback deines Highschool-Teams. Das war vermutlich die einzige Möglichkeit, so etwas zeichnen zu können, ohne als Tunte beschimpft zu werden, hm?" zwinkerte Rob.

„Oh nein, nein, nein!" lachte Nick. „Damals habe ich kein Modedesign gezeichnet. Dafür hätte man mich verkloppt. Nein, ich habe kleine, freche Zeichnungen wie diese angefertigt ..."

Er ging an einen Aktenschrank, zog einen Ordner heraus und breitete seinen Inhalt auf dem Zeichenbrett aus. Es waren Karikaturen von Nicks ehemaligen Lehrern und Klassenkameraden, jede einzelne raffiniert ausgeführt hinsichtlich boshaften Humors und der Bleistiftstriche, sowie diejenigen, die er erst unlängst gezeichnet hatte.

„Klasse", musste Rob zugeben. „Aber die haben dir vermutlich nicht viel Gegenliebe von deinen Modellen eingebracht."

„Sie haben nie erfahren, dass sie für mich gesessen haben", zuckte Nick mit den Achseln.

Rob prustete, dann er blätterte durch die anderen Zeichnungen auf dem Tisch. Modedesign und Karikaturen. Er sah sich die Details in den Zeichnungen einer neuen Wanderausrüstung an.

„Weißt du, ich sehe mich immer nach neuen Dingen um, die ausschließlich unsere sein werden. Ich bin mir bewusst, dass deine Kletterausrüstung das nie sein wird. Aber gäbe es eine Möglichkeit, etwas gemeinsam zu entwickeln? Ich würde es meinem Personal präsentieren und es entscheiden lassen, ob es glaubt, dass wir es verkaufen könnten. So läuft das in meinem Geschäft. Das Personal ist an den Entscheidungen beteiligt ..."

Sie begannen, einzelne Artikel zu diskutieren, und bald kreierten sie gemeinsam ein völlig neues Produkt, ein isoliertes Zelt mit integriertem Schlafsack, der nicht herumrutschen würde. Eine Stunde später schob Nick einige seiner Zeichnungen in einen Stapel zusammen und reichte ihn Rob.

„Ich schätze, wir sollten uns selbst Glück wünschen. Möge dein Personal zu unseren Gunsten entscheiden."

Rob nickte. „Mittagessen geht auf mich. Lass uns zu dem Sushi-Lokal gehen, das du erwähnt hast. Ich hatte keine Ahnung, dass das Entwerfen von etwas einen so hungrig machen kann."

*

Cassie Murdoch hatte sich nicht geschmeichelt gefühlt, als Nick Cartwright sie an dem Tag um ihre Telefonnummer gebeten hatte, als er in seinem bunten Kletter-Outfit *Cascadian Challenge* betreten hatte. Sie war es gewohnt, von allen möglichen Männern um eine Verabredung gebeten zu werden. Nick war allerdings ein Augenschmaus, und sie war momentan Single. Warum also nicht eine nette Verabredung mit jemandem genießen, der offensichtlich auch clever genug war, in einem engen Markt sein eigenes Unternehmen zu gründen?!

Zunächst traf Cassie Nick nur aus purer Neugier. Er lud sie zu Wein und zum Essen ein. Obwohl sein Geschäft nicht so viel abwerfen konnte, hatte Nick anscheinend einen wohlhabenderen Hintergrund und konnte es sich leisten, sie in die netteren Lokale der Stadt auszuführen. Nick war charmant und besaß gute Manieren. Seine Unterhaltung war lebhaft, und er schien dem, was sie zu sagen hatte, zuzuhören. Aber irgendetwas fühlte sich nicht ganz richtig an. Zuerst konnte sie es nicht genau ausmachen. Schließlich war nach außen hin alles perfekt.

Nach einer Weile sah Cassie ein Muster erscheinen, das sie Verdacht schöpfen ließ. Zum einen nahm Nick sie nie mit zu sich nach Hause. Entweder er besuchte sie oder sie vergnügten sich irgendwo in einem Hotel – wo auch immer. Die Hotelwochenenden fanden einmal im Monat statt. Dazwischen ging es zu ihr, immer zur selben Zeit am selben Wochentag. Cassie erkannte, dass sie nichts als ein Termin in Nicks Geschäftsterminkalender war. Und sie begann sich zu fragen, ob er wirklich immer auf Geschäftsreisen war, wenn er es ihr so erzählte. Sie fragte ihn nie danach – das hätte sie wie eine Kette wirken lassen. Was sie nicht war. Sie *hatte* ihren Spaß – aber sie mochte es nicht, wenn man ihr ins Gesicht log. Oder sie betrog.

Sie musste herausfinden, was Nick im Sinn hatte. Ob er so echt war, wie er es an der Oberfläche schien. Oder ob da etwas anderes vor sich ging. Cassie konnte sich natürlich keinen

Privatdetektiv leisten. Sie war ja schließlich auch nur eine Verkäuferin bei *Cascadian Challenge*. Aber sie konnte versuchen herauszufinden, ob Nick wirklich auswärts war, wenn er es ihr sagte. Vielleicht hatte er an den Abenden, an denen er sich nicht mit ihr traf, Verabredungen mit anderen Frauen?

Eines Morgens kam Cassie früher ins Geschäft und half dabei, es für den Tag vorzubereiten. Auf diese Weise musste sie nicht dabei helfen, es zu schließen und konnte sich etwas früher von der Arbeit entfernen. Inzwischen wusste sie, wo Nicks Atelier lag; er sollte auf einer Geschäftsreise im Norden sein und erst am nächsten Tag zurückkehren. Falls ihr Verdacht, dass er log, richtig war, konnte er sich im Gebäude befinden. Natürlich konnte er genauso gut woanders sein. Sie musste der Sache einfach Zeit lassen.

Cassie parkte etwa einen Block entfernt von dem Gebäude, in dem sich Nicks Atelier befand und begann, den Eingang zu beobachten. Die Dämmerung brach bereits herein. Sie konnte von da aus, wo sie war, nicht sehen, ob Nicks Atelierfenster erleuchtet war; es war also reine Glückssache, ob sie herausfinden würde, was da vor sich ging, oder ob sie ein leeres Gebäude beobachtete. Ihr Wagnis wurde belohnt. Zehn Minuten später kam Nick aus dem Haus und ging zur nächsten Ecke, wo er nach rechts auf den Capitol Way abbog.

Würde er weitergehen oder einfach in sein Auto steigen und wegfahren? Das Risiko musste Cassie eingehen. Sie stieg aus ihrem Wagen und folgte ihm so rasch wie möglich. Sie hatte

174

Glück. Als sie die Ecke erreichte, an der er abgebogen war, konnte sie ihn immer noch sehen, wie er flotten Schritts auf dem Bürgersteig derselben Straßenseite weiterlief. Da er keine Ahnung hatte, dass er verfolgt wurde, beschleunigte er weder seinen Schritt, noch drehte er sich um. Dann hielt er an einem kleineren Gebäude an – war es der Laden im Boutique-Stil oder das Geschäft dahinter? – und verschwand aus den Augen.

Cassie beschloss zu warten, bis er wieder herauskäme. Die Geschäfte hier hatten nicht endlos geöffnet – zum Glück hatte er nicht das Café betreten. Das hätte die Überwachung so viel mehr erschwert.

„Ha'm Sie 'n Zehner für mich, Lady?"

Einer der zahllosen Obdachlosen, die die Landeshauptstadt in den vergangenen Jahren überrannt hatten, hatte sich Cassie genähert. Sie war sich nicht sicher, ob sie sich ängstigte oder eher verlegen war.

„Tut mir leid, ich habe kein Bargeld bei mir."

Das war ihr zur Gewohnheit geworden, seit die Verbrechensrate überall in der südlichen Sundregion gestiegen war. Natürlich war das keine Garantie dafür, nicht überfallen zu werden. Aber sie fühlte sich dadurch sicherer.

„Is' okay, Lady, is' okay."

Der Mann schlurfte davon und sprach die nächste Person an. Irgendwann musste er ein Kind wie alle andren gewesen sein. Voller Hoffnungen und Träume und dem Bedürfnis nach Liebe. Cassie wusste irgendwie, dass sich daran nichts geändert hatte.

Die Hoffnungen und Träume versteckten sich immer noch im Herzen dieses verlorenen Menschen so wie das Bedürfnis nach Liebe. Welches Schicksal hatte ihm so mitgespielt und ihn obdachlos gemacht? Was war das mit den ständig steigenden Zahlen? Was stimmte nicht mit Menschen wie ihr, die das zuließen? War Wegschauen nur die einfachere Art zu ignorieren, dass es Probleme gab, die jeden treffen konnten?

Im nächsten Moment schlug Cassies Herz höher. Nick war wieder auf dem Bürgersteig, diesmal mit einer Frau so ziemlich in ihrem Alter, mit atemberaubenden Kurven und kastanienfarbenen Locken. Cassie wich zurück in eine Seitengasse und drückte sich gegen die Wand in der Hoffnung, nicht entdeckt zu werden. Nick und die Frau gingen vorüber und unterhielten sich lebhaft miteinander. Die Frau lachte Kastanienlocke lachte auf eine Weise, an der Cassie erkannte, dass sie Hals über Kopf in Nick verliebt war. Sie schauten nicht in ihre Richtung, und Cassie holte tief Luft. Nach einer Weile kam sie wieder aus der Seitengasse heraus, ging in die Richtung, aus der sie gekommen waren, fand heraus, dass das Unternehmen, das sie verlassen hatten, ein winziges Reisebüro war, das sich auf Touren rund um den Bundesstaat Washington spezialisiert hatte, und ging zurück zu ihrem Auto.

War das ein Einzelfall gewesen? Oder war das eine Angewohnheit von Nick? Cassie zu sagen, er sei irgendwo mit einem Geschäftstermin beschäftigt, nur um Zeit zu haben, sich mit jemand anders zu verabreden? Erzählte er Kastanienlocke dasselbe? Gab es vielleicht noch mehr als nur sie und diese andere Frau?

Zwei Wochen lang überprüfte Cassie Nick und fand heraus, dass er nur an zwei Abenden nicht gelogen hatte. Während dieser zwei Wochen zählte sie vier verschiedene Frauen, sich selbst eingeschlossen, mit denen sich Nick anscheinend verabredete. Er schien nicht einmal einen speziellen Typ zu bevorzugen. Vielleicht war er einfach die Sorte Schürzenjäger, die alle und jede genoss, die seinen Weg kreuzte. Und da alle von ihnen vermutlich so willig gewesen waren wie sie selbst und er keiner von ihnen Versprechungen gemacht hatte, würde keine von ihnen ihm mehr vorwerfen können, als dass er keiner von ihnen von der Existenz anderer Frauen in seinem Leben erzählt hatte; er federte das Versäumnis einfach damit ab, indem er vorgab, überhaupt nicht in der Stadt zu sein.

An dem Tag, an dem sie Nick zum letzten Mal überprüfen wollte, kam Rob bester Laune von einem Mittagstermin bei ihm zurück.

„Schau dir das an, Cassie!" rief er aus. „Das könnte ein paar Outdoor-Artikel enthalten, die exklusiv für *Cascadian Challenge* kreiert und hergestellt werden! Nimm das mit in den Personalraum, sieh's dir an, und sag mir, was du darüber denkst. Ich möchte nachher von jedem seine Meinung hören. Das könnte bahnbrechend sein."

Rob drückte Cassie einen Ordner in die Hand und wies sie in Richtung Personalraum. Sie lächelte ihn breit an. Er war generell ein gutgelaunter Mensch, aber heute sprudelte er über. Sie trug den Ordner in den Personalraum, setzte sich damit und öffnete ihn vorsichtig. Sie begann, durch die Designs zu blättern, eines bunter als das andere, Artikel jeglicher Größe, alle untereinander kombinierbar – wenn man denn ein Zelt, einen Rucksack und Bekleidung miteinander kombinieren konnte. Blatt um Blatt wirkte wie ein leichtherziges Fest der Farben. Und dann erstarrte sie.

*

Autumn war ob der Einladung für „Geschäftskolleginnen nördlich von Olympia und Thurston Avenue", die sie per E-Mail erhalten hatte, ziemlich neugierig gewesen. Als sie ihre Nachbarinnen dazu befragte, hatte keine etwas Ähnliches erhalten. Doch die Einladung wirkte authentisch genug. Das Treffen würde in der Sushi-Bar stattfinden, von der sie wusste, dass sie um die Ecke von Nicks Atelier lag. Was konnte also an einem öffentlichen Ort wie diesem schon schiefgehen?! Sie würde hingehen und sehen, worum es ging.

Als sie am Mittag ankam – es war ein Treffen in der Mittagspause – fand sie am Tisch, den ihr der Kellner gewiesen hatte, drei andere Frauen, von denen sie keine kannte.

„Hi, ist das …?"

„Ist es", sagte eine hübsche Blondine mit sehr weißen Zähnen. „Danke, dass Sie gekommen sind. Sie müssen Autumn sein. Ich bin Cassie, das hier sind Denise und Jordan."

Sie blickten alle einander an, verwirrt, aber mit höflichem Lächeln.

„Es gibt aber noch mehr Geschäftsfrauen nördlich von Thurston und Olympia Avenue", wagte sich Jordan vor. „Versuchen Sie, uns irgendetwas zu verkaufen? Ich falle nicht auf Schneeballsysteme herein."

Sie wollte schon aufstehen und ihren Mantel nehmen. Doch Cassie war schneller. „Warten Sie! Hier geht es nicht darum, etwas zu verkaufen. Vielleicht geht es mich noch nicht einmal etwas an. Nur, dass es auch mich betrifft. Könnten wir also rasch unser Mittagessen bestellen? Ich habe ein sehr begrenztes Zeitfenster und muss wieder zurück in unser Geschäft."

Sie brüteten über ihren Speisekarten und bestellten. Nachdem alle ihr Getränk erhalten hatten, sahen sie Cassie erwartungsvoll an.

„Wir alle haben etwas gemeinsam, meine Damen." Nun hatte sie ihre volle Aufmerksamkeit. „Wir werden betrogen."

„Betrogen?"

„Von wem?"

„Was?!"

„Schhh … Meine Damen!" Cassie verdrehte die Augen in Richtung der anderen Gäste, die den Kopf gedreht hatten. Sie fügte eine entschuldigende Geste an sie hinzu.

„Was meinen Sie damit, wir würden alle betrogen?"
zischte Autumn mit weit offenen Augen.

„Ich denke, Sie wissen es bereits", sagte Cassie sanft. „Es
sei denn, Sie verschließen die Augen dagegen. Seit wann daten
Sie Ihren Freund?"

Autumn zählte die Monate an den Fingern ab. „Seit
inzwischen fast fünfzehn Monaten."

„Und Sie haben nie vermutet, dass Sie nicht sein einziges
Date sind?"

Autumn klappte der Mund auf. Dann schloss sie ihn rasch
wieder, weil sie bemerkte, wie dämlich sie aussehen musste, und
kniff die Augen zu. Einatmen, ausatmen, befahl sie sich. „Woher
wissen Sie das?"

„Ich bin noch ein Date von ihm", sagte Cassie. „Und Sie
beide auch", wandte sie sich an Jordan und Denise. „Hat keine von
Ihnen je etwas vermutet?"

Sie alle schüttelten den Kopf. Der Kellner erschien mit
ihren Tellern, und sie sahen schweigend zu, wie er die Gerichte
verteilte. Die Stille lastete schwer auf dem Tisch, und der Kellner
ging schnell wieder, ein wenig verunsichert.

„Wie haben Sie das herausgefunden?" Autumn war die
Erste, die nach der schockierenden Enthüllung Worte fand.

„Etwas kam mir seltsam vor", sagte Cassie. „Wir trafen
uns nie bei ihm daheim, und wir sahen einander nach einer Art
regelmäßigem Zeitplan. Ich begann, mich eher wie ein
Geschäftstermin zu fühlen als wie eine Verabredung."

„Jetz, wo Sie's sagen", hauchte Denise. „Aber es erschien irgendwie logisch. Wir *sind* ja Geschäftspartner. Ich meine, die Werbeagentur, für die ich arbeite, und er. Wir alle kennen enge Zeitfenster, oder nicht?"

Die anderen nickten.

„Dieser Bastard!" stellte Jordan plötzlich fest. „Deshalb also wollte er nie meine Eltern treffen, als ich hoffte, an unserer Beziehung sei mehr dran als diese ... wöchentlichen Termine." Sie spuckte das letzte Wort hervor.

„Was machen wir denn nun?" fragte Denise.

„Wonach Ihnen eben ist", sagte Cassie. „Ich für mein Teil lasse ihn sausen. Ich hatte meinen Spaß, aber ich lasse mich nicht gern wie ein Dummerchen behandeln."

„*Mir* reicht's", sagte Autumn. „Und er kann sich seine Hoffnungen auf meine künftige Unterstützung für sein Unternehmen sonst wohin stecken. Wenn ich daran denke, dass ich ihn einer alten Freundschaft vorgezogen habe. War ich blöd!"

„Sein Atelier liegt um die Ecke", dachte Jordan laut nach. Dann erdolchte sie ein Thunfisch-Sashimi mit ihrem Stäbchen.

„Sie meinen, wir sollten einfach hinübergehen und ihn fragen, was er sich dabei gedacht hat?" fragte Autumn.

Cassie kicherte plötzlich. „Ich habe eine bessere Idee, Ladies. Bringen wir das hier zu Ende."

Sie leerte ihre Schale Poke und sah zu, wie die anderen Ihre Mahlzeit beendeten. Dann holte sie ihr Smartphone hervor und wählte Nicks Nummer.

„Hi Nick", gurrte sie ins Mikrofon. „Ich sitze an einem Tisch nebenan von dir. Magst du mir für ein paar Minuten Gesellschaft leisten?" Dann nickte sie mit grimmigem Lächeln und beendete den Anruf. „Er kommt."

Sie saßen schweigend da, jede in ihre eigenen Gedanken versunken, während sie die Restaurant-Tür beobachteten. Drei Minuten später öffnete sie sich, und Nick trat ein, sein Gesicht voller Erwartung. Der Kellner kam auf ihn zu und deutete in Richtung ihres Tisches. Nick machte tatsächlich ein paar selbstbewusste Schritte und erstarrte dann auf der Stelle. Innerhalb einer Sekunde erfasste er die Situation und wurde bleich. Er hob die Hände, wandte sich abrupt um und rannte beinahe aus der Sushi Bar. Die Frauen lachten.

Für Autumn war es ein bittersüßes Lachen. Warum hatte sie nicht auf Lena gehört oder auf ihre eigenen Instinkte?! Sie hatte über ein Jahr mit jemandem verschwendet, der mit ihr nur zum Selbstzweck gespielt hatte. Sie war zornig. Auf sich selbst. Auf Nick. Einen Moment lang sogar auf Cassie. Wenn sie den Betrug nicht aufgedeckt hätte, wäre Autumn vielleicht einfach der Beziehung entwachsen, ganz schmerzlos. Naja, wenn sie ehrlich zu sich selbst war, war der einzige Schaden, der entstanden war, die Verletzung ihres Stolzes. Und natürlich der Zeitverlust auf der Suche nach einem echten Partner. Sie wurde nicht jünger.

„Ich habe noch etwas gefunden, Ladies", sagte Cassie. „Wenn sie noch einen Moment Zeit hätten." Dann legte sie einen Ordner auf den Tisch.

*

„Ich habe eine Weile dafür gebraucht, meinen Mut zusammenzunehmen und hierherzukommen", gab Autumn zu. „Das hier ist wirklich eine coole Business Suite."

Sie saß Lena gegenüber, ihre Hände um einen Becher mit dampfendem Kaffee gelegt. Ihre Blicke wanderten durch Lenas Büro mit seinen großen Topfpflanzen, den Aktenschränken, den pastellgelb gestrichenen Wänden mit Bildern von Veranstaltungen und Frischvermählten, dem herbstlich dekorierten Fenster. Dann sah sie wieder Lena an, die noch selbstbewusster schien als bei ihrem letzten Wiedersehen vor über einem Jahr.

„Du lässt mich wie eine böse Hexe erscheinen", sagte Lena mit bitterem Lächeln.

„So habe ich das nicht gemeint", korrigierte sich Autumn rasch. „Aber du weißt ja, wie es ist, wenn man einen riesengroßen Fehler gemacht hat und man ihn zugeben muss. Nicht nur das. Aber ich wusste, dass dieser Fehler dir wehgetan hat. Und deshalb bin ich gekommen, um mich zu entschuldigen. Und um zu fragen, ob wir wieder Freunde sein können."

„Nick", stellte Lena fest.

„Ja‘, seufzte Autumn. „Er ist genau die Person, von der du mir immer gesagt hast, dass er sie sei. Sogar noch abscheulicher. Nur habe ich mich wohl geschmeichelt gefühlt, dass ich seine

Aufmerksamkeit bekam. Und ich wollte nicht ständig gefragt werden, ob ich immer noch ohne Beziehung sei."

Lena nickte. „Dann ist es aus zwischen euch beiden, hm?"

„Ich habe ihn fallen lassen. Und alle anderen haben es auch.

Lena fuhr zurück. „Alle anderen?!"

„Tja, es stellte sich heraus, dass er ein vierfach-datender Schuft war. Aber nicht bloß das. Er hat sich auch hinter unserem Rücken über uns lustig gemacht."

Autumn stellte ihren Becher auf Lenas Schreibtisch und grub in ihrer großen Schultertasche herum, die sie neben ihren Stuhl gestellt hatte. Sie zog einen Ordner heraus und reichte ihn Lena.

„Mach ihn auf."

Lena tat es und schnappte nach Luft. „Das ist eine Karikatur von dir!"

„Das ist es in der Tat."

„Und das hier ist eine von mir. Wie bist du an die gekommen?" Lena starrte auf das unbestreitbar gut ausgeführte Kunstwerk und schüttelte langsam den Kopf.

„Tja, es war ein ziemlicher Zufall. Eines seiner anderen Dates arbeitet bei einem Outdoor-Ausrüster, und anscheinend sollte sein Personal über ein paar neue Designs in einem Ordner abstimmen, den ihr Chef ihr ausgehändigt hatte. Sie fand die Karikaturen darin und nahm sie heraus, bevor jemand anders sie sehen konnte. Anscheinend war sie Nick gefolgt und hatte bereits erkannt, was für ein Betrüger er ist. Sie wusste, mit wem er sich noch traf. Diese Karikaturen also veranlassten sie, uns andere zu einem Treffen einzuladen. Um es kurz zu machen: Sie rief Nick an, damit er ihr Gesellschaft leiste. Sie erwähnte ihm gegenüber nicht, dass wir alle am selben Tisch saßen."

„Überraschung!" murmelte Lena.

„Das kannst du wohl sagen! Du hättest sein Gesicht sehen sollen", lachte Autumn. „Er sagte nicht einmal was, sondern floh von der Szene, als hätte er den Teufel persönlich gesehen. Erst dann bekamen wir die Karikaturen zu sehen. Ich habe vor Wut gekocht."

„Weiß er, dass du diese … Zeichnungen von ihm hast?"

„Oh zur Hölle, ja! Ich habe sie mir geschnappt und bin ihm gleich hinterhergerannt. Ich erwischte ihn im Atelier, hielt ihm die Dinger unter die Nase und geigte ihm meine Meinung. Ich gab ihm keine Chance, sich zu verteidigen. Er hat das nicht verdient. Ich ließ ihn nur unmissverständlich wissen, dass er unsere Geschäftspartnerschaft vergessen kann. Und ich sagte ihm, dass ich die Karikaturen konfisziere. Dann bin ich einfach gegangen."

„Diese Geschäftspartnerschaft – ist das ein großer Verlust für dich?"

„Überhaupt nicht", stellte Autumn fest. „Das war noch so ein Fehler. Eigentlich tat ich nur ihm einen Gefallen. Er hatte Präsentationen seiner Outdoor-Ausrüstungen, wenn wir irgendwo Mittagspausen machten. Solche Sachen. Vielleicht hat er das eine oder andere Stück verkauft, aber ich habe ihn nie um Provision gebeten. Jetzt geht die Show einfach ohne diesen Verkauf weiter und wird vielleicht sogar noch attraktiver."

„Gut für dich", lächelte Lena. „Und wie ist es damit, wieder Single zu sein?"

„Versuchst du, mir deine Services anzubieten?" grinste Autumn. „Gib mir 'ne Woche, um mich von dem Schock zu erholen, endlich Nick als das gesehen zu haben, was er wirklich ist, und du könntest im Geschäft sein."

„Eine Woche … Solch ein schwerer Verlust, hm?"

„Eine Woche Trauer um diese Beziehung ist noch großzügig."

*

Aus Loretta Franklins Tagebuch:

Fährfahrten verursachen in mir immer eine seltsame Zerrissenheit. Einerseits verlasse ich nur äußerst ungern einen gastfreundlichen Ort, andererseits freue ich mich einfach auf das Ziel am anderen Ufer. Heute Morgen war das nicht anders. Hinzu kamen Seenebel und die frühe Morgensonne, die versuchte, sich hindurch zu schmelzen. Das diffuse Licht, die frische Luft schwer von Feuchtigkeit, Whidbey Island so nahe und doch versteckt im Dunst. Ich stand an Deck und zitterte in meiner Strickjacke, während ich nach vorne spähte, um den allerersten Blick dessen zu erhaschen, was ich als eine Mischung aus bewaldeten Hügeln und schräg abfallenden Wiesen in Erinnerung hatte. Dann war er ohne weitere Ankündigung da, ein Block Land. Und gerade als er auftauchte, schmolz die Sonne durch den dichten Schleier, der über den sanft rollenden Wogen geschwebt hatte.

Während die anderen heute Morgen um Ebey's Landing herumlaufen und sich an Szenen des Films erinnern, der hier anscheinend gedreht werde (oder zumindest zum Teil), bleibe ich auf meinem Platz im Minibus. Ich versuche zu begreifen, was Tay mir gestern Abend während des Abendessens in diesem kleinen japanischen Restaurant nahe dem Fährterminal und einem riesigen Drogeriemarkt erzählt hat.

Er sagte, dass bei ihm Krebs diagnostiziert wurde, eine Art, die behandelbar sei, aber wiederkommen könne. Dass er über einen versehentlichen Ausrutscher nahe der Brücke über den Deception Pass nachgedacht habe. Mir rutscht noch immer das Herz in die Hose. Ich stelle mir vor, wie ein Körper auf das raue Gewässer zustürzt, den Sog der mächtigen Strömungen, die Atemlosigkeit einer ertrinkenden Lunge.

„Aber warum, wenn es doch behandelt werden kann?!"

„Für wen?" erwiderte er.

Anscheinend will er keine Last für seine Kinder sein. Er scheut die Prozeduren. Und die Kosten.

„Ich fühle mich alt genug zu sterben", sagte er.

„Man ist nie alt genug", wagte ich mich vor. „Es gibt immer etwas, wofür es wert ist zu leben, was wert ist, erfahren zu werden."

Er streckte über den Tisch seine Hand nach meiner aus.

„Jetzt gibt es das", sagte er. „Glaubst du an glückliche Zufälle?"

7

COUPEVILLE

FILM: „ZAUBERHAFTE SCHWESTERN"

IN DEN HAUPTROLLEN: SANDRA BULLOCK & NICOLE KIDMAN

Als eine der ältesten Städte des Bundesstaates Washington, die Anfang der 1850er besiedelt wurde, ist sie bekannt für ihre Scharmützel während des Indianerkriegs und für ihre Penn Cove Muscheln. Für den Film wurde die gesamte Stadt weiß getüncht, und es wurden sogar falsche Fassaden errichtet; seither wurden die originalen Farben und Fassaden wiederhergestellt. Das Haus der Hexen allerdings war nur eine Gebäudehülle auf San Juan Island und wurde später wieder abgerissen. Für die letzte Filmszene wurde die gesamte Bevölkerung der Stadt kostümiert.

(Autumn Rains Tour „Drehorte in West-Washington")

Emily Atkins Montgomerys Trauerfeier fand in Union statt. Dort war sie aufgewachsen, und dort kannten sie die Leute. Wendell saß mit versteinerter Miene in der ersten Reihe in der Kirche. Emilys Eltern, Cliff und Joyce Atkins, waren aus Arizona angereist. Sie waren geschockt, ihren Schwiegersohn so untröstlich, zurückgezogen und schweigsam vorzufinden. Das war nicht der kontaktfreudige, lockere Ehemann ihrer Tochter aus ihrer Erinnerung. Sie machten viel Aufhebens um Laurie und konnten nicht verstehen, warum Wendell sie nur flüchtig umarmte. Es war, als sei in ihm „niemand zu Hause", dachte Joyce.

Später fuhren die Familien Atkins und Montgomery hinüber zum *Pine Beach Resort*. Wendell stellte daheim Emilys Urne auf den Kaminsims im Wohnzimmer. Dann verschwand er im Hauptschlafzimmer und überließ die Bewirtung, so viel oder wenig nötig war, seiner Mutter. Er kam nicht zum Abendessen heraus, und als Wendells Eltern, Christopher und Jennifer, die Tür zu öffnen versuchten, damit er sich von Laurie verabschieden könne, fanden sie sie verschlossen.

„Müssen wir uns Sorgen machen, dass er sich etwas antut?" fragte Cliff Atkins Jennifer.

Sie schüttelte den Kopf. ‚Nicht, wenn ich meinen Sohn gut genug kenne."

„Die Urne nicht zu beerdigen, sondern auf dem Kaminsims aufzubewahren, ist ein bisschen verstörend. Meinst du, wir sollten …"

„Nein!" Jennifer war entsetzt. „Das kannst du ihm nicht antun. Lass ihn den richtigen Moment finden. Der Tag wird kommen, an dem er bereit ist, sich von ihr zu verabschieden und sich um ihre Asche zu kümmern. Aber solange er lebt, ist das nicht *unsere* Entscheidung."

Joyce Atkins, rotäugig und müde, tupfte ihre Augen mit einem Papiertaschentuch. „Du hast recht. Außerdem ist da nichts falsch dran, die Urne darauf zu stellen. Sie ist nur ein Gefäß – wenn man nicht wüsste, was …" Sie schluchzte.

„Aber es ist nicht irgendeine hübsche Dekoration", protestierte Cliff und erhob seine Stimme so, dass Laurie sich duckte und sich an ihre Großmutter klammerte. „Das ist meine Tochter!"

„Und er liebt sie innig und will sie noch nicht gehen lassen", beschwor ihn Joyce. Dann wandte sie sich an Christopher und Jennifer. „Danke, dass ihr für Laurie sorgt. Ich weiß, es kann nicht einfach für euch sein. Wenn wir noch hier in der Gegend wohnten, würden wir es auch gern übernehmen. Aber …" Sie hob die Hände in einer hilflosen Geste, ihr Gesicht angespannt, ihre Augen voll unvergossener Tränen.

„Es ist kein Problem für uns", versicherte Jennifer die trauernde Mutter und legte ihr eine Hand auf die Schulter. „Das Schwierigste ist, ihr zu erklären, warum ihr Vater allein sein möchte und dass es nicht ist, weil er sie plötzlich nicht mehr liebt."

„Nun, es ist ohnehin schon hart genug", warf Christopher ein. „Es wird Zeit, dass er sich wieder zusammenreißt. Wie soll ich es den Leuten erklären, die nach ihm fragen und warum Laurie bei uns ist?"

„Bei Trauer geht es nicht darum, ob sich jemand zusammenreißt oder nicht", protestierte Jennifer. „Jeder empfindet sie anders. Einige brauchen Zeit für sich, um herauszufinden, wie das Leben in seinem veränderten Zustand weitergehen wird. Wendell ist so jemand. Nur weil er immer derjenige gewesen ist, der jede Hürde leicht zu nehmen schien, bedeutet das nicht, dass er nicht tiefgründig wäre. Oder dass seine Trauer nicht tief ginge. Ich glaube, Laurie versteht das. Tust du das?" Sie blickte auf ihre kleine Enkelin hinunter, die leise weinte. „Oh, großartig. Schaut, was wir jetzt alle angerichtet haben. – Komm, Kind, wir gehen nach Hause, und dein Daddy wird in einer Weile wieder bei uns sein. Inzwischen unternehmen wir ein paar nette Dinge in Wycliff und gehen sicher, dass du gut versorgt bist."

Sie führte das Kind zur Treppe und dann hinab; Emilys Eltern blieben oben in der Tür stehen und starrten auf ihre Rücken. Sie hatten sich nie vorgestellt, an den Ort zurückzukehren, den sie einst aufgebaut hatten, um ihr einziges Kind verstorben zu wissen und sein Zuhause zerfallen zu sehen.

*

Autumn bewarb ihre Reiseangebote inzwischen in Zeitungen und Zeitschriften in Seattle und Olympia. Während die Zeitungsanzeigen eine Klientel unter den Einheimischen schuf, die ihre Besucher gern zum Verwöhnen auf besondere Touren in Washington schickte, wurden die Zeitschriften in Flughafenterminals im gesamten pazifischen Nordwesten verteilt und weckten direkt die Aufmerksamkeit Reisender aus aller Welt. Das Geschäft nahm Fahrt auf, und eine von Autumns bestgebuchten Touren führte kleine Gruppen an ehemalige Drehorte in West-Washington. Eine andere brachte sie zu den heimlichen Juwelen des Puget Sound, eine Tour abseits der ausgetretenen Pfade der 101 auf der olympischen Halbinsel und der I-5 am Ostufer.

Natürlich hatte Autumn bald herausgefunden, dass es nicht klug war, Gäste an Orte zu schicken, die sie selbst nie besucht hatte. Also begann sie, privat zu reisen und zu überprüfen, ob die Hotels, Motels und Ferienanlagen ihren eigenen Erwartungen entsprachen. Auf diese Weise hatte sie das *Pine Beach Resort* am Hood Canal mit seinen malerischen Hütten auf Stelzen gefunden. Sie hatte sich sofort gut mit Emily Montgomery verstanden. Sie hatten einen Vertrag abgeschlossen, und alles hatte großartig funktioniert.

Dass Autumn sich für einen Ort entschieden hatte, der der Familie ihres früheren Klassenkameraden Mitch gehörte, war rein zufällig. Sie hatte dieses Ziel auf einer Rundreise wegen seiner malerischen Einzigartigkeit gewählt, nicht um jemandes Verwandtschaft zu fördern. Sie hatte mit Emily den Deal per Handschlag besiegelt, von weitem Wendell zugewinkt – er hatte damals ein Sonnendeck gestrichen –, und war mit dem Gefühl abgereist, dass diese Erfahrung des Hood Canal etwas Außergewöhnliches für ihre Kunden sein würde. Ein echtes Juwel.

Für das kommende Jahr hatte sie auch ihre Heimatstadt Wycliff ganz groß ins Rampenlicht gerückt. Sei es für die Tulpenparade, die Festlichkeiten zum Vierten Juli, das Wycliff Film Festival oder die Viktorianische Weihnacht – sie nahm Kontakt zu allen Hotels, Motels und Bed & Breakfast-Unterkünften in der Stadt auf. Sie hatte nicht bei allen Glück. Abby Winterbottoms *Gull's Nest* zum Beispiel war bereits für die kommenden zwei Jahre über Weihnachten ausgebucht. Anscheinend war es immer dieselbe Gruppe von Leuten; sie waren einst während der Zeit, die nun als „Snowmageddon" bekannt war, in dem beeindruckenden Kapitänshaus gestrandet und hatten während ihres unfreiwilligen Aufenthalts feste Bande geknüpft. Doch Autumn hatte sich Zimmer für das Film Festival sichern können, und das war ein großer Pluspunkt, da die Villa Hammerstein, ein markanter Drehort, nur ein paar Blöcke entfernt war.

Alles schien reibungslos zu laufen. Autumn erhielt Buchungen in Person, per E-Mail und per Telefon. Sie kreierte Informationspakete, die ihren Kunden von den Minibus-Fahrern ausgehändigt wurden, die auch sehr gewandte Reiseführer wurden. Die Freundschaft mit Lena war wieder auf dem richtigen Weg, ein bisschen zarter, ein bisschen verletzlicher, ein bisschen rücksichtsvoller. Nick Cartwright war aus dem Spiel; zumindest sah und hörte man dieser Tage nichts von ihm – er hatte wahrscheinlich seine Affären wieder woanders mit anderen Frauen aufgenommen. Autumn fühlte sich frei, mit anderen Männern zu flirten. Wenn sie Zeit hatte, jemanden außerhalb der Geschäftszeiten zu treffen. Was, da sie immer noch allein in ihrem Unternehmen arbeitete, selten genug vorkam.

„Du solltest mein Angebot annehmen und mich dir einen passenden Junggesellen aus meinen Unterlagen vermitteln lassen", schlug Lena ab und zu vor, wenn Autumn andeutete, dass sie gern jemanden gehabt hätte, mit dem sie ihr Privatleben teilen konnte.

„Ich wüsste nicht einmal, wann ich mir die Zeit nehmen sollte, sie zu treffen", lachte Autumn. Aber ihr Lachen klang selbst in ihren Ohren ein wenig leer.

Es stimmt: Ihr Leben war geschäftig und voller Entdeckungen. Es wurde nie langweilig. In seltenen Fällen reiste sie sogar mit Gruppen mit, wenn die Minibusse nicht ausgebucht waren. So bekam sie einen ziemlich genauen Eindruck von den Erfahrungen ihrer Kunden und wo sie eine Route, ein Übernachtungsziel, die Dauer eines Zeitfensters, die Lokale, die sie für Mittag- und Abendessen empfahl, optimieren konnte. Das geschah allerdings seltener, als ihr lieb war. Manchmal, besonders wenn ein Event einbezogen wurde, ließ sie zwei oder gar drei Minibusse gleichzeitig operieren. Wie einen Mini-Konvoy.

Was für sie jedoch ein absolutes Tabu war, war mehr als mit ihren männlichen Kunden nur zu flirten. Gott bewahre, dass sie später Grund hätten, sich über irgendetwas zu beschweren – wie sollte sie das dann auf neutrale Weise handhaben? Schlimmer noch, wenn einer der anderen Mitreisenden eine Vorzugsbehandlung spürte und Kompensation in finanzieller Weise oder in Sachen Aufmerksamkeit forderte. Nein, Flirten ging in Ordnung, solange der Mann nicht in weiblicher Gesellschaft war. Aber nicht mehr. Und so empfand Autumn, wie sich Einsamkeit in ihre Wohnung schlich, wenn sie abends nach Hause kam. Aber sie sagte sich, dass sie eine Karriere hatte, die sie unabhängig machte, und dass sie darüber glücklich sein sollte.

Dass ihre Lebensumstände recht komfortabel waren und dass alles sich zum richtigen Zeitpunkt fügen würde.

In der Zwischenzeit begannen auch einige der Reiseziele, das Wachstum von Autumns Unternehmen zu spüren. Einige kleinere Städte genossen den regelmäßigen Zustrom von Gästen. Sie lagen zumeist an der Route der „Heimliche Juwelen am Sund". Andere wie Wycliff hätten auch darauf verzichten können. Autumns Minibusse fuhren durch Wohngegenden, die andere Unternehmen aufgrund der Größe ihrer Busse vermieden. Einige Bewohner der Oberstadt waren nicht erfreut über Minibusse, die vor ihren Gartentoren parkten und neugierige Touristen mit ihren Smartphones oder Kameras ausspuckten. Die meisten Touristen machten Halt an dem kleinen Platz oberhalb des Steilhangs, der das Geschäftsviertel der Unterstadt von der Wohngegend der Oberstadt trennte, nachdem sie die steilen Treppen hinaufgestiegen waren. Sie genossen den Blick auf die Stadt zu ihren Füßen, die auf den Sund und das Olympic-Gebirge, keuchten und ruhten sich aus. Einige abenteuerlustigere Menschen besuchten das historische Museum in der Villa Hammerstein. Nur ganz wenige wagten sich weiter.

Autumns Busse jedoch brachten Fremde, die längere Schlangen in Geschäften verursachten, weil sie tausend scheinbar unnötige Fragen stellten. Sie besetzten Restauranttische, die sonst Einheimischen hätten angeboten werden können. Sie erkundeten Gegenden, in die nie zuvor Touristen vorgedrungen waren. Sie spazierten durch offene Gartentore, pflückten Blumen aus

Vorgärten oder kehrten spät nachts von einer der Bars in der Unterstadt zurück, wobei sie sich so laut unterhielten, als brauchten arbeitende Wycliffer keinen Schlaf. Kurz, viele Wycliffer waren sich nicht ganz sicher, ob ihnen die zusätzlichen Touristen gefielen, die sich für etwas Besonderes zu halten schienen, weil ihre Busse glanzvoller waren als andere.

„Weißt du, unlängst hat einer deiner Minibus-Konvoys sogar auf dem Parkplatz des Kindergartens der Oberlin Kirche geparkt", berichtete Lena ihrer Freundin am Telefon. „Einige Mütter waren wirklich sauer, weil sie weiter weg parken mussten. Und ihnen gefiel gar nicht, dass ihre Kinder gaffenden Touristen ausgesetzt waren, wo sonst nur Einheimische unterwegs sind. Ich sag's ja nur."

„Verstanden", schauderte es Lena. „Ich werde mit den Fahrern reden. Ich bin mir sicher, dass sie nicht daran gedacht haben, dass es jemandem Unannehmlichkeiten bereiten oder jemanden aus der Fassung bringen könnte. Es war wahrscheinlich nur eine Sache der Bequemlichkeit."

„Können sie nicht einfach Park-&-Ride bei der Harbor Mall anfahren und ihre Passagiere den Shuttlebus in die Unterstadt benutzen lassen?"

„Aber dann wären sie wie alle anderen Touristen und müssten den Steilhang hinaufsteigen, um zur Villa Hammerstein zu kommen", hielt Autumn Lena vor.

„Nun, ein bisschen körperliche Bewegung nach einer langen Busfahrt würde ihnen genauso guttun wie allen anderen

197

auch", schlug Lena vor. „Weißt du, dass Clark darüber nachdenkt, die Oberstadt für allen Verkehr außer den von Anwohnern zu sperren?"

„Clark wer?"

„Thompson? Unser Bürgermeister?"

„Aber hat er kein Interesse daran, seine Stadt bekannt zu machen? Ist nicht jeder am Tourismus als Einnahmequelle interessiert?"

„Nicht, wenn dieselben Touristen die Privatsphäre einiger Anwohner beeinträchtigen. Ihre Worte, nicht meine. Ich dachte nur, ich lasse es dich wissen. Nun bring nicht den Boten um."

„Nein", seufzte Autumn. „Danke für die Warnung, den Input, was auch immer das jetzt sein sollte."

„Nur etwas Info, um die Kritik abzufedern, die vom Stadtrat kommen könnte."

Es war nicht das einzige Problem, mit dem sich Autumn befassen musste. Als der Frühling heranmarschierte und das Reisen im pazifischen Nordwesten wieder attraktiver wurde, kamen Beschwerden aus einer anderen, unvorhergesehenen Ecke. Von ihren Kunden. Nicht von allen, aber von all jenen, die unlängst auf einer „Heimliche Juwelen a Sund"-Tour gewesen waren. Und sie betrafen alle ein und denselben Ort. Das *Pine Beach Resort* am Hood Canal.

Die Berichte reichten von schlecht gewarteten Pfaden zum Steg, der die Hütten miteinander verband über ungemachte Betten, fehlende Handtücher, schmutzige Gläser, fehlende

Toilettenartikel und – vor allem – bis hin zu einem feindseligen Gastgeber, der jeden anbellte, der es wagte, ihn darum zu bitten, die Mängel zu beheben. Es hieß, Wendell Montgomery sei unerträglich und man würde dafür sorgen, dass dieser heruntergekommene Ort kein Geschäft mehr mache.

Autumn war entsetzt. Natürlich war ihr bewusst gewesen, dass Emily im vergangenen Herbst verstorben war. Aber es war ihr nicht in den Sinn gekommen, dass es solch eine Wirkung auf das Resort selbst haben würde. Sie hatte nie darüber nachgedacht, dass Wendell die Dinge nicht so weiterführen könnte, wie sie sie in Erinnerung hatte. Sie hatte einfach angenommen, alles liefe in geschäftlicher Hinsicht gut; sie hatte keine menschlichen Emotionen berücksichtigt. Es erschütterte sie. Hieß das, dass auch sie weniger menschlich geworden war? Rücksichtslos, hart, nur an Zahlen denkend, nicht an Menschen? Dennoch, Wendells Nachlässigkeit beeinträchtigte ihr eigenes Geschäft und somit ihre eigene Existenz. Sie würde herausfinden müssen, was vorging, und entsprechend handeln. Wenn die Dinge mit ihrem Reisebüro wieder in Ordnung wären, hätte sie immer noch alle Zeit der Welt, ihre eigene Haltung gegenüber dem Leben und den Befindlichkeiten anderer Menschen zu überdenken.

*

Er hatte sie ganz sanft geküsst. Sie war einfach eingeschlafen und nie wieder aufgewacht.

Jeden Tag, wenn er erwachte, fühlte er, dass er mehr getan, haben sollte, um Abschied zu nehmen. Vielleicht ein Schlaflied singen, bis seine Stimme vom Schmerz in seiner Kehle und den unvergossenen Tränen in seinen Augen rostig geworden wäre. Er fragte sich auch, ob er in ihrer Zeit miteinander mehr hätte mit ihr reden sollen. Hatte er ihr je mitgeteilt, wie innig er sie liebte? Hatte er je die richtigen Worte gefunden, das auszudrücken? Oder hatte er sie im Ungewissen gelassen, wenn er draußen auf dem Hood Canal angeln war, während er Zeit mit ihr verbringen, ihr vielleicht vorlesen oder Gitarre für sie spielen hätte können? Hatte er genug für sie getan, dass sie sich geschätzt gefühlt hatte? Oder hatte er sich einfach so sehr darauf verlassen, dass sie miteinander alt würden, dass er all die Dinge, die er hätte tun können, auf einen späteren Zeitpunkt verschoben hatte?

Wendell hatte auf Autopiloten umgeschaltet. Er hatte es seinen Eltern überlassen, Laurie zu erklären, dass ihre Mutter nicht mehr aufwachen würde. Dass sein Herz so gebrochen war, dass er Zeit allein benötige. Die Leute vom Bestattungsinstitut hatten Emily abgeholt und der Familie Montgomery die Urne ausgehändigt. Dann war da diese unerträgliche Trauerfeier gewesen. Die Leute hatten sogar lustige Sachen über Emily gesagt, als erinnere er sich nicht mehr an ihr schelmisches Lächeln und die Wortspiele, die zu Lebzeiten so geliebt hatte. Trauerfeier … wie konnte er feiern, wenn alles, was er nun besaß, Erinnerungen waren, von denen er wusste, dass sie eine nach der anderen verblassen würden? Ihre Stimme, der warme, weiche

200

Geruch ihrer Haut, ihres Haars. Er würde Fotos heranziehen müssen, um sich zu erinnern, wo genau jener winzige Leberfleck über ihrer Lippe gesessen hatte. Seine Arme würden die Erinnerung daran verlieren, wie es gewesen war, sie zu halten, seine Haut die an ihre Berührung. Er hatte immer auf ihre Schritte gehorcht, die vom Büro zurückkehrten, nachdem sie Gäste willkommen geheißen hatte. Auf ihren Gesang, wenn sie kochte oder Geschirr abwusch. Er würde die die kleinen, originellen Dekorationen vermissen, die sie zu besonderen Anlässen auf ihren Tisch platzierte.

Wendell hatte die Urne mit Emilys Asche auf den Kaminsims gestellt und sich im Hauptschlafzimmer eingeschlossen, um zu schlafen. Oder eher in der Hoffnung auf Schlaf. Er hatte seine Familie diskutieren hören, was er mit der Urne getan hatte. Er hatte mitbekommen, wie sie seine psychische Stabilität in dieser Situation in Frage gestellt hatten. Es war im egal gewesen. Er hatte nur gewollt, dass sie ihn in Ruhe ließen. Am nächsten Tag hatte er gewartet, bis Emilys Eltern abgereist waren – er hatte sie durch die Schlafzimmergardinen beobachtet, als sie abfuhren – und erst dann das Schlafzimmer verlassen und das Wohnzimmer betreten.

„Emily", hatte er mit trockenen Augen geflüstert und die Urne mit den Fingerspitzen gestreichelt. Dann hatte ihm ein riesiger Schluchzer die Kehle zerrissen und endlich all die Tränen gelöst, die er unterdrückt hatte, seit ihm klar geworden war, dass er Emily für immer verloren hatte.

Er hatte aufgehört, die Tage zu zählen, auf die Uhr zu sehen. Seine Tage waren mit den Nächten verschmolzen, seine Nächte mit den Tagen. Der Schlaf kam nicht, wenn er ihn wollte; er wurde von ihm überwältigt, wenn er glaubte, er könne keine weitere Minute seines Lebens ertragen. Seine Gedanken waren zum Stillstand gekommen. Es gab nur einen einzigen Gedanken: Emily.

Wendells Haar war ungekämmt und ungepflegt. Sein Bart wuchs. Er duschte, wenn er seinen eigenen Gestank nicht mehr ertragen konnte und wechselte die Kleider, wenn er sich in ihnen nicht mehr wohlfühlte, nachdem er tagelang in ihnen geschlafen hatte. Er wurde sich selbst zum Ekel. Er verachtete sich dafür, dass er seine Vernachlässigung sich selbst gegenüber als Ergebnis eines immerwährenden Verlusts entschuldigte.

In vermutlich regelmäßigen Abständen klingelte sein Telefon. Seine Mutter sprach mit ihm und reichte den Hörer dann ihrer Enkelin.

„Hi Daddy", piepste Lauries Stimme hindurch, und sie erzählte, welch aufregende Abenteuer sie in der vergangenen Woche in Wycliff erlebt hatte. Worauf er Gesprächsgeräusche machte, nur um anzudeuten, dass er da war und zuhörte. „Wann kommst du uns besuchen?"

Er hatte keine Antworten.

Nicht für seine Eltern, die versuchten, ihn mit Worten zu trösten, die ihm leer erschienen.

Nicht für seinen Bruder, der versuchte, ihn aus seiner Benommenheit aufzurütteln.

Nicht für Laurie, die so gut versorgt zu sein schien.

Nicht für sich selbst.

Aber er musste Antworten finden, als er einen Anruf erhielt, der ihm klarmachte, wie nahe daran er war, alles zu verlieren.

*

Die Stimme am anderen Ende der Verbindung hatte undeutlich geklungen. Es war egal, ob wegen Alkohols oder Schlafs. Es war einfach nicht richtig so mitten am Tag. Autumn hatte angerufen, um ein Gefühl dafür zu bekommen, was an dem einen Ort vor sich ging, an dem ihre renommierten Touren seit einigen Monaten durchfielen.

Zunächst hatte sie eine Beschwerde als die eines Touristen aus der Großstadt abgetan, der nicht an den Outdoor-Lebensstil des pazifischen Nordwestens gewöhnt war. Aber als immer mehr Klagen derselben Sorte eintrafen, hatte sie gewusst, dass sie dem ein Ende setzen musste. Entweder änderte sie also, was schiefging, indem sie sich mit Wendell in Verbindung setzte, der früher so verlässlich gewesen war. Oder sie würde das Reiseziel durch ein anderes ersetzen müssen, das eine ähnlich einzigartige Atmosphäre, wenn auch keine Pfahlbauten besaß.

Wendells Antwort war einsilbig gewesen. Autumn war sich nicht einmal sicher, ob er verstanden hatte, weshalb sie angerufen hatte. Sie hatte beunruhigt aufgelegt. War es das, womit das *Pine Beach Resort* in den vergangenen Monaten gekämpft hatte? Mit einem Eigentümer, dem nichts mehr daran lag, sein Unternehmen zu führen? Wusste seine Familie von seinem Zustand? Oder hatte sie sich einfach daran gewöhnt, mit einem trauernden Witwer umzugehen und ihn zu entschuldigen, in der Hoffnung, er komme schon von selbst wieder zu sich?

Autumn war entschlossen. Es war für sie offensichtlich, dass Wendell einen Härtetest brauchte. Wenn es nicht per Telefon funktionierte, musste sie persönlich auf ihn zugehen und einen beeindruckenden Auftritt inszenieren, um ihn aus seiner Nachlässigkeit zu schocken. Sie wusste auch, was sein Schwachpunkt sein musste, wenn irgendetwas zu ihm durchdringen sollte. Und niemand schien ihn bislang richtig genutzt zu haben, womit man es unwissentlich dem Einblick eines Außenstehenden überließ.

Es war wieder ein Wochenende, und Autumn hatte eine Reisetasche gepackt, für den Fall, dass ihre Mission länger dauerte, als vorgesehen. Und falls sie nach einem anderen Ziel in der Nähe des verrufenen Resorts am Hood Canal suchen musste. Sie verließ Olympia und fuhr Richtung Shelton. Die beruhigende Mischung aus Wald, Prärien und Schlickwatt, die Ausblicke auf schneebedeckte Berge und stille Buchten gingen an ihr vorbei. Sie bereitete ihre Rede vor. Sie versuchte, sich Wendells Reaktionen vorzustellen. Als sie endlich *Pine Beach Resort* erreichte, wurde ihr klar, dass sie nicht auf das vorbereitet war, was auf sie zukommen mochte. Der Ort wirkte verlassen; nur ein Truck stand auf dem Parkplatz. Wahrscheinlich jemand, der es hier bezahlbar und günstig gelegen fand auf dem Weg irgendwohin, gewiss nicht, weil noch irgendetwas daran einladend wirkte. Der Winter hatte verheerend viel Moos auf dem Dach bewirkt; von den Bäumen abgebrochene Äste und eine allgemeine Tristesse trugen zu verlorenen Atmosphäre des Haupthauses und des Grundstücks bei.

Autumn ging zögernd auf die Bürotür zu. Das „Geöffnet"-Schild war nicht eingeschaltet; das schmutzige Glas, durch das sie spähte, hätte eine gründliche Reinigung vertragen. Auch das Restaurant nebenan sah nicht besser aus. Eine Notiz an der Tür nannte ihr die Nummer, die sie außerhalb der Bürozeiten wählen musste, um das Management zu erreichen. Autumn kannte die Nummer – sie hatte sie erst gestern gewählt. Anstatt sie zu benutzen, ging sie um das Gebäude herum, fand den Eingang zu Wendells Zuhause und öffnete die Tür. Sie stieg die Treppe hoch und klopfte an die Tür, die das Treppenhaus von Wendells privater Behausung trennte.

Nichts.

Sie klopfte erneut. „Wendell? Bist du da drin?"

Nach einer Weile hörte sie Schritte näherschlurfen. Dann öffnete sich die Tür, und Autumn musste tief Luft holen. Das war nicht der Wendell, den sie von weitem gesehen hatte, als sie damals den Vertrag mit Emily unterzeichnet hatte. Außerdem war er nicht annähernd der Typ aus dem Abschlussjahrgang der Wycliff Highschool, in den jedes einzelne Mittelschulmädchen seinerzeit heimlich verknallt gewesen war. Er sah eher wie ein Sasquatch als etwas Menschliches aus, und seine Stimme war offenbar eine Zeitlang nicht benutzt worden, denn sie klang heiser, als er sprach. Hätte sie nicht gewusst, dass er Mitchs älterer Bruder war und eigentlich ein anständiger Mensch, hätte sie sich umgedreht und wäre davongelaufen. Stattdessen hielt sie seinem Blick stand.

„Autumn Rain?"

„Eben diese", erwiderte sie munterer, als ihr zumute war. Sein Atem roch nach Alkohol, und er hätte eine Dusche gebrauchen können.

„Was willst du?"

„Darf ich bitte reinkommen? Ich glaube, wir müssen miteinander reden."

„Für mich gibt es nichts mehr zu reden", wehrte er sie ab. „Jedenfalls nichts, das nicht telefonisch hätte gesagt werden können. Du hättest dir die Fahrt sparen können."

Er wollte ihr schon die Tür vor der Nase zuschlagen, doch Autumn nahm sanft seine Hand vom Türrahmen und schlüpfte an ihm vorbei. Wendell hob ergeben die Hände und schloss die Tür.

„Was willst du?" wiederholte er und lehnte sich daneben an die Wand.

Autumn betrachtete sein Zuhause. Schmutziges Geschirr türmte sich auf dem Fußboden neben einem Sofa, das Wendell als Bett zu dienen schien. Auf dem Couchtisch stapelten sich leere Mikrowellenverpackungen, zumeist Mac 'n' Cheese oder Salisbury Steak. Sie atmete den Gestank eines Raums ein, der vermutlich wie lange nicht gelüftet worden war – Wochen? Das Sideboard unter dem Flachbildschirm war bedeckt mit Fotorahmen mit Bildern von Emily. Auf dem Kaminsims brannte zu beiden Seiten der Urne je eine Kerze. Autumn ging hinüber und stand schweigend einen Moment davor.

„Wir müssen über Geschäftliches reden", sagte sie schließlich.

„Geschäftliches", wiederholte er tonlos. Seine blutunterlaufenen Augen starrten auf die Stelle, wo sie stand. Nein, an ihr vorbei auf die Urne. „Ich bin mir nicht sicher, dass ich reden möchte."

„Gut", sagte Autumn, und es war klar, dass überhaupt nichts gut war. „Dann lass *mich* das Reden übernehmen. Du kannst später entscheiden, ob *du* irgendetwas sagen möchtest."

Sie ging zu einem Sessel hinüber. Wendell rührte sich immer noch nicht. Ihre Augen baten um Erlaubnis sich zu setzen, und da er weder bejahend reagierte noch sie daran zu hindern suchte, setzte sie sich graziös und stellte ihre Handtasche auf den Boden.

„Ich glaube nicht, dass ich dich fragen muss, wie es dir in den letzten Monaten gegangen ist. Es ist ziemlich offensichtlich", stellte sie sachlich fest.

„Geht dich nichts an", erwiderte Wendell und schleppte sich zum Sofa, auf das er sich fallen ließ und seinen Kopf in die Hände legte, die Ellbogen auf die Knie gestützt.

„Da irrst du dich aber ziemlich." Autumn war äußerlich immer noch sehr ruhig, aber seine Gleichgültigkeit begann, sie mitzunehmen. „Weil du ein Unternehmen führst, das mit meinem in Verbindung steht. Oder sollte ich sagen, du solltest ein Unternehmen führen? Denn ich habe in den letzten Wochen eine Reihe Kundenbeschwerden erhalten, dass deine Unterkünfte in beklagenswert schlechtem Zustand sind. Schmutzige Bettwäsche, dreckiges Geschirr im Zimmer, ungeleerte Mülltonnen, defekte Heizung."

„Mir hat niemand was gesagt."

„Oh, das ist noch so eine dieser Beschwerden. Sie sagen, du seist entweder überhaupt nicht erreichbar oder dermaßen unfreundlich, ja rüde, dass sich niemand dir zu nähern wagt. Wendell, so geht das nicht. Du schädigst nicht nur dein Unternehmen; du befleckst auch meines."

„Du bist eine ganz schön lange Strecke gefahren, nur um mir zu sagen, dass du raus willst."

„Will ich aber nicht."

„Warum kommst du dann her? Was soll das bezwecken?"

Autumn erhob sich und ging auf und ab, um ihre Gleichmut zurückzugewinnen. Wendell beobachtete sie scheinbar teilnahmslos. Schließlich hielt sie direkt vor ihm inne. Er musste aufblicken, um ihr Gesicht zu sehen.

„Wendell, die Leute bezahlen uns. Sie verdienen etwas für ihr Geld. Sie hoffen auf etwas Unvergessliches – und sie bekommen das hier. Etwas, worüber sie sich beschweren. Wo ist dein Personal?"

„Ich hab's gehen lassen."

„Du meinst, du hast es gefeuert."

„Ich hab' ihnen gesagt, wenn's ihnen hier nicht gefällt, können sie woandershin gehen."

„Ganz toll. Und rate mal was?! Das macht es nicht gerade einfacher Ersatz für sie zu bekommen. Was ist mit deinen Restaurant-Pächtern?"

„Gegangen. Keine Gäste im Resort hieß weniger Gäste bei ihnen."

„Wendell, siehst du's denn nicht? Du hast sie ruiniert."

„Hab' ich nicht. Sie sind zu dem für sie richtigen Zeitpunkt und aus eigenem Antrieb gegangen. Es gibt viele Orte, an denen sie einen besseren Lebensunterhalt verdienen können als hier draußen."

„Fein. Du hast sie also nicht ruiniert. Und mich wirst du auch nicht ruinieren. Ich kann mich ganz einfach zurückziehen und nach nebenan gehen. Es gibt hier in der Gegend einige schöne Resorts. Ich brauche vermutlich nur an ihre Tür zu klopfen. Aber was passiert dann hier?! An diesem einzigartigen Ort mit Hütten auf Pfählen, um Himmels willen?! Das war das Herzblut deiner Schwiegereltern. Was wirst du ihnen erzählen?"

„Sie können nicht erwarten, dass ich es so führe wie sie. Sie haben uns gesagt, wir sollten uns einbringen, nicht sie kopieren."

„Weise Worte, aber sie dachten sicherlich nicht an so ein Wrack von einem Mann, wie du es jetzt offensichtlich bist."

„Verschwinde!" sagte Wendell plötzlich mit ganz leiser Stimme. „Raus mit dir, Autumn Rain, bevor ich mich vergesse."

„Und was tust?" fragte Autumn. „Ist da irgendwo noch der feine Montgomery-Kerl in dir, der sich um die Leute um sich herum kümmerte? Wo ist Laurie? Was würde Emily sagen, wenn sie sähe, was aus dir geworden ist?"

„Lass Emily aus dem Spiel", schrie Wendell und sprang auf. „Wag es nicht und bring Emily ins Spiel! Sie war perfekt. Sie war die Freundlichkeit selbst. Sie war achtsam. Wer bist du, dass du mir Vorwürfe machst, wenn du deine Touren mit einem Fingerschnipsen ändern kannst?! Geh!"

Autumn nickte und griff nach ihrer Handtasche. „Ich gehe, Wendell. Ich sehe, es hat keinen Sinn, mit dir zu reden. Ich hoffe, es geschieht ein Wunder und rettet dich und diesen Ort."

Sie ging zur Tür und öffnete sie. Bevor sie ging, wandte sie sich noch einmal um.

„Weißt du, ich habe eine Menge Jungs davon reden hören, wie sie eines Tages wie du sein wollten. Ich bin froh, dass sie dich jetzt nicht sehen können. Du tust mir leid."

„Und bu-hu-hu!" schrie Wendell.

Autumn ging zu ihrem Auto zurück. Vielleicht hatte sie alles falsch gemacht. Vielleicht hätte sie nicht versuchen sollen, das Ruder in die Hand zu nehmen, und nur den Vertrag kündigen sollen, ohne etwas zu erklären. Aber das hätte bedeutet, dass ihr ein Geschäftspartner in Nöten egal war. Und Wendell war zweifellos in Not. Wie weit würde er noch abrutschen, bevor er es bemerkte? Und würde es dann schon zu spät sein?

*

Aus Loretta Franklins Tagebuch:

„Tay, hast du wirklich gemeint, was du mir gestern Abend erzählt hast?" Ich musste ihn das einfach fragen, als er bei Ebey's Landing zum Minibus zurückkam.

„Ich habe es wirklich so gemeint. Ich glaube, ich bin drüber hinweg."

„Du wirst nachher nicht springen?"

„Versprichst du mir, mich im Krankenhaus zu besuchen?"

„Versuchst du mich zu erpressen, auf dieser Seite der Nation zu bleiben?"

„Vielleicht."

8

DECEPTION PASS BRÜCKE
FILM: „RING"
IN DER HAUPTROLLE: NAOMI WATTS

Der Bau der Brücke wurde 1935 abgeschlossen. Sie verbindet Whidbey Island mit Fidalgo
Island und überspannt eine gefährlich turbulente Fahrrinne, den Deception Pass. Die
Filmprotagonistin und ihr Freund fahren über die Brücke, um einen Leuchtturm zu finden,
der sich in Wirklichkeit nicht im Norden, sondern in Oregon befindet.
(Autumn Rains Tour „Drehorte in West-Washington")

Mitch hatte es einfach nicht übers Herz gebracht, seine Eltern mit seinen Sorgen zu belasten. Nicht bei all dem Kummer, den sie mit Wendell und Laurie durchmachten, während Emily immer schneller dahinschwand. Und dann war sie tot. Wie eine frühe Frühlingsblume, zu zerbrechlich, um den Stürmen des Lebens länger standzuhalten. Wendell zog sich zurück, und Laurie lebte bei ihren Großeltern in Wycliff. Mitch wollte all das nicht noch durch seine Trauer, seine Sorgen, seine Verletztheit verschlimmern.

Zudem waren seine katastrophale Ehe und ihr trauriger Ausgang seine eigene Schuld gewesen. Hätte er nur rechtzeitig auf Wendell gehört. Hätte er sich nur daran erinnert, dass, was zu gut schien, um wahr zu sein, es für gewöhnlich auch nicht war. Warum hatte er je geglaubt, dass ein Mädchen wie Ashley, das während seiner gesamten Schulzeit so unerreichbar für ihn gewesen war, dass er nicht einmal von ihr geträumt hatte, plötzlich mit Abschluss der Schule für ihn verfügbar war? Warum hatte er nicht alle Alarmglocken gehört, als sie ihn in das Musikzimmer des Bürgerzentrums geführt und ihn dort verführt hatte? Warum hatte er nicht einmal infrage gestellt, ob er der Vater sei, als sie ihm gesagt hatte, sie sei schwanger, wo doch jeder gewusst hatte, dass sie erst vor relativ kurzer Zeit von Nick Cartwright sitzengelassen worden war? Warum hatte er sie nicht einmal nach dem Grund gefragt?

Nach dem ersten Schock, als Madge ihm erzählt hatte, sie habe gesehen, wofür er die ganze Zeit blind gewesen war – dass Jackson der Sohn eines anderen sein musste –, hatte er Ashley dazu konfrontiert. Bedachtsam, weil er als Mann erzogen worden war, der für seine eigenen Fehler verantwortlich war. Damit, falls die geringste Möglichkeit bestand, dass Jackson sein eigen Fleisch und Blut war, Ashley dem Jungen nicht eines Tages berichten konnte, sein eigener Vater habe ihn abgelehnt.

Natürlich hatte Ashley sofort gespöttelt und erklärt, er müsse sie besser kennen, als an ihrem Wort zu zweifeln. Sie hatte auch bereits mit ihren Eltern gesprochen, die einen Rechtsanwalt bestellt hatten, der ihre Scheidung handhaben sollte. Mitch würde Kindesunterhalt zahlen und die Hälfte dessen, was sie in ihrer beinahe sechsjährigen Ehe hinzugewonnen hatten. Ashley erklärte, das sei er ihr schuldig. Für Mitch war es verheerend.

Es gab Tage, an denen er nicht wusste, wie er sie überstand. Ashley kehrte in das Apartment zurück, um einige ihrer Sachen zu holen und wovon sie behauptete, es gehöre ihr, und fuhr sie weg. Seine Wohnung schien plötzlich groß und leer zu sein.

Mitchs Schritte hallten in den Bereichen wider, aus denen Teppiche und Bilder entfernt worden waren. Er war überrascht, dass Leere ihren eigenen Klang besaß.

Wären Madge und ihr Seelenfutter nicht gewesen, wäre Mitch manchmal ohne Essen zu Bett gegangen. Doch seine Nachbarin hatte einen siebten Sinn, wenn es darum ging, ihn einzuladen, wenn er an einem neuen Tiefpunkt angelangt war. Er musste nicht einmal reden. Sie klingelte nur an seiner Tür und winkte ihm, und er folgte ihr, traurig und doch voller Erleichterung. Er ließ sich auf den Stuhl fallen, der zu seinem geworden war, und er wartete auf jegliches Essen, das sie ihm vorsetzen mochte. Madge sprach stets über ihre Gelegenheitsjobs und die Menschen, denen sie durch sie begegnete. Und obgleich sie dachte, er höre ihr nicht zu, begann Mitch eine Vorstellung davon zu bekommen, wer Madge war.

„Du würdest nicht glauben, wer heute in den Laden kam, als ich gerade ein paar Sachen in die Kasse eingab. Eine hochgeschraubte Dame in falschem Pelzmantel. Sie lud einen Haufen Dinge auf das Fließband, und als ich alles gescannt hatte, schob sie mir eine große Tüte voller Münzen zu. ‚Lady‘, sagte ich, ‚ich bin kein Coinstar, und wenn Sie so nett wären, mal einen Blick hinter sich zu werfen, weil diese Leute keine Zeit dafür haben, dass jemand Ihr Wechselgeld abzählt.‘ Na, die Dame schnaubte und schnaufte und stürmte dann aus dem Laden, wobei sie ihre Münztüte vergaß. Ich verstaue sie unter der Theke, um sie dem Manager in der Mittagspause zu übergeben – und sie kommt eine halbe Stunde später zurück und behauptet, ich habe ihr Bargeld klauen wollen! Hatte ich nicht Glück, dass eine meiner Kolleginnen die Szene beobachtet hatte und mir half?! Trotzdem fühlte es sich so an, als sei es mein und ihr Wort gegen das der Dame. Als Nächstes kam diese kleine, gebrechliche alte Frau in einer geflickten Strickjacke, die immer Essen bei uns kauft. Sie verzichtete auf ihr Wechselgeld, als ich kassierte, und meinte, ich solle es für jemanden behalten, dem vielleicht ein paar Cents fehlten. Jetzt frage ich dich, wer wirklich eine Dame ist, hm?"

Mitch hatte sein Abendessen schweigend beendet, wobei er den Eintopf, den Madge an dem Abend bereitet hatte in sich hineingelöffelt und nicht einmal aufgeblickt hatte. Als auch Madge schließlich ihren Loeffel hinlegte, stand er wortlos auf und trug das schmutzige Geschirr zur Küchenspüle. Während Madge diese mit Wasser und Spülmittel füllte, schnappte sich Mitch ein Geschirrtuch.

„Weißt du, diese Welt ist voller Trugbilder", fuhr Madge fort. „Ist schon was dran, dass die Ersten die Letzten sein werden. Ich glaube übrigens, das stammt aus der Bibel. Jedenfalls, nenne es Karma oder Gott oder menschliche Gerechtigkeit. Manchmal dauert es lange, aber ich sage dir, dass man das, was man gibt, zurückkriegt. Wart's nur ab. Das gilt auch für deine künftige Ex-Frau."

Mitch gab einen unverbindlichen Laut von sich.

„Ich weiß, du willst nicht darüber reden. Aber schluck nicht alles runter, Kindchen. Wenn deine Seele wegen etwas krank ist, wird es dein Körper früher oder später auch. Du lässt dich doch scheiden, oder?" Sie blickte ihn von der Seite an und nickte, obwohl sie keine Antwort erhielt. „Ja, dachte ich mir. Und lass mich raten, sie war's, die sie eingereicht hat. Versucht auch, bei dir abzuräumen, hm? Ich hab' gesehen, wie du sie eure Sitzgarnitur und euer Bett hast mitnehmen lassen. Sie hat nie daran gedacht, dass *du* sie brauchen könntest, wie? Und das wird nicht das Einzige sein, wonach sie hinterher ist." Sie hob einen schaumbedeckten Zeigefinger. „Hör' auf mich, Mitch. Du solltest bei dem Kind einen DANN-Test machen lassen. Und mach's anständig. Es kostet dann zwar ein bisschen was, aber zieh' nicht dieses Mauri-Show-Ding ab. Bleib' immer so höflich und anständig, wie du bist. Aber lass es machen."

Am Ende gewann Madge. Mitch verstand, dass die Scheidung an sich bedeutsam für sein künftiges Leben sein würde, aber dass er auch ein Recht auf die Wahrheit und damit verbundene Konsequenzen hatte. In jedem Fall.

Ashley gefiel seine Beharrlichkeit nicht. Aber ihre Eltern machten ihr klar, dass, hätte Mitch recht und er wäre nicht Jacksons Vater, der Skandal viel größer sein würde, wenn sie sich überhaupt erst gegen den Test aussprach. Also wurde eine Speichelprobe Jacksons zusammen mit einer von Mitch in ein Labor eingereicht. Es dauerte nicht einmal lange, bis das Ergebnis vorlag. Mitch fand ein paar Wochen später einen Brief des Labors in seinem Briefkasten.

„Du könntest eigentlich eine Annullierung beantragen", schlug Madge am selben Abend über einem einfachen, aber schmackhaften Abendessen aus Kartoffeln und Lauchgemüse vor. „Wegen all der falschen Gründe, wegen der du geheiratet hast."

„Falschen Behauptungen", murmelte Mitch und schaufelte sich noch einen Löffel Lauch in den Mund.

„Hurra, er kann reden!" triumphierte Madge.

Mitch antwortete mit schiefem Lächeln. „Nur zwischen den einzelnen Bissen."

Madge fühlte sich offenbar durch seine unerwartete Reaktion angespornt. „Weißt du, eine Annullierung mag dir vielleicht nicht mit dem Rest der Scheidungs-Arrangements helfen. Aber falls du katholisch bist und der Papst ..."

„Ich bin nicht katholisch", murmelte Mitch mit vollem Mund.

„Ha", schnaufte Madge. Na, wie auch immer. Dann schätze ich, dass es ganz beim Herrn liegt, ob du Dispens erhältst oder nicht."

„Ich denke, das tut es ohnehin."

„Heide", neckte Madge.

„Das ist eine Frage der Interpretation."

„Sieh nur, wie dieses einfache Testergebnis dich wieder normaler hat werden lassen", rief Madge mit Tränen in den Augen aus. „Endlich muss ich nicht mehr die ganze Zeit Monologe halten!"

„Tut mir leid, Madge, ich muss furchtbar gewesen sein."

„Nun, sagen wir, es war nicht einfach. Aber ich bin froh, dass du langsam aus deinem Schneckenhaus herauskommst. Jetzt lass uns die Optionen bedenken, die du nach deiner Scheidung haben wirst. Ich hoffe doch, dass du nicht umziehen musst, weil du dir diese Hütte nicht mehr leisten kannst?!"

„Lass uns erst mal abwarten", warnte sie Mitch. „Wenn ich etwas sage und es kommt dann anders, stehe ich wie ein Idiot da. Ich würde gern bleiben, und ich habe mehrere Vorstellungen von meinem Leben nach Ashley. Aber es ist noch zu früh, über etwas Spezifisches zu reden."

„Dann hast du also bereits Pläne."

„Darauf kannst du wetten, Madge."

*

Lena stand in ihrer Küche und warf entsetzt die Hände in die Luft. In einer halben Stunde hatte sie eine Verabredung. Es war nicht die erste in diesem Jahr. Aber diese war wirklich vielversprechend. Nicht wie der eine Kunde, der ihr gesagt hatte, ihre Partnerdateien seien für ihn nicht mehr interessant, seit er ihr begegnet sei. Sie hatte mit dem jungen Mann zu Abend gegessen und sehr schnell herausgefunden, dass er mehr an ihrem Erfolg als Geschäftsfrau und an ihren finanziellen Vermögenswerten als an ihr selbst interessiert war. Oder jener andere Mann, der sie so beharrlich in ihrer Agentur angerufen hatte, dass sie schließlich zugestimmt hatte, ihn für einen Spaziergang am Strand zu treffen – wo sie seinen Grapschereien nur knapp entkommen war.

Nein, dies war ein netter, junger Mann, dem sie in der Oberlin Kirche begegnet war. Er war gut angezogen, stammte aus einer guten Familie, besaß gute Manieren, arbeitete als Versicherungsmakler und schien die stabile Art von Mann zu sein, nach der sie suchte. Vielleicht war er ein bisschen sehr konservativ – mitunter hegte Lena den Verdacht, dass er an Feuer und Schwefel glaubte –, aber was sollte sie machen? Niemand war perfekt, und Brandon – so hieß er – war das Beste, was ihr in all den Jahren seit ihrem Highschool-Abschluss begegnet war. Sie hatten Gelegenheit gehabt, einander nach den Gottesdiensten im Gemeindesaal besser kennenzulernen. Sie hatten ein, zwei lange Spaziergänge die Front Street entlang unternommen, über den Jachthafen geblickt und im Harbor Pub ein Bier getrunken. Und nun war Lena so kühn gewesen, ihn zu einem italienischen Abendessen einzuladen. Sie würde Pasta mit einer Thunfischsauce und einem Beilagensalat zubereiten – nichts übermäßig Kompliziertes. Sie war sich sicher, dass Brandon es mögen würde. Zumindest war sie sich bis jetzt sicher gewesen.

Denn sobald sie sich vom Pasta-Topf abgewandt hatte, in den sie eine Packung Rotini geworfen hatte, und sich der Zubereitung der Sauce widmete, hatte der Topf angefangen überzukochen. Sie hatte den Herd niedriger geschaltet, sodass das Wasser nur noch köchelte. Inzwischen waren ihr die gewürfelten Zwiebeln im Saucentopf angebrannt. Sie hatte wieder von vorn anfangen müssen. Was bedeutete, dass sie sich gerade rechtzeitig vom Reinigen des Saucentopfes umgedreht hatte, als die ersten Nudeln aus dem Topf und auf den Herd purzelten, wo sie zu verbrennen begannen.

„Warum?!" heulte Lena.

Sie starrte den Nudeltopf an, als könne er ihr eine Antwort geben. Dann schöpfte sie die oberste Schicht Pasta ab, die ganz offensichtlich roh war. Die mittlere Lage schien in Ordnung. Aber die unterste war matschig und klebte teilweise am Topfboden. Inzwischen hatte die Herdplatte den immer noch leeren Saucentopf überhitzt bis an den Punkt, an dem der Metallboden zu glühen begann. Kurz: Die Nudeln waren ruiniert, der Saucentopf hinüber, und es würde keine Thunfischsauce geben. Das Einzige, was zum Genießen bereit war, war eine Flasche Bardolino, die sie bei *Nathan's* erstanden hatte. Lena war drauf und dran zu weinen.

Nachdem sie den überhitzten Saucentopf in die Spüle und die Pasta in den Müll geworfen hatte, griff sie seufzend zum Telefon. Sie wählte eine Nummer und bestellte Pizza. Natürlich nicht die Sorte, die selbst hätte backen müssen. Es hätte gerade noch gefehlt, dass sie auch die verbrennen würde. Sie bestellte auch den Beilagensalat, weil sie sich selbst nicht mehr traute. Sie fühlte sich geschlagen, zerzaust und entmutigt. Nicht gerade der perfekte Zustand, wo sie doch auf die Ankunft ihres Dates wartete.

Es klingelte an der Tür. Lena überprüfter sich noch einmal im Spiegel daneben. Nicht, dass sie noch irgendetwas hätte tun

können, um einen Fehler zu beheben, den sie entdecken mochte –
dafür war es jetzt zu spät. Aber zumindest würde sie nicht
unwissentlich davon überrascht werden und konnte entsprechend
reagieren. Unbeschwert und witzig, wie sie immer war. Sie war
froh, dass sie gut aussah – denn sie fühlte sich überhaupt nicht so.

Entschlossen öffnete sie Tür … um *zwei* Männern
gegenüberzustehen. Einer von ihnen war Brandon, der mit
verwirrtem Gesichtsausdruck eintrat. Der andere war der
Lieferbote der ortsansässigen Pizzeria *La Traviata,* die erst vor
kurzem neben der *Main Gallery* eröffnet worden war. Warum sie
sich nach einer tragischen Oper benannte, entzog sich Lenas
Wissen. Sie nahm an, dass die Leute wussten, dass es italienisch
war und wie man es aussprach. Außerdem klang es
anspruchsvoller als einfach „Roma" oder „Napoli". Jedenfalls
stand hier der Typ mit zwei Schachteln Pizza und einem
transparenten Plastikbehälter mit Salat.

„Sie haben am Telefon kein Dressing bestellt", sagte er.
„Wir haben italienisches dazu gepackt, weil das das beliebteste bei
unseren Stammkunden ist."

„Oh, oh ja", sagte Lena mechanisch und reichte ihm ein
paar Scheine. „Dankeschön. Stimmt so."

Sie griff nach den Schachteln und schloss die Tür mit
ihrem Po. Einen Moment lang kniff sie die Augen zu und holte
tief Luft. Soviel zu ihrem Versuch eines authentischen
Abendessens. Zumindest das Dressing war italienisch. Sie trug

alles in die Küche und ließ es auf die Arbeitsplatte fallen. Dann drehte sie sich zu Brandon um, der im Türrahmen lehnte.

„Tut mir leid wegen des Timings", sagte sie zu ihm mit getäuschter Munterkeit.

„Ein authentisches selbstgemachtes italienisches Abendessen, hm?" sagte er sichtlich erregt.

„Ja, nun …"

„Weißt du, ich dachte, wir würden ehrlich miteinander umgehen", meinte er ernsthaft. „Wäre ich ein paar Minuten später angekommen, hätte ich nie erfahren, dass du das Essen, das du offensichtlich gerade erst bestellt hast, gar nicht zubereitest hast. Du hättest die Pizza in den Ofen geschoben und mich glauben lassen, du hättest sie selbstgemacht."

Lena wollte etwas erwidern. Doch Brandon wehrte sie mit leicht erhobenen Händen ab. „Weißt du, ich dachte, dir sei es ernst mit einer Beziehung mit mir. Das bedeutet, in allem ehrlich zu sein. Hinsichtlich deiner Fähigkeiten. Bezüglich deiner selbst. Aber du kannst nicht mal bei so einer kleinen Sache wie Essen ehrlich sein?"

„Genau, es *ist* eine kleine Sache", begann Lena.

„Was ist dann mit größeren Dingen, die du nicht durchziehen kannst oder willst? Belügst du mich dann auch und versuchst mich mit irgendeinem Trick, den du dir einfallen lässt, hereinzulegen? Gott sieht sowas, weißt du?"

„Brandon, ich habe versucht …"

„Ich möchte eines Tages eine Familie gründen und meine Kinder zu ehrenhaften Menschen mit einer bodenständigen Mutter erziehen. Du scheinst nicht die Person zu sein, für die ich dich gehalten habe. Du bist weder eine Hausfrau, noch kannst du eine einfache Mahlzeit kochen, oder?"

„Aber ich habe versucht …"

„Schau mal. Wir sind noch ganz am Anfang. Du befindest dich offenbar auf einer anderen Schiene als ich, wenn es um Ehrlichkeit geht. Wie wär's, wenn wir es einfach abblasen? Ich bezahle meinen Anteil für die Pizza, und wir trennen uns. Nicht weiter schlimm."

Brandon zog eine Zwanzig-Dollar-Note heraus und legte sie auf die Schachteln. Dann wandte er sich um und umarmte Lena. „Weißt du, ich bin enttäuscht von dir, aber ich bin mir sicher, du kannst dich bessern. Und dann, eines Tages, findest du jemanden, der besser zu dir passt als ich."

Er winkte ihr kurz zu und ging. Lena stand da mit offenem Mund. Sie konnte nicht glauben, dass er sie noch nicht einmal ihre Erklärung hatte beenden lassen. Dass er glaubte, sie habe versuchen wollen, so eine lächerliche Lüge abzuziehen, wie die Pizza in ihren Ofen zu schieben und so zu tun, als habe sie sie gebacken. Genau wie in einem Hollywood-Film, in dem der Typ die Dame seines Herzens zu beeindrucken versucht. Sie schüttelte langsam den Kopf, starrte auf die Schachteln und griff zum Telefon, um einen weiteren Anruf zu tätigen.

Eine Stunde später saßen Lena und Autumn an Lenas Esstisch und stopften sich mit im Ofen aufgewärmter Pizza voll.

„Er hat das wirklich alles gesagt?" kicherte Autumn.

„Aber sicher", nickte Lena. „Und es war gar nicht witzig. Ich habe mich gefühlt, als hätte ich ein Verbrechen begangen, wo ich mich doch lediglich aus einer miserablen Situation retten wollte."

„Gute Güte, ich wünschte nur, ich hätte gesehen, wie du deine Pasta kochst! Es muss ein toller Anblick gewesen sein!"

„Nun, warum sagen sie nicht, wieviel Wasser und welche Topfgröße man für eine Packung Rotini benutzen soll?!"

Sie sahen einander an, dann die Pizza und brachen in heulendes Gelächter aus.

*

Nach Lachen war Autumn ein paar Tage später aber keineswegs zumute. So sehr sie sich auch bemühte, ihr Arbeitscomputer ließ sie nicht auf ihre Arbeitsdateien zugreifen. Auf nicht eine. Egal, was sie versuchte, es erschien eine Fehlermeldung, und am Ende war ihr Bildschirm einfach leer. Oder besser gesagt, er erhielt einen schwindelerregenden Blauton. Autumn schlug mit der Faust auf den Tisch.

„Schitt! … Schitt, Schitt, Schitt!"

Sie stand auf und stampfte mit den Füßen. Was sollte sie tun? Alle ihre Kundendaten waren im Computer. Jedes einzelne

Arrangement, das sie für ihre Kunden gemacht hatte, war darin. Sie besaß natürlich eine Festplatten-Kopie von den meisten, weil sie jedes Wochenende gewissenhaft ein Backup erstellte. Nur für den Fall, dass etwas passierte. Tja, und nun war es das, und sie war nicht im Mindesten darauf vorbereitet. Sie hatte noch ihr Smartphone, um nachzusehen, wo irgendwo in der Nähe ein Computer-Reparaturladen war. Aber was ihren Computer heute Morgen befallen hatte, war beunruhigend. Ihr Arbeitsplan geriet wegen dieses einen Punktes aus den Fugen.

„Verflixte Technologie!" fauchte Autumn den Bildschirm an. „Sie hätte uns Menschen nie so abhängig davon machen dürfen."

Sie ging zum Kleiderständer bei der Tür, wo sie ihre Jacke aufgehängt hatte. Gerade, als sie nach ihrem Smartphone in einer ihrer Taschen angelte, klingelte das Ding. Es erschreckte sie, und sie hätte es fallen lassen, hätte es sich nicht noch im Taschenfutter verfangen. Endlich gelang es ihr, es herauszuholen, und sie klickte auf die Verbindung, ohne nach der Anrufer-Identität zu sehen.

„Hallo?"

„Ist das Autumn?"

„Ja …"

„Hi, Mitch hier." Stille. „Mitch Montgomery? Dein alter Klassenkamerad von der Highschool?"

Autumn holte tief Luft. „Mitch! Na, das ist aber eine Überraschung! Lange nicht gesehen. Wie geht's dir?"

„Ich genieße das Leben …"

„Das klingt gut."

„Nun, eigentlich ist das gelogen. Ich mache gerade eine schwierige Phase durch. Du hast vielleicht gehört, dass Ashley und ich uns scheiden lassen."

„Das tut mir so leid, Mitch. Das ist echt hart. Gibt es irgendwas, was ich für dich tun kann? Ich bin bekannt dafür, dass ich gut zuhören kann …"

„Ähm, ich glaube nicht, dass ich gut im Reden bin. Das sagt zumindest Madge über mich. Madge ist meine Nachbarin hier oben in Seattle."

„Ist sie deine Freundin?"

„Guter Gott, nein! Sie ist etwas älter als unsere Eltern. Aber sie ist eine Freundin. Eine *echte* Freundin, wenn du verstehst, was ich meine."

„Das klingt großartig."

„Na, aber ich habe nicht angerufen um abzuladen oder über mich zu reden. Ich wollte mich nur bei dir bedanken."

„Wofür?"

„Du hast unlängst Wendell aufgesucht. Er hat es mir erzählt, als ich ihn letztes Wochenende besucht habe. Er war eine Weile unansprechbar, und meine Eltern haben sich Sorgen gemacht und mich gebeten, nach ihm zu sehen. Du hast ihm anscheinend einen großen Gefallen erwiesen. Er kehrt wieder in die Normalität zurück."

„In die Normalität?"

„Nun, er hat angefangen, wieder an seinem Ferien-Resort zu arbeiten. Wartungsarbeiten und so weiter. Er vermietet derzeit keine Hütten. Und auch das Restaurant und der Laden sind geschlossen. Aber sein Eigentum scheint ihm wieder am Herzen zu liegen."

„Das klingt wundervoll. Aber ich bezweifle, dass ich die Ursache dafür bin."

„Oh, bist du aber! Er erzählte mir, wie sauer er war, als du aus dem Nichts auftauchtest und ihm eine Gardinenpredigt gehalten hast. Er sagte, er habe dich des Grundstücks verwiesen, aber noch lange danach darüber nachgedacht, was du zu ihm gesagt hast. Und dass er fand, dass du zu Recht verärgert über ihn warst und er die Dinge wieder in den Normalzustand bringen müsse. Zumindest so normal wie möglich." Autumn hörte, wie Mitch schluckte. „Ohne Emily."

„Es tut mir so leid", sagte Autumn leise. „Ich kann mir gar nicht vorstellen, wie es ist, jemanden zu verlieren, den man so liebt."

„Ja … Naja, jedenfalls wollte ich dir für deine Hilfe danken, denn das hat der gesamten Familie geholfen."

„Ich muss zugeben, dass ich es aus einem egoistischeren Grund getan habe."

„Dein Reisebüro-Vertrag. Natürlich."

„Genau."

„Wie läuft es da überhaupt?"

Autumn holte tief Luft und berichtete Mitch von ihren Computer-Problemen. Er hörte sich ihren Ausbruch an, ohne sie zu unterbrechen.

„Danke", schloss sie schließlich. „Es hilft, so etwas loszuwerden. Auch wenn es die Sache an sich nicht weiterbringt."

„Nun, zumindest hast du mit dem richtigen Mann darüber geredet. Du hast anscheinend vergessen, dass ich IT-Spezialist bin … Und ich verstehe ein bisschen was vom Programmieren und dergleichen."

„Aber du arbeitest für eine Firma oben in Seattle, oder nicht? Du hast doch keine Zeit, dich um so kleine Fische wie mich zu kümmern."

„Warum stellen die Leute immer erst Vermutungen an, bevor sie fragen?!" scherzte Mitch. „Warum nehmen sie nicht an, dass sich das Leben und die Ziele von Leuten verändern können? Dass sie manchmal eigene Konzepte entwickeln? Wie wär's, wenn du mich einfach fragst, was ich dieser Tage mache?"

Autumn würgte ein Lachen hervor. „Okay, was machst du dieser Tage, Mitch?"

„Nun, ja, ich arbeite noch für diese Firma, aber in der Zwischenzeit habe ich ein eigenes kleines Unternehmen gegründet, das sich als lukrativ genug herausstellt, um es in eine Vollzeit-Angelegenheit umzuwandeln, wenn ich mich dem voll und ganz widmen möchte. Vielleicht bin ich eines Tages wieder wohlhabend genug, dass ich an eine Beziehung denken kann, die ich wirklich will. Es ist übrigens ein Computer-Reinigungs- und Wartungsunternehmen."

„Computer-Reinigung?!"

„Zum Beispiel Viren aus dem System entfernen, trojanische Pferde und Ähnliches?"

„Das ist wundervoll", hauchte Autumn. „Nur, dass du da oben sitzt und ich hier unten. Und ich verliere gerade einen ganzen Arbeitstag."

„Hör' zu, du verlierst ihn so oder so, selbst wenn du jemanden findest, der sich sofort deines Computers annimmt. Wie wär's also, wenn ich nach der Arbeit zu dir runterfahre und mich um dein Gerät kümmere? Du könntest etwas zu Essen kommen lassen – ich würde das als Bezahlung betrachten."

Autumn hatte nicht gemerkt, wie sehr sie sich gesorgt hatte. Als sie Mitchs Vorschlag hörte, war es, als ob eine große Last von ihren Schultern fiele, und ihr Magen fühlte sich an, als sei er von einem Stück unverdaulicher Materie befreit worden.

„Cool. Danke. Dann erwarte ich dich."

Nach ein paar weiteren Nettigkeiten legten sie auf, und Autumn spürte, dass sie lächelte. Es war gut, jemanden zum Anlehnen zu haben, der sich wie ein alter Freund anfühlte.

*

Als ihre Mutter da gelegen hatte, zu schwach um mehr als nur zu flüstern oder noch einen Finger zu rühren, hatte Laurie gewusst, dass etwas schrecklich verkehrt lief. Als ihre Mutter die Augen schloss und die Hospizschwester ihr sanft mitgeteilt hatte, sie sei in den Himmel gegangen, war Laurie verwirrt gewesen. Warum war ihr Körper noch hier, wenn sie angeblich dort oben war? Grandma Montgomery hatte das Rätsel für sie gelöst und ihr gesagt, dass die Seele ihrer Mutter die Reise unternommen habe und dass ihre Seele für immer leben und sie sehen würde. Auf gute Weise. Ihre Mom würde sehen, was sie tat, und auf alles stolz sein, was sie, Laurie, richtig machte.

Dann war ihre Mutter weggebracht worden, und ihr Dad war gegangen und hatte sie kaum umarmt. Laurie hatte ihn noch nie so ausgezehrt, still und zurückgezogen erlebt – er war fast wie ein Fremder. Laurie hatte sich eingeschüchtert gefühlt. Ihr Wiedersehen bei der Trauerfeier für ihre Mom war sehr zurückhaltend verlaufen. Ihr Dad hatte niemanden zu sehen geschienen. Es war gewesen, als blicke er durch alle hindurch, als seien sie Geister. Wäre Grandma Montgomery nicht gewesen, wäre Laurie in Tränen ausgebrochen. Stattdessen hatte sie sich an die Hand ihrer Großmutter geklammert und gehofft, dass, was immer passierte, bald vorbei sein würde – das Singen, die Reden, die endlose Reihe der Trauergäste, die ihr Beileid murmelten und einen umarmten oder die Hand schüttelten.

Laurie hatte sich auch in der Gegenwart der Eltern ihrer Mom unbehaglich gefühlt. Sie hatte sie eine ganze Weile nicht gesehen. Sie wusste, dass sie sie liebhaben sollte, aber sie kannte sie ja kaum. Sie lebten so weit weg. Wie konnte man jemanden liebhaben, nur weil man es sollte?! Großvater Atkins hatte behauptet, sie sei seiner Tochter wie aus dem Gesicht geschnitten und hatte sich abgewandt, um seine Tränen zu verbergen. Großmutter Atkins hatte sie umarmt und ihr einen feuchten Kuss gegeben, den sie nicht abzuwischen gewagt hatte. Beide hatten kaum geredet.

Dann hatte es dieses unangenehme Abendessen im Resort gegeben, wo sich ihr Vater ins Hauptschlafzimmer eingeschlossen hatte. Laurie hatte ihm nicht einmal richtig von ihm verabschieden können, da er nicht herauskam, um sie zu umarmen, bevor sie wieder mit seinen Eltern abreiste.

Das alles war vor Monaten geschehen. Laurie hatte ihr eigenes gemütliches Zimmer im Haus der Montgomerys in Wycliff. Ihre Großmutter hatte ihr erzählt, es sei einst das ihres Vaters gewesen. Daheim war Laurie in den letzten Monaten, die ihre Mutter noch am Leben gewesen war, nicht im Kindergarten angemeldet gewesen, und jetzt war es nicht die Zeit dafür, weil dies hier nur ein vorübergehendes Zuhause für sie war. Also brachte ihre Großmutter ihr bei zu lesen und zu schreiben, brachte ihr Fertigkeiten wie Stricken und Häkeln bei, malte Bilder mit ihr und half ihr, Kräuter aus Samen in ein paar Terrakottatöpfen auf dem Fensterbrett in der Küche zu ziehen. Ihr Großvater brachte ihr das Radfahren bei und wie man ein paar Möbel für ihre Puppe baute. Tagsüber machte es Spaß, und alles war mit interessanten Aufgaben gefüllt. Aber nachts wurde Laurie von Träumen heimgesucht. Träume, die sie dazu brachten, sich umherzuwälzen und weinend aufzuwachen. Es war immer die Großmutter, die in ihr Zimmer kam, bei ihr am Bett saß und sie tröstete. Es fühlte sich gut an – doch Laurie wusste, dass es anders hätte sein müssen. Es hätte ihr Vater sein sollen.

Dann, an einem Samstagmorgen im Frühling, kam ein Anruf. Grandma Montgomery trat in die Küche, die Augen glänzend vor Tränen, ihr Mund ein breites Lächeln. Sie ließ sich nur auf einen Stuhl in ihrer Frühstücksecke sinken und flüsterte: „Er ist wieder da."

„Wurde auch Zeit", knurrte Lauries Großvater.

Er saß Laurie gegenüber und löste ein Sudoku-Rätsel. Das kleine Mädchen bemalte Plastik-Ostereier, um sie in einen der Büsche bei der Haustür aufzuhängen.

„Er sagt, er macht alles fertig, damit er Laurie so schnell wie möglich zurückhaben kann. – Bist du bereit heimzugehen, Süßes?"

Laurie sah ihre Großmutter mit zweifelndem Lächeln an. „Heim?"

Sie lebte nun schon so lange bei ihren Großeltern am Rande von Wycliff. Seit sie ihre Mutter hierhergebracht haten, nur damit sie ihnen verstarb. Das Konzept eines Zuhauses war für ein Kind, das kaum sechs Jahre alt war, sehr verschwommen geworden.

„Der Ort im Wald an den Ufern des Hood Canal?" half Grandpa Montgomery ihr auf die Sprünge.

„Wird Daddy auch dort sein?"

232

„Er wartet auf dich, Süßes. Er will dich unbedingt bei sich haben."

Laurie schluckte. „Kommt ihr auch?"

„Wir werden dich hinbringen, und wir werden euch ganz oft besuchen. Versprochen", sagte die Großmutter sanft.

„Dann gehe ich", erklärte Laurie mit sehr ernster Miene.

Noch am selben Morgen packten sie Lauries Sachen. Großmutter pluderte fröhlich den ganzen Weg bis Belfair, wie das Resort wohl wieder sein werde. Doch als sie sich Wendells Zuhause näherten, nahm die Anspannung zu. Laurie rutschte in ihrem Kindersitz hinten hin und her. Sie freute sich darauf, wieder bei ihrem Dad zu sein; doch gleichzeitig wusste sie nicht, welcher Dad er wohl sein würde. Der fröhliche oder der mürrische. Der, der sie mit ihrer Rettungsweste mit dem Boot hinausfuhr, oder der, der sich von den Menschen um sich herum wegschloss.

„Ich bin froh, dass ich gestern ein großes Chili im Crockpot zubereitet habe. Es war sowieso für heute gedacht, aber jetzt ist es fast so, als wäre das mehr als nur Zufall gewesen", durchbrach die Großmutter noch einmal die Stille, während sie das nun verrottende Schild passierten, das das Resort ankündigen sollte. „Ich weiß nicht, ob er überhaupt für uns alle kochen kann. Übrigens müssen wir ihm sagen, dass er dieses Schild ersetzen muss. Es strahlt negative Schwingungen aus."

Laurie hatte keine Ahnung, dass ein Schild so etwas tun konnte, wollte aber auch nicht fragen. Stattdessen presste sie ihr Gesichtchen gegen die Scheibe und suchte nach der Abzweigung zum Resort. Endlich waren sie da, und Laurie spürte, wie ihr Magen Purzelbäume schlug. Der Parkplatz vor dem Hauptgebäude war leer bis auf Wendells Truck. Das Restaurant war mit Brettern vernagelt. Der Laden nebenan ebenso. Das Neonzeichen im Bürofenster war ausgeschaltet, aber die Tür stand offen.

„Dad!" schrie Laurie, als Wendell heraustrat, nachdem Grandpa den Motor ausgeschaltet hatte. „Dad!"

Ein riesiger Schluchzer erschütterte ihren kleinen Körper, und dann begann sie heftig zu weinen. Die ganze aufgestaute Anspannung der letzten Monate, der Versuch, so lieb wie möglich zu sein, alles so zu bewältigen, wie sie glaubte, dass es von ihr erwartet würde – all das brach auf einmal aus ihr heraus. Alles, was Wendell sah, war Lauries weit offener Mund, ihr tränenüberströmtes rotes Gesicht und ihr bebender Körper. Er konnte nur erahnen, dass er der Grund dafür war, dass sie weinte. Er eilte an ihre Tür, riss sie auf und umarmte sie samt Kindersitz.

„Schhh", flüsterte er und hielt sie fest an sich gedrückt. „Alles wird wieder gut, Süßes. Es tut mir so leid, was ich dir damit angetan habe, dass ich mich nicht um dich gekümmert habe. Ich verspreche dir, es kommt nicht wieder vor. Nie, nie wieder." Er würgte die letzten Worte heraus, denn auch er musste mit seinen Gefühlen kämpfen.

„Ich hab's gehört", sagte seine Mutter und lachte leise. „Übrigens hast du alles hier gut renoviert, wenn ich das mal sagen darf. Bis auf dieses schreckliche Schild an der Straße. Das muss

234

geändert werden. Und du selbst bist auch grauenvoll anzusehen, Sohnemann. Hast du dich in all den Monaten denn nicht rasiert?"

Wendell sah sie verlegen lächelnd über seine Schulter an. „Nicht viel Grund dafür. Es war ja keiner mehr da."

„Kein Wunder", schmunzelte sein Vater und klopfte ihm auf die Schulter. „Du hast sie vermutlich alle vergrault, sobald du nur irgendwo hier aufgetaucht bist."

„Nun, das wird sich ändern wie alles andere auch."

„Das sollte es besser auch, mein Junge", nickte seine Mutter. „Wir können nicht zulassen, dass jemand an deine Tür kommt wegen Kindesvernachlässigung und Umständen, unter denen man niemanden wohnen lassen möchte, besonders kein Kind."

„Ich habe verstanden", nickte Wendell. „Morgen früh gehe ich als erstes zum Friseur."

„Am Sonntag?"

Wendell hatte den Anstand zu erröten. „Nun, wenn ihr lieber einen Sasquatch zur Kirche mitnehmen wollt …"

*

Aus Loretta Franklins Tagebuch:

Wir haben die Brücke überquert. Erst zu Fuß, nun mit dem Bus. Das Stahlskelett erbebte, wenn uns ein schweres Fahrzeug passierte. Ich mag solche Höhen nicht. Der Gedanke, dass Tay, meine Highschool-Liebe, sich vielleicht hinuntergestürzt hätte, um sein Leben zu beenden, hätte es nicht dieses unvorhergesehene Wiedersehen gegeben, verursacht mir immer noch Gänsehaut. Aber wir haben es geschafft. Er sitzt auf seinem Platz neben mir und schnarcht ganz leise.

Wir standen nebeneinander in der Mitte des Fußgängerwegs auf der Brücke und blickten zu den San Juan Islands hinüber. Ich zitierte die letzten Verse von Edna St. Vincent Millays Gedicht „Suicide" für ihn. Die Erinnerung daran, dass jedes Leben seinen Zweck hat. Dass der Tod uns davon erlösen mag, egal wie bitter seine Bürde für uns erscheint – aber, dass im Jenseits vielleicht kein weiterer auf uns wartet.

„Du hast dich in all den Jahren kein bisschen verändert, Loretta", sagte er nach einer Weile. „Du hast immer noch für jeden eine Antwort außer für dich selbst."

Es stimmt. Aber vielleicht, weil ich andere mit weniger emotionaler Teilnahme betrachte, sehe ich sie und ihre Situation viel klarer. Ich kann mich nicht von meinen Töchtern lösen und der Achterbahn der Gefühle, in die sie mich gesetzt haben, als sie mir im Grunde sagten, ich solle von all den Orten wegziehen, die mir im Leben etwas bedeutet haben. Fort von meinen Freunden, meinem Zuhause, meinen Erinnerungen. Nein, nicht von meinen Erinnerungen. Aber sie würden sich bestimmt anders anfühlen. Meine Töchter sind mein Blut. Und dennoch, habe ich nicht ein Recht darauf, mein eigenes Leben zu leben? Auf meine eigenen Entscheidungen? Wie kann ich mich lösen, ohne sie zu verletzen? Wie kann ich ihrem Wunsch Folge leisten, ohne mich selbst zu

verletzen und obendrein eine Bürde für sie zu werden? Kann ich
mich lösen, ohne mich abzukoppeln? Würden sie den Unterschied
verstehen? Könnte ich das leben?

9

ANACORTES

FILM: „POSTMAN"

IN DER HAUPTROLLE: KEVIN COSTNER

Die Stadt ist das Tor zu den San Juan Islands und wurde nach der Frau ihres Gründers, Anne Curtis Bowman, benannt. Obwohl sie kein Kopfbahnhof wurde, erlangte sie Ruhm durch ihre Fisch- und Konservenindustrie. Die letzte Szene des Films spielt am Wasser mit Blick auf die San Juan Islands.

(Autumn Rains Tour „Drehorte in West-Washington")

Autumn war unglücklich. Endlich gab sie es sich selbst gegenüber zu. Ganz allein zu sein, war nicht, wie sie sich ihr Leben als Erwachsene vorgestellt hatte. Gewiss, es gab all die Leute, mit denen sie arbeitete. Aber sie sah die meisten von ihnen vierteljährlich, um zu sehen, wie die Dinge liefen, ob ihre Unterkünfte oder Fahrzeuge immer noch ihren Anforderungen entsprachen, oder um die Verträge, die sie miteinander hatten, auszuweiten oder zu verlängern. Es gab die Menschen vom Café und von der Boutique nebenan. Sie kannte ein paar Leute vom Supermarkt, in dem sie immer einkaufte, meist sonntagnachmittags, wenn ihre Wohnung wieder blitzsauber war, die Wäsche erledigt war und ihre neue Arbeitswoche noch nicht begonnen hatte. Sie hatte ihre Nachbarn nebenan gegrüßt und ein paar Worte gewechselt. Und natürlich war da Lena. Aber Lena lebte in Wycliff, und Autumn benutzte nicht gern den I-5-Korridor, der normalerweise jedes Mal verstopft war, wenn sie dort fuhr. So etwas wie Murphy's Law.

Und natürlich gab es Mitch. Nachdem er nach Olympia hinuntergefahren war, um nach ihrem Computer zu sehen und den Virus zu entfernen, waren sie zum Abendessen ausgegangen, anstatt sich Essen kommen zu lassen. Autumn hatte es Freude gemacht. Es war schön, mit einem Mann auszugehen, der Köpfchen und Witz besaß, mit jemandem, den sie seit der Grundschule gekannt hatte und mit dem sie eine Menge Erinnerungen teilte. Jemand, mit dem sie sich ganz entspannt fühlte. Erst recht, nachdem er ihre Arbeit gerettet, alles gesichert und vorgeschlagen hatte, dass er einmal pro Woche zu ihr fahren und sich um ihre Hardware und Software kümmern könne. Gegen sein übliches Honorar natürlich.

Sie waren zum *Port Taco Truck & Cantina* in Lacey hinübergefahren, das unlängst in einem Neubauviertel eröffnet hatte, wo sich zuvor Wald und Prärie befunden hatten. Autumn hatte es überflüssig gefunden, dass man schon wieder ein Ladenzentrum gebaut hatte – als gäbe es in der Gegend nicht schon genug davon. Andererseits gefiel ihr die skurrile Atmosphäre dieses Restaurants mit einem ganzen Imbisswagen mittendrin, den traditionell mexikanischen Scherenschnitten, sogenannten Papel Picados, in leuchtenden Farben, die als Dekoration an der Decke hingen und dem rustikalen, aber modernen Mobiliar. Es war ein wenig, als säße man darin draußen. Und das Essen schmeckte wie Urlaub. Es hatte ihnen so gut gefallen, dass sie auf der Stelle entschieden hatten, dass dies ihre

Anlaufstelle nach Mitchs wöchentlicher Computer-Administration bei *Breaking Away* sein würde.

Heute Abend waren sie zum dritten Mal zurückgekommen. Nachdem der Kellner sie alleingelassen hatte, damit sie Speisekarte lesen konnten, seufzte Autumn. Mitch blickte mit fragendem Blick auf.

„Gute-Laune-Essen", stellte Autumn nur fest. „Irgendwie kann ich nichts Falsches essen, wenn ich in einem echten mexikanischen Restaurant wie diesem bin. Ich könnte im Grunde von oben nach unten und wieder nach oben bestellen. Und du kannst darauf wetten, dass ich heute Abend Gute-Laune-Essen wirklich brauche."

Mitch lachte leise. „Dann bist du also kein Suppe-und-Salat-Mädchen, hm?"

„Ich?!" Ein paar Leute blickten von den Nachbartischen herüber, und Autumn wurde rot. Sie schob sich ihre kastanienbraunen Locken hinter die Ohren. „Ich?!" wiederholte sie, diesmal weit leiser. „Ich esse beides, aber nie beides zusammen. Ich würde es gewiss nicht als volle Mahlzeit bezeichnen."

Mitch grinste. „Und Gute-Laune-Essen?"

„Alles, was verspielt wirkt, ein Feuerwerk an Aromen in meinem Mund ist und mir das Gefühl gibt, dass ich woandershin gereist bin. Und jetzt gerade brauche ich das alles."

„Du besitzt ein Reisebüro. Warum buchst du nicht eine deiner eigenen Reisen?"

Autumn zeichnete mit dem Zeigefinger einige unsichtbare Linien auf die Tischplatte. „Weil das genau wie meine Arbeit wäre. Ich mache das die ganze Zeit, wenn ich überprüfe, ob meine Partner ihren Teil richtig ausführen, ob mein Zeitplan allen genug Zeit lässt, sich umzusehen, ob die Restaurants in der Gegend noch existieren und gut sind … Und wenn ich so reise, befinde ich mich auch ständig in Gesellschaft meiner Kunden. Das ist kein Urlaub. Wenn sie zufrieden sind, versuchen sie, mich in ihr privates Zeitfenster während der Reise einzuladen. Und du möchtest nicht in meiner Haut stecken, wenn sie unzufrieden sind, glaub mir."

„Wohin würdest du denn gern reisen?"

„Ich weiß nicht. Irgendwohin, wo's warm ist, wenn hier typisches Washington-Wetter herrscht. Irgendwo andershin, sodass ich das Gefühl habe, gereist zu sein."

„Interessant. Ich hätte nie gedacht, das von jemandem zu hören, der immer so zufrieden zu sein scheint wie du."

Der Kellner kehrte mit zwei Gläsern Wasser zurück, und sie bestellten ihre Getränke, keines alkoholisch, da beide nach dem Essen noch nach Hause fahren mussten. Mitch bestellte das Rib-Eye-Dinner.

„Und ich hätte gern das Ceviche und das Menudo", sagte Autumn und gab dem Kellner die Karte zurück.

„Niemals Suppe und Salat gemeinsam in derselben Mahlzeit", neckte sie Mitch.

„Man kann Ceviche eigentlich nicht als Salat bezeichnen", verteidigte sich Autumn. „Und Menudo ist eine vollständige Mahlzeit für sich."

„Iih, ich werde nie verstehen, wie jemand Kutteln essen kann." Mitch verzog das Gesicht.

„Hast du je welche versucht?"

„Himmel, nein!"

„Dann verstehst du es deswegen nicht", grinste Autumn.

„Touché. Trotzdem, zwing mich nicht …"

Ihr Essen kam, und einen Augenblick lang langten sie einfach nur zu und genossen die kräftigen Aromen. Autumn schloss die Augen und stellte sich vor, sie sei im Urlaub. Sie ließ die summenden Unterhaltungen rundum, das Gelächter, die Musik, den Geschmack und die Düfte auf sich wirken.

„Wir schließen nächste Woche die Scheidung ab", durchbrach Mitchs Stimme ihren Kokon, und sie öffnete die Augen wieder.

„Wie kommt Jackson mit der Situation klar?"

„Das ist das Einzige, was mich traurig macht", sagte Mitch. „Dass diese ganze Angelegenheit auf einer Lüge aufgebaut war, die am Ende dem Kleinen am meisten wehtut. Ich habe keine Ahnung, was Ashley Jackson erzählen wird. Ich werde ihn mit Sicherheit sehr vermissen. Aber wir müssen uns beide an den Gedanken gewöhnen, dass ich nicht sein Vater bin."

„Du warst aber bestimmt ein sehr guter. Besser als der natürliche", mutmaßte Autumn.

„Ich habe mein Bestes versucht", zuckte Mitch die Achseln. „Ich denke besser nicht zu lange darüber nach. Umso mehr wünschte ich, ich hätte an dem Abend damals auf Wendell gehört und wäre vorsichtiger gewesen."

„Du kannst die Uhr nicht zurückdrehen. Alles, was du jetzt tun kannst, ist, nach vorne zu schauen und für die Zukunft zu planen. Hast du schon ein paar Vorstellungen?"

„Nun, ich denke daran, Seattle zu verlassen. Es hat mir da oben nie wirklich gefallen. Es war alles Ashleys ausgefallene Idee. Aber natürlich würde ich dort meinen Job aufgeben müssen und inzwischen mein Unternehmen am Laufen haben. Und erst, wenn ich an dem Punkt bin, wo ich wieder eine Familie ernähren kann …"

„Deine Ehe mit Ashley hat dir also den Gedanken daran nicht verdorben?"

„Himmel, nein! – Sag mal, hast du noch Kontakt zu Lena?"

Autumns Kopf fuhr hoch, und sie bemerkte, dass ihr Blick Mitch zum Erröten brachte. „Du hast sie also nicht vergessen?"

Er schüttelte den Kopf. „Wie kann man seinen allerersten Kuss vergessen?"

„Stimmt. – Nun, wir sind tatsächlich immer noch Freundinnen. Es ist schade, dass du nicht bei unserem Klassentreffen im letzten Jahr dabei warst. Sie sieht jetzt richtig toll aus. Und sie ist eine erfolgreiche Geschäftsfrau."

„Oh gut. Gut. Und wie steht's mit dir?"

„Hinsichtlich meines Erfolgs als Geschäftsfrau?"

„Unfug!"

Autumn lächelte wehmütig. „Ich sage mir immer selbst, dass ich unabhängig und glücklich bin, so wie ich bin. Aber in Wirklichkeit tauge ich nicht dazu, für den Rest meines Lebens als Single herumzulaufen. Mir ist einfach noch nicht der Richtige begegnet."

„Wie könnte er das bei deinem vollen Terminkalender?"

„Nicht wahr?!"

Sie lachten beide mit traurigem Blick.

„Wir könnten eine Wette abschließen, wer von uns zuerst jemanden abkriegt", sagte Autumn schließlich und aß ihr Ceviche auf.

„Liebe ist nichts, worüber man wetten sollte", meinte Mitch ernst.

„Nein, da hast du recht. Obwohl ich das Gefühl habe, dass sie einer Lotterie sehr ähnlich ist. Es scheinen immer die *anderen* zu sein, die den Jackpot gewinnen."

*

Madge klopfte an Mitchs Tür. Sie hatte ihn gerade von der Arbeit heimkommen sehen. Sie musste mit ihm reden. In den letzten Monaten waren sie so enge Freunde geworden, dass sie das Gefühl hatte, seine Schultern seien breit genug, dass sie ihre Sorgen auf sie abladen konnte. Er war der erste Mensch, dem sie seit dem Überfall wirklich vertraute. Sie hatte seinerzeit mit einem Psychotherapeuten die ersten Schritte gemacht, darüber zu reden. Aber sie hatte bald aufgegeben, da ihre Alpträume mit dem Umzug in eine andere Gegend, die noch weniger einladend war als die, in der sie vorher gelebt hatte, zurückgekehrt waren. Aber was hätte sie sonst tun sollen? Ihre Arbeit im Pub verloren zu haben und Gelegenheitsarbeiten brachten ihr nicht gerade ein verlässliches Gehalt. Und so hatte sie sich allein damit auseinandergesetzt. Sie hatte sich außerhalb ihres Arbeitslebens abgesondert. Sie hatte versucht, einen glücklichen Zustand zu erreichen, indem sie manchmal Marihuana rauchte. Aber das Zeug brachte ihr nicht viel. Sie mochte den Geruch nicht, und sie sah sich nicht gern als Drogenkonsumentin. Auch wenn es schon seit Jahren legal geworden war. Also hatte sie mit Leichtigkeit aufgegeben, was nie zur Gewohnheit geworden war.

Als Mitch und seine schwangere Frau nebenan eingezogen waren, war sie vorsichtig gewesen. Etwas hatte nicht für sie gestimmt. Sie hatte das ungleiche Paar beobachtet, wie es sich gegenseitig mit beinahe unmöglicher Höflichkeit behandelte, etwas herzlicher und eifriger von Mitchs Seite her. Als das Baby geboren worden war, hatte das katzenähnliche Laute, die durch die dünnen Wände drangen, Madge beruhigt. Das nächtliche Weinen und die darauffolgende Unruhe, während der sich der eine oder der andere um das Baby kümmerte, hatten bedeutet, dass sie sich nicht fürchten musste. Es gab Leben um sie herum. Der Lärm eines Babys kam Unschuld gleich. Zum ersten Mal seit Jahren hatte Madge wieder ohne schlechte Träume schlafen können.

Sie hatte es sogar geschafft, eine dauerhaftere Anstellung Job in einem kleinen Tante-Emma-Laden zu finden, der zur Hälfte Lebensmittel, zur Hälfte einen Imbiss führte. Zuerst hatte sie ausschließlich die Kasse bedient. Aber als der Eigentümer herausgefunden hatte, dass sie Köchin in einem Pub gewesen war, war sie hinter die Speisetheke versetzt worden. Nicht, dass sie da kochen musste. Zumeist erhitzte sie Tiefkühlkost und frittierte andere Dinge. Nichts, was annähernd dem Beruf eines Kochs glich. Aber besser, als den ganzen Tag zumeist mürrischen Kunden Wechselgeld herauszuzählen.

Dann hatte Madge Verdacht geschöpft, dass der kleine Jackson ein Kuckucksei war, weil er nicht eine von Mitchs Eigenschaften besaß, weder im Aussehen noch in seinen Bewegungen. Als sie beobachtet hatte, wie Ashley mit ihrem Sohn fortging, war es für sie nicht sehr überraschend gewesen. Doch ihr tat das Herz weh um den jungen Mann mit seinem leicht streberhaften Aussehen. Er hatte sie immer so höflich, wenn auch ein bisschen gedankenverloren gegrüßt. Als sie ihn also an jenem Tag so verloren gesehen hatte, war es für sie nur natürlich gewesen, ihn zu sich einzuladen.

Jetzt war sie an der Reihe. Jetzt brauchte *sie* jemanden, der zuhörte. Und sie spürte ihr Herz heftig in ihrer Brust klopfen, als sie Mitchs Schritte an die Tür kommen hörte, sich der Riegel zurückschob, und er durch den Spalt blickte, bevor er sie weit öffnete.

„Madge!" rief er mit breitem Lächeln aus. „Was liegt an? Ich bin gerade erst heimgekommen."

„Ich weiß. Ich hab's gesehen. Darf ich reinkommen?"

Mitch trat mit einer einladenden Handbewegung beiseite. „Fühl' dich wie zu Hause. Ich muss nur in was Bequemeres schlüpfen. Im Kühlschrank sind Milch und Limos. Bedien' dich." Er deutete Richtung Küche und verschwand dann in seinem Schlafzimmer.

Madge setzte sich nur auf einen Gartenstuhl, der da stand, wo sich einst ein Zweiersofa befunden hatte. Ashley hatte es für sich beansprucht. Mitch hatte sich langsam vom Verlust seiner Möbel erholt und einige durch billigere und temporär wirkende Gegenstände ersetzt. Schade! Er verdiente die Bequemlichkeit eines richtigen Zuhauses so sehr. Aber wie kam ausgerechnet sie?!

Mitch kam zurück. Sein Blick wurde fragend, als er bemerkte, dass seine Freundin sich keine Getränke aus der Küche geholt hatte.

„Stimmt was nicht?"

Madge hatte nicht seufzen wollen, aber dennoch kam ein winziges Stöhnen über ihre Lippen. „Sie haben gesagt, dass sie mich nicht mehr brauchen."

Mitchs Mund klappte auf. „Sie haben dich gefeuert?"

Madge nickte nur, und ihre Augen füllten sich mit Tränen.

„Aber warum?!"

„Sie schließen den Laden. Zu viel Drogenmissbrauch in der Gegend, zu viel Kriminalität."

Mitch schüttelte verärgert den Kopf. „Haben die darüber nachgedacht, was das für dich bedeutet? Ich meine, du zahlst Miete von Monat zu Monat, oder?" Madge nickte. „Was heißt, dass du deine Wohnung verlieren wirst."

„Als wenn ich das nicht wüsste", flüsterte Madge. „Oh, was soll ich nur tun? Ich will nicht in einem dieser Obdachlosen-Camps enden."

Mitch stand auf, kniete sich vor Madge nieder, nahm ihre Hände in die seinen und blickte ihr in die Augen. „Ich lasse mir was einfallen. Und sei dir sicher, dass ich dich nicht dahin gehen lasse."

Madge schluchzte jetzt. „Es ist, als sei ich irgendwann unterwegs fasch abgebogen. Ich weiß nur nicht, wo."

„Schhh. Nichts davon ist deine Schuld. Manchmal ist das Leben wie verhext. Aber dafür hat man Freunde. Du hast dich um mich gekümmert. Jetzt bin ich an der Reihe, dasselbe für dich zu tun."

*

„Unser Abendessen hängt also praktisch an der Decke", kicherte Autumn und starrte nach oben auf den dunklen Flecken mit den sommersprossigen Rändern. „Du hast anscheinend einen Hang zu Drama und Decken, Mädel."

Lena gelang es endlich, die komische Seite daran zu sehen. Autumns Kichern war einfach zu ansteckend. Sie beugte sich vornüber und heulte vor Lachen.

„Du weißt aber schon, dass Dampfkochtöpfe einen Knopf haben, auf den du einfach drückst, um den Dampf durch ein Ventil abzulassen, *bevor* du den Deckel öffnest, oder?"

„Es scheint, als hätte ich einen heimlichen Vertrag mit einer Farbenfabrik", seufzte Lena und wischte sich die Tränen aus den Augen. „Ich könnte die Textur einfach so belassen, während ich streiche, und sie als eine neue Art Popcorn-Decke patentieren lassen."

„Linsen-Decke", heulte Autumn und hielt sich die Seiten. „Also wirklich, du solltest nicht auch nur in die Nähe von Küchengeräten gelassen werden, Liebes! Wann produzierst *keinen* Unfall?!"

„Abgesehen davon, dass ich neulich ein halbes Pfund Kaffeepulver auf den Boden verschüttet habe, ist mir seit einer Weile nichts Ernstes passiert", betonte Lena.

„Fein. Aber es scheint, bei dir lauert immer irgendein Desaster um die Ecke, sobald du eine Küche betrittst. Du solltest den nächsten Typen, den du datest, warnen, noch bevor du mit ihm ausgehst."

„Welchen nächsten Typen? Siehst du etwa draußen eine Schlange stehen?"

„Ach, komm schon." Autumn zog sich auf die Küchentheke hoch und stand auf. „Bring mir einen Stuhl, und ich helfe dir, das Zeug abzukratzen. Inzwischen erzählst du mir von deinem neusten Liebesabenteuer."

„Eigentlich sollte ich mich darum kümmern", protestierte Lena.

„Du kommst mir heute Abend nicht mehr in die Nähe von Essen in deiner Küche!" Autumn nahm den Stuhl entgegen, der ihr halbherzig hingehalten wurde. „Schere, Tupfer …"

„Was?!"

„Irgendwas, um das Zeug abzuwischen, Mensch!"

Lena kicherte, eilte zur Spüle, um ein Geschirrtuch nass zu machen, und reichte es Autumn, die begann, den Schlamassel an der Decke abzutupfen.

„Übrigens hat mich Mitch neulich nach dir gefragt." Sie hielt inne und sah ihre Freundin an, um festzustellen, welche Wirkung ihre Äußerung auf sie hatte. Lena war leise errötet, und Autumn setzte zufrieden ihre Arbeit fort. „Er wollte wissen, was du so machst und all das."

„Wirklich?"

„Ja."

„Was hast du ihm gesagt?"

„Oh, nur, was wohl mit dir los ist, wo du ein erfolgreiches Unternehmen führst und du ironischerweise als Inhaberin einer Partnervermittlung überhaupt keine Beziehung hast."

„Na, du hast gut reden!" Lena stemmte die Hände in die Seiten. „Du hast ja auch keinen Lebenspartner."

„Stimmt. Aber ich habe es endlich aufgegeben, immer alles allein hinkriegen zu wollen. Es könnte Spaß machen, mit jemand anders als mir selbst zu reden, wenn ich abends heimkomme."

„Ha", sagte Lena triumphierend. „Wusst' ich's doch!"

Autumn schrubbte die Decke jetzt energischer. Der Suppenfleck war deutlich heller geworden, und die Linsen, die am Putz gehaftet hatten, waren auch weg. Lena rieb sich den Nacken.

„Nun", musterte Autumn die Früchte ihrer Bemühungen. „Ich denke, du kannst es einfach trocknen lassen und spätestens morgen Abend darüberstreichen."

Sie kletterte vom Stuhl und von der Küchentheke; dann gab sie Lena das Geschirrtuch zurück.

„Es ist mir ernst. Ich bin bereit, deine Agentur auszuprobieren."

„Du bekommst von mir einen Spezialpreis."

„Nee, keine Bevorzugung. Ich möchte wie all deine anderen Kunden sein. Keine Sonderbehandlung. Ich will das vollständige Erlebnis."

„Wann?"

„Nun, ich bin schon mal hier. Vielleicht können wir zu deiner Agentur rüber springen und meine Kartei aufsetzen?"

„Meine Agentur ist heute Abend bereits geschlossen. Du sagtest, keine Spezialbehandlung", neckte sie Lena.

„Okay, okay!" lachte Autumn. „Nur dies eine Mal. Ich lade dich hinterher zum Abendessen ein. Klingt *Le Quartier* in Ordnung?"

„Liebe Güte, natürlich! Ich bin schon lange nicht mehr dort gewesen. Aber Vorsicht – ich könnte dein Monatsbudget ruinieren."

*

Mitch hatte sich den Kopf zerbrochen, was er für seine Freundin Madge tun konnte. Er wusste, dass sie sich in einer Zwickmühle befand. Obwohl er nicht genau wusste, wie alt sie war, vermutete er, dass sie zu denen zählte, die nur schwer eine dauerhafte Anstellung fanden, es sei denn, jemand war bereit, mit ihrer Berufserfahrung *und* ihrem Trauma zu tun zu haben. Sie besaß zweifellos Persönlichkeit, und sie scheute sich nicht, dies einzusetzen. Aber ab und zu setzten Panikattacken ein, die sie in der Arbeit innehalten ließen; sie kämpfte dann dagegen an, atmete schwer und wurde vor Todesangst ganz starr. So hatte Madge ihm das Gefühl beschrieben, und er glaubte ihr. Sie tat ihm leid, weil er wusste, dass manche Dinge einfach nicht in Menschenhand lagen. Aber er wollte auch helfen. Ihr Zuhause zu verlieren, würde ihrem zerbrechlichen System einen weiteren Schock versetzen. Einen, mit dem sie vielleicht nicht mehr zurechtkam und der sie in eine Abwärtsspirale trieb. Mitch war sich wohl bewusst, wie so etwas aussah. Seattle war voller Menschen, die ihr Arbeitsleben und ein dauerhaftes Zuhause verloren hatten. Er wollte nicht, dass Madge in dem Dschungel verschwand. Sie verdiente so viel Besseres.

Mitch hatte allerdings nicht viel Zeit. Madge ihre Miete nur noch für zwei Wochen bezahlt. Er sah sie von der Arbeit mit gehetztem Blick heimkommen, und jetzt war *er* es, der *ihr* winkte, sie möge herüberkommen, sich ausruhen und essen.

„Weißt du", sagte an einem jener Abende, als er ein mit Pilzen gefülltes Omelett auf ihren Teller schaufelte, „ich habe intensiv nachgedacht. Und in meinem Mietvertrag steht nichts davon, dass ich in meiner Wohnung keinen Gast wohnen lassen darf. Als Langzeitgast, meine ich."

Madges rechte Hand griff langsam nach der Papierserviette neben ihrem Teller und spielte mit dem Falz. Dann sah sie auf.

„Das könnte ich dir nicht antun, Mitch. Ich bin eine Frau. Ich bin viel älter als du. Es würde über uns getratscht. Es wäre nicht richtig."

„Sag' mir nicht, dass es richtiger wäre, es zuzulassen, dass du dein Zuhause verlässt und dich zwischen den Überführungen und Mülhausen der Obdachlosen-Camps verlierst! Du willst doch nicht deine Habseligkeiten verteidigen müssen und dich darum sorgen, ob du je wieder eine warme Mahlzeit bekommst. Du willst nicht krank und ohne medizinische Hilfe oder jemanden sein, der nach dir sieht. Oder, der Himmel bewahre, von jemandem vergewaltigt werden, der vor Drogen, Verzweiflung und Lust den Verstand verloren hat. Oder?"

Madge senkte das Gesicht, und Mitch sah eine Träne auf ihre Hand fallen. Sie wischte sie abrupt weg.

„Oder willst du das?" beharrte Mitch und betrachtete sie, immer noch Pfanne und Metallheber in der Hand.

„Nein", flüsterte Madge. „Aber ich schäme mich so, dass ich auf dich zurückgreife statt auf meine Cousine, die ich zuletzt vor zehn Jahren auf der Beerdigung unseres letzten gemeinsamen Verwandten gesehen habe. Du gehörst nicht mal zur Familie."

„Und rate mal, was", erwiderte Mitch trocken. „Familie ist auch kein Garant für Unterstützung. Betrachte deine Freunde einfach als deine Wahlfamilie, und du wirst Hilfe viel leichter annehmen."

„Wenn du das so sagst."

„Jetzt iss bitte. Ich habe dieses Rezept ausprobiert und wüsste gern, ob du meinst, es funktioniert. Du sagst besser, dass es das tut", scherzte er.

Dann legte er die Küchenutensilien in die Spüle, setzte sich Madge gegenüber und langte zu. Er spürte, dass er einen ersten Schritt getan hatte, Madge vor dem Rausschmiss zu bewahren. Aber er wusste auch, dass es keine dauerhafte Lösung war. Er würde sich etwas Besseres einfallen lassen müssen.

Der Rest der Mahlzeit verlief ohne viel Gespräch; beide waren in ihre eigene Gedankenwelt versunken. Trotz der Sorgen war es aber eine behagliche Stille. Sie wussten, dass sie einander den Rücken stärkten, wenn es am meisten zählte.

Ein paar Tage später rief Wendell Mitch an und sagte ihm, er würde ihn gern besuchen und Laurie für eine Übernachtung mitbringen.

„Ich habe ein paar Vorstellungsgespräche in Seattle", erklärte Wendell.

„Wozu? Willst das Resort verkaufen?"

„Im Gegenteil. Ich sehe mich nach neuem Personal für das Restaurant und den Laden um. Ich kann die doch nicht mit Brettern vernagelt lassen, wenn ich möchte, dass das Resort seinen alten Glanz zurückgewinnt, oder?"

„Warum nicht einfach eine Anzeige in Zeitungen schalten und nach neuen Pächtern suchen?"

„Ich schätze, ich habe Angst, sie könnten mich so wie die letzten im Stich lassen. Aber wenn das Personal auf meiner Gehaltsliste stehen, kann ich sehen, wenn etwas schiefläuft, und ich kann einfacher mit ihnen über Lösungen reden. – Hoffe ich."

„Na, dann viel Glück dabei. Wann finden diese Bewerbungsgespräche statt?" fragte Mitch.

„Samstagmorgen. Wir kämen am Nachmittag zu dir, wenn dir das recht wäre."

„Was? Du willst Laurie zu den Bewerbungsgesprächen mitnehmen?"

„Naja …"

Mitch kam eine Idee, und er unterbrach rasch den Gedankenfluss seines Bruders. „Warum machst du es für euch beide nicht viel entspannter? Kommt schon am Freitagabend."

„Aber du arbeitest doch freitags, oder nicht?"

„Du doch auch. Aber mir macht es nichts aus, ein Abendessen für euch zwei auf den Tisch zu bringen."

„Wenn du dir sicher bist …"

Sie unterhielten sich noch ein wenig über Laurie und wie sie aufblühte, jetzt, wo sie wieder zu Hause war, und legten auf. Mitch merkte, dass sich sein Gesicht zu einem beinahe unanständig breiten Lächeln verzogen hatte. Er würde zwei Fliegen mit einer Klappe schlagen, wenn ihm sein Vorhaben gelänge.

Bevor er alles Überdenken und von seinem Plan abrücken konnte, erhob er sich und ging nach nebenan. Sanft klopfte er an.

„Ich komme!"

Madge öffnete wenig später die Tür. Ihr Gesicht wirkte müde, und ihre Augen waren rotgerändert. Sie hatte einen Augenblick zuvor wohl entweder Schlaf oder Tränen weggewischt.

„Magst du reinkommen?" fragte sie heiser.

Doch Mitch sah, dass er ihr nicht gelegen kam, da sie sich rasch einen Bademantel übergeworfen hatte und barfuß war. Nein, ich wollte dich nur um einen Gefallen bitten."

„Schieß los."

256

„Mein Bruder Wendell und sein kleines Mädchen kommen am Freitagabend zum Abendessen her. Ich weiß, dass es dein letztes Wochenende in dieser Wohnung ist; also bist du wohl schwer beschäftigt. Würde es dir etwas ausmachen, trotzdem bitte bei mir für uns alle vier zu kochen?"

„Du kochst doch selbst recht gut", stellte Madge misstrauisch fest.

„Vielleicht für einen oder zwei, aber nicht für vier", erwiderte Mitch und legte den Kopf schief. „Bitte?"

Madge seufzte. „Ich müsste sowieso auch etwas für mich machen. Es ist egal, wo ich koche oder ob es für ein paar Leute mehr ist." Sie lächelte traurig. „Irgendwelche besonderen Wünsche?"

„Du entscheidest. Laurie ist … beinahe sechs, glaube ich. Ich verliere immer den Überblick. Nichts zu Ausgefallenes, denke ich."

Madge nickte nur.

„Oh, und hier …" Mitch reichte ihr ein Bündel gefalteter Dollarnoten. „Das sollte die Lebensmittelkosten abdecken – egal, was du aussuchst." Er wandte sich um und rief nur über seine Schulter hinweg: „Danke!"

Madge stand da mit dem Geld in der Hand und schüttelte den Kopf. „Verrückter", murmelte sie, aber ihr Lächeln hatte an Wärme gewonnen, als sie die Wohnungstür schloss.

Der Rest der Woche verging wie im Flug. Mitch hatte es schon vor einer Weile geschafft, seinen Vertrag mit der IT-Firma auf vier Tage zu reduzieren. Während der übrigen Zeit hatte er sich einen eigenen Kundenkreis aufgebaut. Es gab Administrationsarbeiten, wie er sie für Autumn erledigte. Aber er musste auch Hardware-Probleme lösen, Kompatibilitätsprobleme zwischen alten und neuen Systemen, und er begann, maßgeschneiderte Programme zu entwickeln. Ihm machte seine Tätigkeit Freude – vor allem, weil es sein eigenes Unternehmen war, für das er arbeitete, nicht das eines anderen.

Unterdessen half Madge den Besitzern des Tante-Emma-Ladens, die Regale zu leeren, Kisten zu packen und in leuchtenden Farben Poster zu malen, die einen Warenträger-Abverkauf ankündigten. Ihre eigene Wohnung, spärlich möbliert, wie sie war, verwandelte sich in einen Stapel Umzugskartons. Es war ein entmutigender Anblick. Madge wusste immer noch nicht, wohin sie gehen sollte, außer Mitch nebenan ihr Schicksal anzuvertrauen. Natürlich nur als vorübergehende Lösung. Am Donnerstag schrieb sie eine Einkaufsliste und erledigte die Besorgungen. Sie steckte das Wechselgeld in einen Umschlag, den sie am nächsten Abend Mitch überreichen würde. Es würde ein gewissermaßen festliches Abendessen geben. Es passte ja auch irgendwie, wo sie doch ein weiteres Kapitel in ihrem Leben hinter sich ließ, dass ihr überraschend ans Herz gewachsen war.

Der Freitagnachmittag kam schneller als erwartet. So schien es immer mit Ereignissen zu sein, auf die sie sich freute. Sie würde sich auf diese Weise bei Mitch dafür bedanken, dass er sich ihre Sorgen angehört hatte, seit sie wusste, dass sie ihre Arbeit verlieren würde, und dafür, dass er ihr ein Obdach anbot. Sie betete immer noch darum, dass sie es nicht würde annehmen müssen, doch sie sah sich bereits in einem Schlafsack auf seinem Wohnzimmerboden schlafen. Immer noch besser, als durch die Straßen zu streifen auf der Suche nach einem sicheren Schlafplatz.

Sobald Madge Mitch von der Arbeit heimkehren sah, griff sie sich die Lebensmittel, die sie für das Abendessen besorgt hatte, das sie zubereiten sollte, und klopfte an seine Wohnungstür. Er ließ sie mit erwartungsvollem Lächeln ein, und sie fand ihren Weg in seine Küche, um sich dort auszubreiten.

„Was wird es geben?" fragte er.

„Ich dachte an ein kleines Drei-Gänge-Menü, natürlich alles frisch zubereitet. Tomatensuppe mit Croutons, ein dekonstruierter Cheeseburger mit Pommes und Salat sowie Pfirsich-Streuselkuchen mit Schlagsahne zum Dessert. Klingt das in Ordnung?"

„Dekonstruierter Cheeseburger?! Das klingt schick!"

„Nicht wahr?" lachte Madge. „Ich finde einfach, dass die Brötchen um die Burger überbewertet werden. Also lasse ich sie einfach weg. Und ich denke, die kleine Laurie wird mir zustimmen. Meinst du nicht?"

„Es klingt nach einer perfekten Mahlzeit für alle."

„Na, dann lass mich dich aus der Küche rausschmeißen. Ich fühle mich beim Kochen am wohlsten, wenn mir keiner über die Schulter blickt."

„Verstanden", grinste Mitch und ließ sie allein.

Madge lächelte in sich hinein, als sie ihn den Tisch decken hörte, weil Gläser klirrten und Besteck klapperte. Sie begann, vor sich hin zu summen. Den Augenblick zu genießen, war eine ihrer Fähigkeiten. Es dazu in der letzten Zeit wenig genug Gründe gegeben. Wer wusste schon, wie viele es in der nahen Zukunft geben mochte? Das Beste aus dem Jetzt und Hier zu machen, war alles, was sie tun konnte. Nicht nur für sich selbst. Auch um Mitch und seiner Gäste willen.

Endlich, als sie gerade dabei war, ihre Backform mit dem Pfirsich-Streuselkuchen in den Ofen zu schieben, hörte sie es an der Tür klingeln. Eine fröhliche Kinderstimme piepste ein „Hallo, Onkel Mitch", und sie hörte das tiefere Rumpeln der beiden Männer, als sie einander begrüßten. Sie stellte sich vor, wie Mitch und sein Bruder es sich bequem machten. Worüber mochten sie reden? Mitchs Scheidung war kein Thema mehr; aber vielleicht waren es ihre Nachwehen noch. Immerhin baute er sein eigenes Unternehmen auf und erhoffte sich, es zu seiner einzigen Einnahmequelle zu machen.

„Das riecht aber herrlich", schreckte eine leise Stimme Madge aus ihrer Gedankenwelt auf.

Ein kleines Mädchen von ungefähr sechs Jahren stand auf Zehenspitzen in der Küche, um besser durch die Ofenscheibe sehen zu können, die Madge teilweise mit ihrem Körper verdeckte. Seine grünen Augen glänzten, und sein Gesicht war rosig.

„Was machst du da?"

„Nachtisch", stellte Madge fest und richtete sich auf. „Du musst Laurie sein."

„Stimmt."

„Ich bin Madge, und ich kümmere mich heute um das Abendessen. – Magst du die Rührschüssel auslecken?"

„Ähm, ich glaube nicht. Was, wenn ich krank werde?"

„Gute Frage. Aber das würdest du nicht, weil in dem Teig kein Ei drin ist."

„Dann würde ich schon gern, glaube ich."

Madge lächelte und reichte dem Kind besagte Schüssel und einen Löffel. „Bist du hungrig?"

„Bist du Mitchs Freundin?"

„Ich bin nur eine gute Freundin von ihm."

„Warum kochst du dann für ihn?"

„Weil ich mal Köchin gewesen bin und er mich gebeten hat, ihm heute Abend zu helfen."

„Oh."

Es folgte Stille, und während Madge ihre Tomatensuppe noch einmal umrührte, erklang nur das Kratzen des Löffels gegen Plastik, während Laurie die Schüssel sorgfältig leerte. Dann stellte das Mädchen die Schüssel in die Spüle und füllte sie mit Wasser.

„Vielleicht könntest du auch meinem Daddy helfen", sagte es.

Madge schmunzelte. „Bestimmt wohnt da jemand näher bei deinem Vater, den er lieber mag, hm?"

„Nein", beharrte Laurie. „Du verstehst mich nicht." Dann rannte sie an die Küchentür. „Daddy, Daddy, komm schnell. Ich hab' sie gefunden!"

Wendell kam herbei und blickte in die Küche. „Hi. Ich bin Wendell, Mitchs Bruder."

Madge lachte nur hilflos und zuckte mit den Schultern. „Ich weiß. Madge." Sie schüttelten einander die Hand. „Ich habe keine Ahnung, was Laurie mit all dem meint."

Wendell legte eine Hand auf Lauries Schultern. „Zeit, Madge in Ruhe zu lassen, bis wir alle am Tisch sitzen, Süße."

„Aber Daddy, ich hab' sie *gefunden*!"

Ein paar Minuten später saßen alle um Mitchs improvisierten Esstisch – dank Ashley, die das Original-Möbelstück mitgenommen hatte, war es ein etwas wackeliger Campingtisch – und genossen eine ausgesprochen aromatische Tomatensuppe, die jede andere schlug, die sie je irgendwo gegessen hatten.

Wendell war der Erste, der sprach. „Wie hast du das hingekriegt …? Da sind verschiedene Geschmacksebenen …"

„Geheimzutaten", lächelte Madge.

„Laurie sagt, du seist mal Köchin gewesen?"

„Stimmt. Ich habe meine Arbeit verloren. So eine Art posttraumatische Belastungsstörung, nachdem ich auf meinem Nachhauseweg vom Pub-Küche überfallen wurde. Deshalb habe ich kaum einen Job behalten können. Und jetzt wo ich einen einigermaßen anständigen in einem Tante-Emma-Laden hatte, haben sie mich entlassen. Sie machen zu."

„Du sagtest ein Pub? Große Speisekarte?"

„Große Karte, wenig Leute in der Küche. So, wie ich's mag. Ich hatte viel zu tun, meine Mitarbeiter waren zuverlässig. Es machte mich zufrieden. Ich vermisse es. Aber ich kann's nicht mehr tun. Nicht hier. Diese Stadt ist, egal wo man hingeht, überall gleich. Die brutalen Erinnerungen kommen in den seltsamsten Momenten wieder hoch."

„Wenn jemand dir einen Job woanders anböte? In einer ländlicheren Gegend?"

Madge setzte sich gerade, und die Suppe tropfte von ihrem Löffel zurück in ihre Schale. „Und wer sollte das sein?"

Wendell wischte sich den Mund mit einer Papierserviette ab und legte sie sich in den Schoß. „Hör' zu, Madge, ich habe die Mission, das Restaurant in meinem Resort wiederzueröffnen. Keine Pächter. Ich werde der Chef sein, aber ich brauche einen verantwortungsvollen und fähigen Chefkoch, der sich nicht scheut, die Zügel in die Hand zu nehmen. Ich habe morgen ein paar Bewerbungsgespräche für Personal. Vielleicht magst du mitkommen und mir bei der Auswahl helfen?"

„Du kennst mich nicht einmal, Wendell", protestierte Madge.

„Nun, Mitch hat mir ein paar Dinge über dich erzählt, während du da drin warst und gekocht und gebacken hast. Und du würdest eine Probezeit haben, während der wir beide sehen könnten, ob es für uns beide funktioniert."

Madge sank zurück in ihren Stuhl. „Das ist im Moment ein bisschen viel zu begreifen. Ich hatte keine Ahnung, dass das hier ein Vorstellungsgespräch für mich sein würde."

„Ich auch nicht", tröstete sie Wendell. „Sagen wir einfach, es wäre eine Schande, eine Gelegenheit wie diese ungenutzt verstreichen zu lassen. Laurie besteht darauf, dass du das Vorstellungsgespräch mit ihr bereits bestanden hast." Er zwinkerte seiner Tochter zu, die ihn anstrahlte. „Es gibt übrigens Personalhütten auf dem Gelände. Nicht sehr groß – aber du kannst immer woandershin ziehen, wenn es dir nicht gefällt, und einfach nur auf dem Gelände arbeiten."

Madge brach in Tränen aus und sah von einem Mann zum anderen. „Ihr zwei seid mir schon was, wisst ihr? Ich dachte schon, mein Leben ginge auf Grundeis, und nun bietet es mir eine neue Chance."

Laurie schnüffelte laut. „Ich kann was riechen …"

„Auweia!" Madge blickte entsetzt und stand so rasch auf, dass ihr Stuhl beinahe umkippte. „Und schon verderbe ich alles!"

Sie eilte in die Küche, von wo Mitch und Wendell sie ausrufen und mit sich selbst reden hörten, während sie mit Deckeln und Geschirr klapperte. Sie grinsten einander an.

„Netter Schachzug, Mitch", gab Wendell seinem Bruder eine High Five.

„Danke, Bruderherz", erwiderte Mitch. „Du wirst sehen, sie ist Gold wert."

*

Es war ein stiller Samstagnachmittag. Autumn hatte um die Mittagszeit ihre Agentur geschlossen, um hinauf nach Wycliff zu fahren. Lena hatte ihr berichtet, sie habe mehrere Ergebnisse für ihre Partnersuche und sie würde sie gern ihrer Freundin präsentieren.

Jetzt saß Autumn Lena im Vorderzimmer der Partneragentur gegenüber. Der türkise Sessel war bequem und modern im Design. Ein Becher Kaffee dampfte duftend auf dem Schreibtisch vor ihr. Ein Strauß Rosen und Lilien fügte dem sonst eher puristischen Flair des Raums einen Hauch Eleganz und Farbe hinzu. Draußen fielen bereits die Schatten der Gebäude über die Back Row und gegen den Steilhang.

Lena durchwühlte ihren Aktenschrank hinter dem Schreibtisch. Es war ein bisschen seltsam, bedachte man, dass dies das digitale Zeitalter war und Lena immer noch den Großteil ihrer Arbeit in gedruckter Form erledigte. Endlich fand sie, wonach sie gesucht hatte, und kehrte mit vier Ordnern zurück.

„Ich sag' dir, da sind ein paar passende Männer für dich in diesem Stapel", lächelte sie Autumn an. „Ich habe den, den ich für den passendsten halte, nach ganz unten geschoben. Aber sieh selbst."

Autumn griff eifrig nach den Ordnern, holte tief Luft und öffnete den obersten. Sie sah ein gutaussehendes Männergesicht mit einem leicht frechen Lächeln an, dann Lena.

„Du möchtest, dass ich sie mir hier ansehe, oder …?"

„Ich kann dich die Ordner nur hier in der Agentur durchgehen lassen. Nimm dir alle Zeit, die du zum Lesen brauchst, und sprich mit mir darüber. Dann musst du sie mir zurückgeben. Geschäftspolitik."

„Okay …"

Autumn brauchte eine Weile, um den ersten Ordner durchzulesen. Sie runzelte beim zweiten Bild die Stirn und lachte leise beim Lesen einiger Zeilen. Dann wandte sie sich dem dritten zu, nickte leicht, las den einen oder anderen Abschnitt erneut und legte den Ordner beiseite. Dann öffnete sie den vierten Ordner und schnappte nach Luft.

„Du beliebst zu scherzen, Lena Donovan!"

„Wieso?!"

„Nun, oder ich vermute, du hast die Ordner verwechselt."

Lena beugte sich vor, um nachzusehen. Dann schüttelte sie den Kopf.

„Ich meine es todernst. Er ist der passendste Partner, den ich für dich finden konnte."

„Hast du je den Geschichten zugehört, die ich dir über ihn erzählt habe? Dass er beinahe sein Geschäft ruiniert hat? Dass er jetzt wie ein Neandertaler aussieht? Dass er absolut unhöflich und … Wie hat er es überhaupt in deine Akten geschafft?"

„Spielt das eine Rolle? Er ist da drin."

„Nun, ich habe das starke Gefühl, dass nicht er hierhergekommen ist, um ihn in deine Datei aufzunehmen."

Lena seufzte. „Stimmt. Aber das bedeutet nicht, dass er nicht am allerbesten passt."

„Wer hat ihn dann in deine Orner gepackt?"

„Seine Mutter. Sie sagte, er brauche dringend jemanden."

„Hör' zu, ich bin nicht die Trösterin der Witwer und Waisen. Ich möchte einen glühend heißen Liebhaber, mit dem ich die Welt erkunden und Abenteuer erleben *und* ein gemütliches Zuhause haben kann."

„Laut der Akte ist er all das."

„Aber das ist Wendell Montgomery!"

„Und? Probier's mit ihm."

„Nur über meine Leiche, meine Liebe! Ich hole mir lieber weitere Meinungen zu diesem Thema ein."

„Bei anderen Agenturen?"

„Persönlich, digital, was auch immer notwendig ist."

Lena sank zurück in ihren Stuhl und starrte Autumns erhitztes Gesicht an. Dann hob sie entschuldigend die Hände.

„Ich bewahre die für dich auf, wenn du zurückkommen und mir sagen wirst, dass ich recht hatte."

*

Aus Loretta Franklins Tagebuch:

Ein Tag voller Angst ist vorüber. Wir sind in einem Hotel in La Conner gelandet, und der Himmel hat angefangen, sich zu bewölken. Es ist schwül draußen; nicht das Wetter, in dem ich gern hinausgehe. Aber diese idyllische Stadt an einem Fluss, dessen Namen ich vergessen habe, ist einladend mit ihren zahlreichen inhabergeführten Geschäften, Restaurants, und der Flusspromenade. Das Indianerdorf auf der anderen Seite des Wassers wirkt geheimnisvoll still.

Für später heute Abend ist im schicken Restaurant des Hotels ein Tisch für unsere Gruppe gebucht. Was mir Zeit lässt, heute noch einmal zu überdenken. Seit gestern Abend weiß ich also von Taylors Leiden und dass er darüber nachgedacht hat, sein Leben zu beenden. Ich frage mich, was das mit seinen Kindern angerichtet hätte, hätten sie gehört, dass er in den Deception Pass gesprungen sei. Sein Körper wäre vermutlich nie gefunden worden.

Letzte Nacht ist es mir schwergefallen einzuschlafen, und ich war heute früh nicht gerade in Bestform. Auch wenn Tay mir gesagt hatte, er habe nicht mehr vor zu springen, wie hätte ich wissen können, dass er es nicht doch spontan tun würde? Er hätte mich überlisten können. Und wäre ich stark genug gewesen, ihn zurückzuhalten?

Ich war den ganzen Tag nervös, bis wir diese schicksalhafte Brücke hinter uns hatten. Ich bin mir nicht sicher, ob ich diesen Teil der Insel jemals wiedererleben möchte, so faszinierend ihn die Natur gestaltet hat. Letztlich war ich nur zu erleichtert, als wir Anacortes, die ehemalige Konserven- und Fischereistadt, erreichten. Es machte Spaß, die Läden zu erkunden, nachdem man uns die Küste gezeigt hatte. Ohne Kevin Costner natürlich. Das Tor zu den San Juan Islands ... Vielleicht schaffe ich es eines Tages noch einmal hier hoch, um eine Fähre nach Friday Harbor zu nehmen. Falls ich körperlich dann noch fit genug bin.

Tatsächlich fasse ich gerade so einen Plan. Denn heute habe ich begriffen, dass mein Leben hier auch meine Leidenschaften hier stattfinden. Ich habe erkannt, dass ich mir weniger Sorgen darum mache, Taylors Kindern die Nachricht von seinem Tod überbringen zu müssen, als meinen guten, alten Freund zu verlieren, den ich vor so langer Zeit verloren zu haben glaubte. Ich weiß, dass wir einander eines Tages auf die eine oder andere Weise verlieren werden. Aber nicht so. Nicht wegen einer Fehleinschätzung. Nicht, weil einer seinen Kindern nicht zur Last werden will. Nicht, weil wir uns vor Operationen oder Behandlungen fürchten und sie nicht allein durchstehen möchten.

Ich merke, dass ich diese weich-geflügelten Schmetterlinge wiedergefunden habe, von denen ich glaubte, sie gehörten allein der Jugend. Dieses sanfte Kitzeln im Bauch, wenn ich ein bestimmtes Gesicht aus der Menge herausragen sehe, ein bestimmtes Profil im Dämmer eines Museumsraums, wenn ich eine bestimmte Stimme meinen Namen sagen höre. Ich bin nun alt und doch so jung wie damals, als wir zum ersten Mal händchenhielten. *Und ich merke, dass ich es nun viel unbeschwerter genieße, seine Hand zu halten, jetzt, wo es mir egal ist, was andere Leute sagen.*

Taylor hat beschlossen zu bleiben – und ich auch. Vielleicht gibt es mehr als nur einen Zweck in unserem Leben, den niemand hat voraussehen können. Vielleicht sogar mehr als nur einen. Warum es also nicht einfach versuchen?!

10

SEATTLE

FILM: „SCHLAFLOS IN SEATTLE"

IN DEN HAUPTROLLEN: TOM HANKS & MEG RYAN

*Gestaffelte Bustour an Drehorte in Alki Beach und zu den Hausbooten des Lake Union,
die am Pike Place Market endet mit Zeit zum Einkaufsbummel. Das Westin Hotel, in dem
die Teilnehmer einmal übernachten, liegt in der Nähe eines weiteren Drehorts von
„Ring", der Monorail im Westlake Center. Wir passieren auch verschiedene Drehorte von
„Leben oder so ähnlich" mit Hauptdarstellerin Angelina Jolie. Dinner-Kreuzfahrt rund um
Elliot Bay und den Hafen von Seattle.
(Autumn Rains Tour „Drehorte in West-Washington")*

Als Lena an jenem nebligen und frischen Herbstmorgen die Tür ihrer Agentur aufschloss, wartete ein riesiger Strauß rosa Rosen Schleierkraut auf Beinen auf dem Absatz. Zumindest sah es so aus. Und der Strauß wurde ihr beinahe ins Gesicht katapultiert, sodass Lena sehr schnell mit einem Laut des Unbehagens zurücktrat.

„Oh, tut mir leid! Ich wollte dich nicht erschrecken."

Die Stimme klang sehr vertraut ohne die übliche Herablassung darin. Und als die Hand den Strauß senkte, konnte Lena das Gesicht eines sehr verlegen blickenden, ehemaligen Klassenkameraden sehen.

„Nick?!" rief sie aus.

„Guten Morgen, Lena."

„Ähm, du musst am falschen Geschäft stehen."

„Nein. Darf ich reinkommen?"

271

Wortlos hielt Lena die Tür auf, und Nick trat zögernden Schritts ein. Er sah sich dabei um und nickte langsam.

„Du hast da ein echt gutes Unternehmen aufgebaut."

Lena holte tief Luft. „Was soll das, Nick? Analysierst du jeden Gegenstand in meinen Büroräumen und fängst dann an, mich herabzusetzen, wie du es immer getan hast?"

Nick biss sich auf die Lippen. Er wurde sogar ein wenig rot – oder war das der Widerschein der rosa Rosen, die er immer noch in seinen Händen hielt?

Er drehte sich zu ihr um und schüttelte den Kopf.

„Ich bin eigentlich hier, um mich zu entschuldigen, Lena." Er hielt ihr noch einmal den Blumenstrauß hin, und dieses Mal ergriff ihn ihre rechte Hand mechanisch. Sie blickte ihn misstrauisch an.

„Entschuldigen ..."

Nick ließ den Kopf hängen. „Schau, ich wollte nicht, dass du dich mies fühlst."

Lena lachte bitter. „Nein, du wolltest dich nur selbst besser fühlen. So wie jetzt, stimmt's? Ich hab's kapiert."

Nick hielt das Gesicht gesenkt, aber seine Augen schielten sie beinahe bettelnd an.

„Ich weiß, dass es dir so vorkommen muss. Und vielleicht hast du recht. Vielleicht wollte ich mich damals wirklich besser fühlen. Und vielleicht möchte ich mich jetzt besser fühlen. Aber diesmal ist es aus anderen Gründen. Würdest du mich bitte anhören?"

„Eigentlich sollte ich das nicht", sagte Lena streng.

„Bitte?"

Sie seufzte und deutete auf einen Sessel. „Setz dich. Ich bin gleich wieder da."

Lena ging in ihr Büro nach hinten, wo sich hinter einer Schranktür eine winzige Pantryküche befand, füllte eine Vase mit Wasser, und fing an, mit einem Gemüsemesser, die Blumenstängel zu beschneiden. Sollte der Typ doch einen Moment lang schmoren und sich fragen, wie sie reagieren würde. Den Nerv zu haben, mit Blumen an ihre Tür zu kommen! Und zu versuchen, sich bei ihr einzuschmeicheln. Nach all dem, was er ihr und auch Autumn angetan hatte! Lena merkte, dass sie in ihrer wachsenden Wut den Atem angehalten hatte. Auch hatte sie sich beinahe in den Finger geschnitten. Nein, das war es nicht wert. Sie stellte die Rosen in die Vase und beschäftigte sich dann mit der Kaffeemaschine. Schließlich griff sie sich die Vase und ging wieder in den vorderen Raum.

Nick lümmelte im türkisen Sessel, der für seinen athletischen Körperbau viel zu klein war. Sobald er Lena wiederkommen sah, mühte er sich rasch, eine respektvollere Haltung einzunehmen. Lena musste beinahe schmunzeln. Sie stellte die Blumen auf ihren Schreibtisch und ließ sich auf ihren Schreibtischstuhl sinken.

„Also, worum geht es überhaupt, Nick? Ich bin ganz Ohr."

Nick seufzte tief. Sein Blick wanderte von ihrem Gesicht zu einem Punkt irgendwo weit in der Ferne.

„Ich habe mein Unternehmen verkauft." Einen Augenblick lang sah er Lena an, als suche er nach einer Veränderung in ihrer Miene, und da er keine fand, fuhr er fort: „Nach meinem blöden Verhalten in Olympia – all die Mädels und das Hintergehen – habe ich dort das Vertrauen meiner Geschäftspartner verloren. Und ich hatte nicht die Mittel, irgendwo andershin zu gehen und neu anzufangen. Also habe ich die Ideen und die Designs verkauft."

„Erwartest du, dass ich jetzt sage, es täte mir leid?"

„Nein. Ich habe einen Fehler gemacht. Ich …" Er schluckte schwer. „Ich dachte, ich könnte mit den Mädels herumspielen, und bedachte nicht, dass sie es ernst meinten. Ich weiß es jetzt. Und ich habe dafür Respekt."

„Wirklich?"

Nick konzentrierte sich wieder auf Lenas Gesicht. „Du musst mich für einen gewissenlosen Schurken halten."

„Nun, vielleicht nicht gerade das. Aber auch sicher nicht für einen ritterlichen, netten Kerl", gab Lena zu.

„Wenn ich dir sagte, dass man sich ändern kann, würdest du mir glauben?"

„Vielleicht."

Nick stand auf, und Lena schrumpfte einen Moment lang fast in ihrem Stuhl zusammen. Was, wenn er auf sie losginge?

„Ich habe nachgedacht. Eine Menge. Und ich habe einen echten Freund gefunden. Er ist Basketball-Trainer an einer Highschool drüben in Puyallup. Du weißt, wie klein diese Welt ist. Die Sache ist, dass sich mein Fehlverhalten in Olympia so weit herumgesprochen hat, dass er davon hörte."

„Woher kennst einen Basketball-Trainer in Puyallup?" staunte Lena.

„Nachdem ich mein Unternehmen verloren hatte … ich meine verkauft … dachte ich mir, ich müsse etwas anstreben, worin ich mich echt gut auskenne. Football. Also bewarb ich mich für ein Trainer-Praktikum an dieser Highschool. Der Mann sprach mit dem Schulrat, und als er wusste, dass ich ernstlich überlegte, doch noch zu studieren und eines Tages eine Sportlehrerlizenz zu erwerben, legte er ein starkes Wort für mich ein. Aber in einem Vier-Augen-Gespräch nahm er mich auch auseinander."

„Wirklich?"

Lenas ungläubiger Tonfall brachte Nick zum Zappeln. „Er sagte mir, was er von mir erwarte, falls ich den Job kriege. Keine Spielchen mit jemandem vom Personal. Kein Unfug in der Stadt. Nur geradliniger, bodenständiger Football. Es stellte sich heraus, dass er ein Cousin zweiten Grades oder so von einer der Damen war, die ich in Olympia gedatet habe, und er war ziemlich sauer darüber, aber auch beeindruckt von meinen Spielerreferenzen von damals."

„Und kurz gesagt, Nick?"

„Du glaubst nicht, dass sich ein Kerl ändern kann, oder?"

„In so kurzer Zeit? Wenn es um einen Job geht? Nick, du musst zugeben, dass das ein bisschen stark rüberkommt."

Lena erhob sich von ihrem Stuhl und ging ans Fenster hinüber, um in den dichten Nebel auf der Back Row zu spähen. Wenige Menschen gingen draußen vorüber. Niemand warf einen Blick auf ihre Schaufensterdekoration, die alle möglichen herbstlichen Dinge um die Fotos glücklicher Paare und ausgelassene Event-Impressionen zeigte. Sie drehte sich wieder um.

„Warum kommst du ausgerechnet zu mir?"

„Weil ich spüre, dass du der Mensch bist, dem ich am meisten wehgetan habe. Und weil du wahrscheinlich die Einzige bist, die mich ganz verstehen wird."

„Ich bin kein Psychiater, Nick."

„Nein, natürlich nicht. Aber du bist einfühlsam. Und wenn du mir vergeben kannst, können es vielleicht nach einer Weile alle anderen auch …"

Lena musste beinahe lachen. „Wenn ich es also nicht tue, würdest du mir die Schuld für deine künftigen Fehlschläge geben. Versuchst du, mir das zu sagen?"

„Nein!"

An Nicks entsetzter Miene erkannte Lena, dass es ihm ernst damit war, Vergebung zu finden. Vermutlich sogar ernst damit, sein Leben umzukehren und auf eine geradere Schiene zu setzen.

Lena holte tief Luft. „Okay. Ich werde eine Weile brauchen zu akzeptieren, dass du ein achtsamerer Mensch werden willst. Aber ja, ich vergebe dir. Eigentlich ist es vielleicht sogar nicht einmal mehr wichtig. Das Leben ist freundlich mit mir umgegangen."

Nicks Gesichtszüge entspannten sich. „Du bist jetzt definitiv ein echter Hingucker."

„Oh, ich rede nicht von so oberflächlichen Dingen wie dem Aussehen", sagte Lena. „Ich weiß, was ich im Spiegel sehe. Nein, ich meine mein Unternehmen. Es läuft gut. Ich habe zu tun und bin glücklich. Ich kann andere Menschen glücklich machen."

„Veranstaltungen und Partner, hm?"

Lena zuckte nur bestätigend mit den Schultern.

„Besteht die Möglichkeit, dass du …" Nick räusperte sich und wurde rot. „Könntest du mich bitte als Kunden annehmen?"

„Ich gebe keinen Rabatt, nur weil wir einander kennen", warnte Lena.

„Hab's nicht erwartet."

„Wovon?"

„Wie wovon?" Nick blickte verwirrt.

„Veranstaltung oder Partner?"

„Ich … Ich glaube, ich hätte gern eine Partnerin, die mich wieder in Ordnung bringt."

Lena hob die Augenbrauen. „Partnerschaften dienen nicht der Therapie. Du suchst besser einen Berater auf, wenn es dir darum geht."

„Nein, ich meinte – falls ich der richtigen Frau begegnete, glaube ich, würde ich ganz einfach von Natur aus auf einem geraden Weg bleiben. Kein Abweichen – du weißt, was ich meine." Lena starrte ihn zweifelnd an. „Bitte?"

Lena seufzte. Sie drehte sich zu ihrem Aktenschrank um und blätterte durch die Ordner. Sie sah keinen wirklich an. Lena spielte auf Zeit. Nick war sich dessen natürlich nicht bewusst. Sie verdeckte die Schublade mit ihrem Körper und hatte ihm den Rücken zugewandt. Er musste den Eindruck haben, dass sie damit beschäftigt war, jemanden zu finden, der zu seinen Bedürfnissen passte. Offenbar hatte er keine Ahnung, wie ihr Unternehmen für gewöhnlich funktionierte – Fragebogen, Interviews, Videos. Ein Blick über ihre Schulter bestätigte, dass er sich wieder hingesetzt hatte und geduldig darauf wartete, was sie ihm anzubieten hätte. Oder besser, wen. Und Junge, hatte sie eine großartige Idee!

„Weißt du was", sagte sie schließlich. „Lass mir deine Telefonnummer da, und ich finde heraus, wer deine perfekte Partnerin sein könnte. Ich brauche vielleicht ein oder zwei Tage. Wirst du in der Gegend sein?"

*

Autumns Hände waren eigenartig verschwitzt. Das war etwas, womit sie nicht gerechnet hatte. Normalerweise war sie die Ruhe selbst, wenn es darum ging, etwas zu präsentieren. Okay, diesmal war es kein Konzept, keine Reise, kein Joint Venture.

Diesmal ging es um sie selbst. Aber es war ungewöhnlich, sich so nervös zu fühlen. Immerhin wusste sie, dass sie hübsch war, leidlich witzig, praktisch veranlagt – kurz, ein echter Fang. Aber sie war noch nie auf so einer Veranstaltung gewesen, und gerade jetzt war sie sich nicht sicher, ob sie den Raum wirklich betreten sollte. Aber sie musste es tun, sonst wären die Zahlen ungleich, und das würde das ganze Spiel des Speed Dating durcheinanderbringen. Warum eigentlich hatte sie sich auf diese beinahe verzweifelt wirkende Maßnahme eingelassen?

Nachdem sie tatsächlich drei der vier Kandidaten gedatet hatte, die Lena ihr vorgeschlagen hatte – Wendell war natürlich nicht infrage gekommen –, hatte sie festgestellt, dass es jedem Mann auf dem einen oder anderen Gebiet an etwas mangelte. Sie sagte sich, das sei in Ordnung. Letztlich war niemand vollkommen, und Vollkommenheit hätte sie ohnehin völlig abgeschreckt. Sie kannte ihre eigenen Mängel. Darunter waren offenbar hohe Erwartungen. Aber sie wusste auch, dass sich Fehler sogar als charmant erweisen konnten, wenn es diese einzigartigen Schwingungen zwischen zwei Menschen gab. Eine Art Einzigartigkeit persönlicher Eigenschaften. Sie hatte sich mit drei dieser Männer getroffen, es hatte diese Schwingungen nicht gegeben, und so war ihr Mangel, ihre Fehlerhaftigkeit nicht attraktiv gewesen. Vielleicht hatten sie dasselbe von ihr gedacht.

Sie war ins Internet gegangen und hatte dort einige Dating-Seiten ausprobiert. Es war entsetzlich gewesen, als sie sich dabei beobachtet hatte, dass sie Menschen mit einem Klick abservierte. Es war sogar abstoßend gewesen, wie viele Männer nur an ihrer körperlichen Erscheinung interessiert und offenbar auf die eigene stolz gewesen waren. Die Bilder, die ihr einige schickten, ließen sie sich fragen, ob sie sie je ungesehen machen konnte. Nicht auszudenken, diesen Männern in der Öffentlichkeit zu begegnen, von Angesicht zu Angesicht, und sich daran zu erinnern, was sie zu senden und als Gegenleistung zu erwarten gewagt hatten. Also hatte sie sich wieder an eine Agentur gewandt. Dort war man so ernsthaft bei der Partnervermittlung wie Lena. Aber ihre Vorschläge waren am Ende noch weniger überzeugend.

Was war mit ihr los? Waren ihre Träume von einem Mann in ihrem Leben zu weit hergeholt? Verlangte sie zu viel? War sie zu altmodisch? Täuschten ihr Aussehen und ihre Haltung über ihre mehr oder weniger konservativen Ansichten über die Bedeutung einer Ehe hinweg? Mit anderen Worten, sahen die Männer, denen sie begegnete, in einem anderen Licht? War *sie* diejenige, die während dieser Verabredungen enttäuschte?

Am Ende wollte sie gerade aufgeben, als Mitch während eines ihrer Abendessen nach seiner wöchentlichen Computer-Administration in ihrem Büro mit der Idee gekommen war, eine Speed-Dating-Veranstaltung zu besuchen.

„Weißt du, es wird wie eine Party sein, auf der man sich garantiert mit jedem Gast unterhält. Und der zusätzliche Vorteil ist, dass jeder Single ist und jemanden daten möchte", hatte Mitch fast gebettelt. „Ich würde mich viel mutiger fühlen, wenn du mitkämst. Nur als Backup-Plan. Bitte? Du weißt, dass ich ein Sonderling bin, und Ashley hat nicht gerade zu meinem Selbstbewusstsein beigetragen ...“

„Ich dachte, du würdest immer noch an Lena denken?“ hatte Autumn betont.

„Tue ich. Aber denkt sie je an mich?“

„Du rennst also vor der Möglichkeit weg, dass sie dich abweisen könnte?“

„Ich schätze, ich muss einfach meine sozialen Fähigkeiten trainieren, bevor ich das überhaupt herausfordere. Und meine Fähigkeit zu flirten, damit ich ihr nicht schon wieder total absonderlich vorkomme.“

Autumn hatte Mitch angesehen, dessen Locken immer noch dem neuen Haarschnitt widerstanden, den er sich unlängst zugelegt hatte. Neuerdings war seine Brille modisch, and sein Kleidungsstil hatte sich verbessert. Zumindest ein wenig.

„Wo findet diese Speed-Dating-Veranstaltung überhaupt statt?“

„In einer leeren Lagerhalle in der Nähe des Freighthouse Square in Tacoma. Es klingt bestimmt schlimmer, als es ist. Ich habe Bilder im Internet gesehen. Es ist wie eine Pop-up-Bar mit Fingerfood und Tischen für zwei.“

„Wer organisiert diese Party?“

„Ein Veranstaltungsteam aus Tacoma. Bitte ...?“

„Okay.“ Autumn hatte die Augen gerollt. „Wann?“

„Nächste Woche Samstag.“

Und jetzt war es Samstag, und Autumn hatte sich dezent sexy gekleidet. Sie wusste, dass sie Eleganz mit einem Hauch Unartigkeit ausstrahlte. Vielleicht würde sie bei dieser Speed-Dating-Veranstaltung ja doch noch dem Richtigen begegnen. Mit einem energischen inneren Tritt an ihr eigenes Schienbein drückte sie die Tür auf und fand sich in einem improvisierten Empfangsbereich, der mit herzförmigen Ballons, Herzgirlanden und einem mit neon-pinkfarbenem Seidenpapier bedeckten Tisch dekoriert war. Eine sehr attraktive Blondine saß hinter dem Tisch.

„Ah, Sie müssen Miss Rain sein?" stellte sie mit fragendem Tonfall fest. Autumn nickte nur. „Nun, dann unterzeichnen Sie bitte dieses Formular hier, nehmen sich ein Glas Champagner und gehen in unsere Event Location. Bitte nehmen Sie auf der Damenseite des Raums Platz. Wir werden Ihnen gleich die Regeln dieses Speed-Dating-Events erklären."

„Ist Mr. Montgomery schon eingetroffen?" fragte Autumn. „Ich hätte ihn draußen auf dem Parkplatz treffen sollen …"

Die Blondine überprüfte ihre Liste. „Ja. Er ist schon drin."

„Seltsam", murmelte Autumn und schnappte sich ein Glas. Das war so gar nicht Mitch. Aber vielleicht hatte er gedacht, sie komme zu spät und das Event begänne ohne ihn. Sie folgte den Schildern auf dem Gang und betrat einen Raum, der in gemütlichem Business-Stil beleuchtet war. Dunkel genug, um Makel zu verbergen, hell genug, um Menschen und Objekte auf der anderen Seite des Aktionsbereichs erkennen zu können.

Letzterer bestand aus einer Reihe Tische für zwei, die, wie Autumn fand, ziemlich kitschig dekoriert waren. Alles in Rot und Pink – man konnte das Liebes- und Mädels-Thema auch übertreiben, dachte sie.

Auf zwei Seiten des Raumes saßen die Teilnehmer auf einer einzelnen langen Stuhlreihe, die Männer drüben auf der rechten Seite, die Frauen hier auf der linken. Autumn ging an den elf bereits anwesenden Teilnehmerinnen vorüber, bis sie den einzigen leeren Stuhl erreicht hatte.

„Ist der Stuhl noch frei?" fragte sie niemand Bestimmten und aus reiner Gewohnheit. Ohne auf Antwort zu warten, ließ sie sich darauf fallen.

„Ja wie, Autumn?!" hörte sie Lena Stimme zu ihrer Rechten.

Ihr Kopf flog herum. „Du? Hier?"

„Tja, ich dachte, ich probiere mal meine eigene Medizin", lachte Lena.

„Ausgerechnet ein Speed-Dating-Event. Deines?"

„Wohl kaum", erwiderte Lena. „Ich sollte nicht meine eigenen Kunden daten, oder?"

Autumn lachte. „Dir hier zu begegnen! Was für eine nette Überraschung."

„Ich versuche zu sehen, ob ich etwas vom Wettbewerb für meine eigenen Events lernen kann."

„Während du in ihrem Teich nach ihren Kunden fischst?"

„Fischen, ja. Aber nicht nach ihren Kunden. Warum nicht auch versuchen, was für andere funktioniert? Bezüglich eines Partners? Aus wissenschaftlicher Sicht ist die Erfolgsquote von Speed-Dating-Events deutlich höher als die regulären Online-Datings."

Autumn hob die Brauen und erwiderte nichts. Sie hätte auch keine Chance dazu gehabt, da eine ältere Dame in einem malvenfarbenen Kostüm und Killer-Stilettos derselben Nuance mit einem Mikrofon in der Hand erschien. Sie begrüßte ihre Gäste. Dann erläuterte sie die Regeln.

„Wenn ich mit dieser Silberglocke klingele, nimmt jede Dame an einem nummerierten Tisch Platz. Sie werden da während der gesamten Dauer des Events bleiben. Die Herren tragen eine Nummer auf einem Sticker am Hemd oder am Revers und treffen ihre erste Wahl unter den Damen, wobei sie dort fünf Minuten lang sitzen. Sie dürfen nicht nach Kontaktdaten fragen. Jeder von Ihnen findet leere Karten am Tisch, blaue für die Herren, pinkfarbene für die Damen. Sie tragen die Nummer des Partners, den Sie gerade gedatet haben und ihre eigene Nummer eintragen und entweder die ‚Ja‘- oder die ‚Nein‘-Option ankreuzen. Beim Klingeln der Glocke, sammele ich die Karten ein, und die Herren ziehen einen Tisch weiter. Wenn sie jeder einzelnen Person im Raum begegnet sind" – hier kicherte sie sinnfrei – „dürfen Sie sich am Fingerfood-Buffet im Nebenraum bedienen. Inzwischen vergleichen meine Partnerin und ich Nummern und Ja-Stimmen, und bitten mit einem letzten Klingeln der Glocke um Ihre

Aufmerksamkeit für die Ergebnisse. Ein gegenseitiges ‚Ja‘ bedeutet, dass Sie die Kontaktdaten des anderen erhalten. Irgendwelche Fragen?"

Ein Murmeln rumpelte leise durch den Raum. Die Organisatorin der Veranstaltung nahm dies als Bestätigung, dass man sie verstanden hatte, und hob die Hand in Richtung Blondine, die anscheinend auch als Discjockey fungierte. Die ersten Noten eines Frank-Sinatra-Songs erklangen.

Lena stöhnte und sagte leise: „Gute Güte. Ich hätte gedacht, wir wären eine etwas moderne Generation als das."

Autumn grinste. „Ol' Blue Eyes funktioniert für mich noch immer." Sie warf einen letzten Blick auf die andere Seite des Raums. Mitch war nirgends zu sehen.

Dann klingelte die Glocke, und alle Frauen standen auf, um sich einen Tisch auszusuchen. Kurz darauf gesellte sich jeweils einer der Männer im Raum zu ihnen. Das Spiel begann.

Autumn hatte einen sehr schüchternen Buchhalter als ihr erstes Date. Er fragte sie fast gar nichts; sie musste ihm jede noch so kleine Information über sich aus der Nase ziehen *und* sich vorstellen, was er gern über sie wissen wollte. Der Zweite war, was sie insgeheim als „ein selbsternanntes Geschenk der Götter" bezeichnete – so von sich eingenommen, dass sie sich zu Tode langweilte. Der Dritte war ein wenig farblos und versuchte, besser zu wirken, indem er ihr Witze erzählte. Und so weiter und so fort. Nummer neun würde wohl auch nur eine Neuauflage des bereits Bekannten sein. Und Nummer zehn auch.

Die Glocke klingelte, Autumn füllte die Zahlen ein, hakte ein Kästchen ab und reichte die Karte dann der Organisatorin oder der Blondine. Ein Dutzend Begegnungen von jeweils fünf Minuten wurden allmählich zu einer ziemlichen Aufgabe. Wie das jemand einfach nur zum Vergnügen tun konnte, war ihr ein Rätsel. Sie hatte gehört, dass manche Mädchen so etwas zu ihrer Vorstellung einer Wochenend-Party gemacht hatten.

„Hi, ich bin Wendell!"

Autumns Kopf schnellte hoch, und sie blickte in ein Gesicht, das ihr ganz vage bekannt vorkam. Der Mann war groß und breitschultrig, mit freundlichen Augen, einem festen Mund und dunklem, kurzen Haar. Er lächelte sie flüchtig an. Dann, als er sich setzte, wandelte sich sein Blick in den des Erstaunens.

„Ich glaub, ich spinne", rief er leise aus. „Autumn Rain?"

Autumn fühlte sich völlig verwirrt. „Was ist mit Mitch passiert? Ist das hier geplant gewesen?"

Wendell lachte. „Geplant? Inwiefern? Er sagte, habe heute Morgen versucht, dich anzurufen, um dir zu sagen, dass er es nicht schaffen werde, weil einer seiner Kunden ein größeres Problem mit dem Zentralrechner seines Unternehmens hat. Er hatte einen Virus. Er fragte mich, ob ich für ihn einspringen könne, als er annahm, dass du bereits auf dem weg seist. Und … hast du seine Nachricht nicht erhalten?"

Autumn errötete. „Ich war den ganzen Tag so beschäftigt, dass ich nicht auf die Idee gekommen bin, er könne nicht kommen."

Wendell nickte sichtlich amüsiert. „Ich schätze, wir können genauso gut das Beste daraus machen. Was meinst du?"

„Sicher." Autumn holte tief Luft. „Siehst du dir hier ernsthaft Ehefrauen-Material an?"

Wendell runzelte die Stirn. „Klingt es furchtbar, wenn ich sage, es könnte sein oder auch nicht? Du kennst ja meine Situation gut genug."

Autumn nickte ernst. „Kann nicht einfach für dich sein. Die Ehefrau verlieren und sich um ein kleines Kind und ein Unternehmen kümmern … Es bringt einen vermutlich nicht gerade in die Stimmung, sich nach einer neuen Partnerschaft umzusehen."

„Laurie braucht aber eine Mutter. Es ist wundervoll, dass sich meine Eltern ab und zu um sie kümmern, aber das ist kein Ersatz für Nestwärme."

„Ich weiß, was du meinst …"

Wendell blickte sie scharf an. „Es tut mir leid. Ich habe völlig vergessen, dass du ohne Mutter aufgewachsen bist und weißt, wovon ich rede. Du bist eine richtige Dame geworden."

Erkannte sie einen Funken Bewunderung in seinem Blick? „Wonach würdest in einer künftigen Ehefrau suchen? Müsste sie so sein wie … Emily?"

„Em? Nein. Das wäre nicht fair. Ich kann von keiner Frau erwarten, so wie sie zu sein. Ich will Authentizität. Natürlich verliebe ich vielleicht nicht sofort. Es dauert vielleicht eine Weile, die neue, mögliche Ehefrau kennenzulernen. Aber genug von mir. Was suchst du bei einem Mann?"

„Authentizität. Ehrlichkeit. Er dürfte sogar ein ungeschliffener Diamant sein, wenn er sich in Situationen entsprechend verhält, die mehr erfordern. Freundlichkeit. Ja, ich denke, dass Respekt eine weitere Eigenschaft ist, die er für mich haben müsste. Und für andere." Sie lachte und hob die Hände, die Handflächen nach oben. „Witzig, wie sich diese Beschreibung verändert hat. Hättest du mich das vor ungefähr fünf Jahren gefragt, hätte ich dir gesagt er müsse aussehen wie eine Mischung aus Henry Cavill und Parker McCollum. Dass es schön wäre, wenn er singen und Gitarre spielen könnte. Und wo ich ihn heiraten wolle. Alles sehr wesentliche Dinge." Sie lachte.

Wendell schmunzelte. „Es ist witzig, wie wir uns mit der Zeit verändern und reifer werden."

Sie starrten einander einen Moment lang in die Augen, und Autumn spürte, wie ihr Herz einen winzigen, seltsamen Satz machte. Datete sie tatsächlich den älteren Bruder ihres Freundes Mitch? Den Sasquatch, dem sie erst vor ein paar Monaten ihre Meinung gegeigt hatte?

Wendell schien ihre Gedanken gelesen zu haben. „Hör' mal, Autumn, ich muss mich bei dir bedanken, dass du mich bei unserer letzten Begegnung wieder auf die richtige Schiene gesetzt hast. Ich war einfach völlig entgleist. Durch dich habe ich meine Lage überdacht und bin zu dem Schluss gekommen, dass ich Verantwortung habe. Also vielen Dank."

Autumns Miene wurde ganz weich. „Gern geschehen."

„Ich glaube, unsere Zeit ist beinahe um." Wendell warf einen nervösen Blick auf die Blondine, die sich dem Kreis der Event-Teilnehmer näherte. „Tinkerbell wird die Runde gleich beenden. Was hältst du davon, wenn wir das Fingerfood-Buffet auslassen und irgendwo am Wasser richtig schön zu Abend essen? Und uns ohne Zeitlimit unterhalten?"

Autumn errötete. „Ist das legal? Macht das nicht deren ganzes Konzept kaputt?"

„Lass uns den Kennenlern-Teil zu Ende bringen und dann gehen. Wir sind nur zwei Erwachsene, die ihre eigenen Entscheidungen treffen. Eigentlich könnten sie den Erfolg ihres Konzepts gar nicht besser beweisen."

„Ist das dann eine richtige Verabredung?"

Wendell sah in Autumns Augen; Verwirrung kämpfte in ihm mit Bewunderung. „Das kann ich ehrlich nicht sagen. Aber wenn du uns Zeit gibst, es herauszufinden … Ich glaube, ich bin all das. Ich hoffe, dass ich authentisch, ehrlich, nett und respektvoll bin."

„Dann, Wendell Montgomery, lass uns den Zirkus beenden und von hier verschwinden."

Die Glocke erklang. Die Blondine kam an ihren Tisch, um ihre ausgefüllten Karten entgegenzunehmen. Wendell erhob sich und zwinkerte Autumn zu. „Acht abgehakt, noch drei übrig."

„Warte mal, was hat mit Nummer neun nicht gestimmt?"

„Sie könnte ein Date sein."

Autumn strahlte Wendell an und wackelte ihm mit ihren Fingern zu. Während sie ihm nachblickte, riss sie ein Räuspern aus ihren Gedanken.

„Hi, ich bin Patrick. Man hat im Kalender sogar einen Tag nach mir benannt." Er brüllte vor Lachen, während er sich setzte. „Du kannst mich Paddy nennen. Alle meine Freunde tun das."

„Oh, sind wir das schon?!" erwiderte Autumn.

Dann ließ sie die Welle des Lärms einfach über sich ergehen. Während sie automatisch auf die wenigen unbedeutenden Fragen antwortete, die ihr gestellt wurden, merkte sie, dass sie sich Hals über Kopf in einen Mann verliebt hatte, den sie nie auch nur im Entferntesten für interessant gehalten hätte. Der ehemalige Neandertaler vom Hood Canal hatte es geschafft, sich in den Saiten ihres Herzens zu verfangen.

*

Lena hatte mit leiser Belustigung registriert, dass Wendell und Autumn nach den Dating-Runden verschwunden waren. Die Organisatoren bemerkten es erst, nachdem alle sich mit mittelmäßigem Fingerfood vollgestopft hatten. Lena nahm sich vor, sollte sie in Wycliff eine ähnliche Veranstaltung lancieren, *The Bionic Chef* zu buchen. Catering-Koch Paul Sinclair, der auch einer der Eigentümer des gemütlichen französischen Bistro *Le Quartier* war, war bekannt für die außergewöhnliche Qualität seines Essens, und Lena würde dafür sorgen, dass ihre Kunden auf ihre Kosten kamen. Außerdem gab es noch ein weiteres Paar, dass daran interessiert war, seine kurze Bekanntschaft zu vertiefen.

Zwei von einem Dutzend – das war gewiss ermutigend für die Teilnehmer, die noch niemanden interessant gefunden hatten. Es zeigte, dass es machbar war. Einige buchten sofort das nächste Speed-Dating-Event. Nicht so Lena. Sie war hauptsächlich hergekommen, um die geschäftliche Seite zu beobachten. Keiner der Männer war so küssenswert erschienen wie … Lena hätte ihr früheres Ich immer noch dafür ohrfeigen können, dass es den süßen Mitch zurückgewiesen hatte. Denn er war wirklich süß gewesen. Und unglaublich wagemutig, wenn sie ehrlich war. Sie spürte immer noch, wie sein Finger ein Stückchen Obst aus ihrem Gesicht entfernte. Und später die weiche Festigkeit seiner Lippen auf den ihren, bevor sie ihn weggeschubst hatte.

Die Heimfahrt verlief ereignislos. Lenas Gedanken schweiften zu Nick. Sie hatte ihn angerufen, damit er am Montagabend vorbeikäme. Ihr Plan war soweit gelungen. Sie hatte einen langen Anruf getätigt, um zu sehen, ob die angedachte Partnerin willens sei, sich mit ihm zu treffen. Sie hatte ihn so gezeichnet, wie sie ihn gesehen hatte – reumütig und bemüht, ein verantwortungsvolles Mitglied der Gesellschaft zu werden. Sie hatte hinzugefügt, dass er seine Marke verkauft habe, und damit angedeutet, dass dies einige finanzielle Vermögenswerte bedeuten könne, und dass er gegenwärtig an ein Praktikum denke und daran, auf Lehramt zu studieren, während er jobbe. Ja, sie sei sich sicher, dass es ihm ernst sei.

In jener Nacht wälzte sich Lena in ihrem Bett herum. Sie war sich nicht sicher, ob es richtig war, was sie geplant hatte. Allerdings war es ja auch ihr Geschäft, Schicksal zu spielen. Und warum nicht dieses eine Mal einen Kunden einer echten Person zu präsentieren, anstatt ihn einen Stapel Ordner durchsehen zu lassen?!

Der Sonntag zog sich wie Kaugummi. Wycliff war natürlich malerisch. Aber Lena war nicht nach Schaufensterbummeln. Sie konnte sich kaum darauf konzentrieren, ihr eigenes Mittagessen zuzubereiten, und am Ende hatte sie Salz statt Zucker auf den French Toast zu streuen, auf den sie sich schon gefreut hatte. So typisch! Iih! Sie warf ihn weg, empört über sich selbst, und bereitete sich stattdessen ein Erdnussbutter-Gelee-Sandwich, da sie mit nur drei bereits fertigen Zutaten nichts falsch machen konnte. Nach dem Mittagessen ging Lena am Strand spazieren. Es war windig, und Regenwolken zogen vom Olympic-Gebirge herein. Auf dem Wasser waren Schaumkronen, und die einzigen Boote draußen waren die Fähren, die zwischen Wycliff und Vashon Island, Anderson Island und Bremerton verkehrten. Die Sonne bemühte sich sehr, durch die Wolken zu brechen, schaffte es aber nur mit ein paar vereinzelten Strahlen, die den Himmel kegelförmig streiften. Es war einer jener Tage, an denen Lena die Entscheidungen in ihrem Leben in Frage stellte. Sie war keine Jammerliese, aber manchmal machte ihr das Alleinsein zu schaffen. Besonders, nachdem Autumn sich wie vorhergesehen gut mit Wendell verstanden zu haben schien.

Auch die Abendstunden zogen sich in die Länge, und Sonntagnacht war wieder gefüllt mit wirren Gedanken und unruhigem Hin- und-Herwälzen. Umso besser war es, dass jemand sie am Montagmorgen sofort, nachdem sie ihr Büro geöffnet hatte, anrief und sie darum bat eine Hochzeitsfeier zu organisieren. Obwohl Lena deutlich machte, dass sie keine Hochzeitsplanerin sei, bestand die Dame darauf.

„Ich war bei einer Ihrer Valentinstags-Veranstaltungen im *Ship Hotel*, und es war perfekt. Sie kriegen das hin. Ich will etwas Außergewöhnliches für meine Tochter."

Und wer wollte das nicht, fragte sich Lena. Laut sagte sie: „Ich weiß, Ihr Vertrauen in mich zu schätzen. Aber ehrlich gesagt kann ich Ihnen nicht einmal eine Zahl nennen, was so eine Veranstaltung kosten würde."

„Nehmen Sie einfach von allem nur das Beste", sagte die Frau. „Meine Tochter ist es wert. Sie ist eine Prinzessin."

Oje, dachte Lena. Hoffentlich ist sie keines dieser verwöhnten Mädchen, die alles verhöhnten, was nicht gut genug war. Und hoffentlich wäre sie auch nicht enttäuscht, wenn das Leben sie künftig nicht immer wie eine Prinzessin behandelte. Manchmal war Zurückhaltung die bessere Option. Aber das war ihre private Meinung, die sie für sich behielt. Als Geschäftsfrau entschied sie sich natürlich gern für das Ausgefallene, wenn es denn machbar war.

Die Zeit verging rascher, als sie vorhergesehen hatte. Liste um Liste wurde geschrieben, Datei um Datei möglicher

Partner beim Hochzeits-Arrangement auf ihrem Desktop aufgerufen.

„Hi!"

Lena wurde aus ihrer Arbeitsroutine herausgerissen. Sie blickte auf und war einen Moment lang verwirrt. Dann flog ihr Blick zu der Uhr über ihrer Tür, und sie merkte, dass sie einfach so vertieft in ihr neues Projekt gewesen war, dass sie das Mittagessen vergessen hatte und, dass es Zeit für ihren Termin mit Nick war.

„Hi Nick", lächelte sie geschäftsmäßig. „Wie geht's dir?"

„Großartig! Bereit für den Kampf!" Nick merkte, dass seine Wortwahl nicht die beste für diesen Anlass sein mochte. „Tut mir leid, hab's nicht so gemeint. Ich meinte, ich bin so bereit wie irgend möglich und sogar irgendwie aufgeregt."

Lena nickte. „Gut. Lass mich nur meine Sachen wegpacken. Dann gehen wir los."

„Warte mal, kommt die Dame, mit der ich mich treffen soll, nicht hierher?"

Lena lächelte ihn diesmal nur geheimnisvoll an und sagte nichts. Sie bedeutete ihm, Platz zu nehmen, was er auch tat. Er sah ihr zu, wie sie den Computer herunterfuhr. Sie sortierte Aktenordner in drei verschiedene Stapel. Schließlich erhob sie sich, nahm sich ihren Mantel vom Garderobenständer und ging zur Tür. Auf der Schwelle wandte sie sich um.

„Kommst du nicht mit?"

„Oh doch, doch."

Lena schloss die Tür ab und ging auf die Treppe zu, die den Steilhang zur Oberstadt hinaufführte. Nick schloss sich ihr an.

„Nehmen wir nicht das Auto?"

„Kaum der Mühe wert", erwiderte Lena. „Sie wohnt da oben, und ein bisschen körperliche Bewegung ist weit besser für mich, als nach einem Parkplatz zu suchen."

Sie erreichten die Stufen und begannen hinaufzusteigen. Ausnahmsweise hielt Lena nicht auf dem halben Treppenabsatz inne, um den Blick zu bewundern, der sich dort zu eröffnen begann. Falls das möglich war, wurde ihr Schritt sogar noch energischer.

„Ich hatte nicht gewusst, dass du so viel Energie besitzt. Warum warst du damals in der Schule nicht im Leichtathletik-Team?" keuchte Nick.

„Weil man mich unbedingt in jedem Team haben wollte", erwiderte Lena mit vor Sarkasmus triefender Stimme. „Du scheinst aber ein wenig aus der Übung zu sein. Bist du dir sicher, dass du Sportlehrer werden willst?"

„Ich habe erst vor kurzem mein tägliches Fitnessprogramm wieder aufgenommen", gab Nick zu.

Sie hatten den kleinen Park auf der Plattform zwischen dem Leuchtturm und dem Bürogebäude des *Sound Messenger* erreicht. Letzteres besaß immer noch das Flair des Zuhauses, das es früher für den Besitzer von Wycliffs Zeitung, John Minor, gewesen war. Doch nachdem er seinem Lebenspartner nach Hollywood gefolgt war, war daraus ein bloßes Bürodomizil geworden. Chefredakteurin Julie Dolan und ihre Redakteurin Emma Wilde führten nun die Geschäfte in dem Gebäude. Es kamen auch regelmäßig freie Mitarbeiter herein. Lena kannte sie inzwischen alle ziemlich gut, denn normalerweise kam immer einer von ihnen, um bei ihren öffentlichen Veranstaltungen zu fotografieren.

„Bin ich passend angezogen?" fragte Nick aus heiterem Himmel.

Lena hatte ein Gespür für seine Besorgnis, als sie ihn hörte. „Alles in Ordnung", beruhigte sie ihn, ohne ihn auch nur anzusehen. Sie hatte ihm gesagt, er solle etwas Bequemes, nicht zu Elegantes tragen. Doch als er vorhin in ihrem Büro aufgekreuzt war, hatte er ein wenig verklemmt in seinem Hemd mit Krawatte unter der Lederjacke ausgesehen. Designer-Jeans und offenbar teure Turnschuhe rundeten ab, was er anscheinend als passend empfand. Nun, er hatte schon recht – es sah freizeitmäßig aus. Nur ein wenig zu modisch.

Lena bog in die Lighthouse Lane ein, die am Steilhang entlang verlief und zu beiden Seiten meist alte Cottages sowie an ihrem Ende einen winzigen Park hatte. Falls man denn ein handtuchgroßes Stück Rasen mit einer Bank einen Park nennen konnte.

„Wohin führst du mich überhaupt? Kenne ich sie? Ich meine, sie ist nicht *sehr* viel jünger oder älter als ich, oder?"

„Sie ist in unserem Alter."

„Ist sie dann neu in der Stadt?"

„Du wirst es schon sehen."

Lena wurde immer angespannter, als sie ihr Ziel erreichten, ein hellblau verschaltes Haus mit einer kleinen Veranda und einem eingezäunten Vorgarten. Ein gelber Retriever, der auf der untersten Stufe lag, erhob sich und begann zu bellen.

Die Haustür öffnete sich. Ein kleiner, sehr blonder Junge in Jeans und Sweatshirt rannte heraus.

„Halt die Klappe, Buster!" Er nahm den Hund beim Halsband. Dann sah er Lena und Nick am Törchen und wandte sich zur noch immer offenen Tür um. „Mom!"

Lena öffnete das Törchen und schubste Nick sanft vor.

„Aber das ist ja das Zuhause von Ashleys Eltern!" sagte Nick leise und starrte Lena in die Augen. „Ich dachte, ich würde ein potenzielles Gegenstück für mich treffen."

„Hast du das Kind gesehen?"

„Klar hab' ich das. Warte!"

Doch Lena hatte sich bereits umgedreht und schloss das Törchen zwischen sich.

„Nick!" Ashley lehnte in der Tür. Sie lächelte nervös, aber ihre Augen waren voller Hoffnung. „Es ist schon ein Weilchen her. Warum kommst du nicht herein und lernst deinen Sohn Jackson kennen?"

Das Letzte, was Lena sah, als sie über die Schulter blickte, war, dass Nick die Veranda betrat, sich über den Jungen beugte und ihm den Kopf tätschelte, während er Ashley umarmte.

„Mission erfüllt", murmelte Lena. „Wenn man bedenkt, dass sie das auch gleich hätten haben können!"

*

Aus Loretta Franklins Tagebuch:

Seattle, die Smaragdene. Oh, wie ich sie liebe und zugleich hasse! In den letzten Jahrzehnten ist sie riesig geworden und hat eine Unterwelt entwickelt, der mir Gänsehaut verursacht. Es ist nicht mehr die Stadt, an die ich mich erinnere, mit Parks, die man gern erkundete und in denen man saß, mit Straßen, die man mit verträumtem Blick entlanglief, wobei man die Fassaden hinaufblickte und Details betrachtete, die Architekten rein zur Verschönerung angebracht haben. Selbst, wenn man versucht, die dunkle Seite zu vermeiden, ist sie heutzutage allgegenwärtig. Es gibt Menschen, die Dämonen anschreien, die nur sie sehen können. Andere setzen sich offen in Hauseingängen, in Parks Drogen. Die halbe Innenstadt scheint ihre Geschäfte verloren zu haben, entweder wegen der Kriminalität oder aufgrund von Neubauplanungen. Wo ist die Stadt, die ich einst rückhaltlos liebte?

Wenn ich die Erschütterten und Verstörten ignoriere, fühle ich mich wie ein schlechter Mensch. Denn man kann nicht ignorieren, was da schiefläuft. Andererseits, wenn ich mich nur darauf konzentriere, wird das, was noch von der Schönheit übrig ist, ebenfalls ignoriert – und das ist auch unfair. Also sehe ich einerseits, welche Reichtümer man kaufen kann, und andererseits, welche Bedürftigkeit besteht. Ich sehe den unermüdlichen Einsatz, den manche Menschen ihrer Karriere und ihrem Erfolg widmen, während andere sich völlig aufgegeben haben. Ich sehe Kunst und Dreck. Ich rieche das Appetitliche und das Ekelerregende. Und in dieser seltsamen Mischung von Wahrnehmungen erzählt uns der Busfahrer von Fiktion auf der Leinwand, was alles noch surrealer macht.

Jolie ging also am Alki Beach spazieren, und Hanks spielte auf jenem Hausboot – sie waren vermutlich gut von dem Menschen rundherum abgeschirmt. Ich stelle mir abgesperrte Areale vor, vielleicht sogar Polizei, die die Orte absichert. Sie sind vermutlich nie irgendwohin gegangen, außer an sichere Orte, und pendelten nur zwischen ihren Hotels und den Drehorten. Der Fahrer erwähnte ein Obdachlosen-Camp im Jolie-Film – ich frage mich, ob es auch nur annähernd so aussah wie die, an denen man vorbeifährt.

Ah, Seattle! Wir sind in einem der besten Hotels der Innenstadt untergebracht, und Tay und ich beschlossen, den Abend mit einem Picknick im Gras beim International Fountain zu genießen. Wir nahmen die Monorail, um dorthin zu kommen, und gingen die kurze Entfernung von der Armory zu Fuß, wo wir es uns gönnten, an verschiedenen Ständen Essen auszusuchen. Ich fühlte mich ein wenig wie diese französischen Frühstücksleute im Park, die Monet gemalt hat. Die mit den angezogenen Damen.

Nicht die, die Manet gemalt hat. Witzig, dass Tay dasselbe äußerte.

Wir sahen Hunden und kleinen Kindern zu, die Freude an den aufsteigenden Fontänen hatten. Ein Saxophonist spielte beliebte Melodien, begleitet von einem Kassettenrekorder. Es passte irgendwie perfekt zu meiner romantischen Stimmung. Wir stopften uns bis zum Anschlag mit Pizza, Kebab und einem chinesischen Reisgericht, das wir uns teilten.

Und dann teilte ich Tay mit, dass ich hier im pazifischen Nordwesten bleiben würde. Für immer. Keine Diskussionen mehr mit meinen Töchtern.

Morgen übernachten wir im „Gull's Nest" in Wycliff. Ich hätte heimgehen können – nicht weiter als ein paar Blöcke entfernt. Aber ich möchte dies eine Mal meine Heimatstadt wie ein Tourist erleben. Tay fragte mich ganz sanft, ob es in Ordnung sei, dass er die Buchung in diesem Bed and Breakfast geändert habe. Wir hätten zwei Einzelzimmer gehabt; er hatte bereits angerufen und um ein Doppelzimmer gebeten. Ich bin ganz aufgeregt und gleichzeitig nervös. Als er mich zum letzten Mal halb ausgezogen sah, war ich ein Teenager.

„Ich möchte dich nur halten", sagte Tay.

„Ich möchte vielleicht ein bisschen mehr", forderte ich ihn heraus.

Er lachte. „Weißt du, wie wundervoll es ist, dass Liebe so viel mehr ist als das, was wir damals dafür hielten?"

Er hat natürlich recht. Und es ist Liebe. Erneut die ersten zarten Triebe. Wir haben einander verloren und einander fast ein ganzes Leben später wiedergefunden. Unterwegs haben wir uns und andere verletzt, wir wurden verletzt. Wir haben viel gelernt, auf die sanfte und die harte Tour. Wir haben gewonnen und verloren. Wir sind jetzt weiser. Sind wir das wirklich? Vielleicht machen wir uns zu alten Narren. Aber letztlich ist es besser, als glückliche Narren zu leben denn als weise Nörgler. Das Leben ist zu kurz, um das Gute darin anzuzweifeln.

11

VILLA HAMMERSTEIN, WYCLIFF

FILM: „THE CALLING"

IN DEN HAUPTROLLEN: BRUCE BERWIN & ZELDA WINFREY

Als eine der ältesten Städte des Bundesstaats Washington hat es sein viktorianisches
Geschäftsviertel fast vollständig erhalten. Die Villa in der Oberstadt ist das historische
Museum der Stadt und dient im Film als Captain William Rentons Haus. Eine der
bekanntesten Szenen ist eine Gartenparty, in der die beliebte Kinderdarstellerin Heather
White, die nun auch Wyclifferin ist, ihr liebenswertes Filmdebüt gab. Einkaufen in der
Unterstadt und Gutscheine für ein Abschiedsessen im „Ship Hotel" oder im „Le Quartier".

(Autumn Rains Tour „Drehorte in West-Washington")

„Sie ahnen ja nicht, was ich gestern Abend drüben beim Haus der Masons gesehen habe!"

Die alte Mrs. Morgan, die den Ruf hatte, eine von Wycliffs stadtbekannten Klatschtanten zu sein, flüsterte laut genug, dass die anderen Kunden in *Dottie's Deli* sie hören konnten und die Ohren spitzten. Der deutsche Feinkostladen war heute mehr als gut besucht, wie immer während der Adventssaison. Der ganze Laden duftete nach Zimt, Lebkuchen und Adventskränzen; Letztere waren von Kitty Hayes vom *Flower Bower* kreiert worden. Eine der großen Attraktionen des Geschäfts der gebürtigen Deutschen Dottie McMahon war die Feinkosttheke mit scheinbar endlosen Varianten von Würsten, die zu Aufschnitt würden, kaltgeräuchtem Schinken und europäischen Käsesorten.

Es stand eigentlich immer eine Schlange von Menschen davor, die mehr oder weniger geduldig warteten, bis sie an die Reihe kamen.

Sabine, die dralle Verkäuferin, die Mrs. Morgan an der Wursttheke bediente und ihr gerade ein drittes Päckchen mit einer pharmazeutischen Dosis Aufschnitt zugeschoben hatte, genau wie die beiden, die sie vorher gepackt hatte, war nahe daran, die Geduld zu verlieren. War es nicht genug, dass der Vorgang, ihr minimale Mengen auszuhändigen, sie fast genauso viel Zeit kostete, als wenn sie ein Pfund von allem gekauft hätte? Dass sie die ganze Schlange hinter sich aufhielt? Und alles nur, um Aufmerksamkeit zu erhalten!

„Was?" fragte eine Kundin hinter Mrs. Morgan, und Sabine stöhnte innerlich.

„Einen Moment", erwärmte sich Mrs. Morgan für die andere alte Frau. Dann wandte sie sich Sabine zu: „Und einen Zentimeter von Ihrer groben Leberwurst bitte."

„Mrs. Morgan, das lässt sich ganz schlecht schneiden und wird überall aus der Pelle herausquellen. Dürfte ich Ihnen wenigstens zweieinhalb Zentimeter abschneiden?"

„Es klappt immer bei den anderen Streichwürsten."

„Das liegt daran, dass die nicht stückig sind, und auch dann ist es nicht leicht, die Pelle darum zu behalten."

Mrs. Morgan wedelte mit offensichtlicher Verachtung die Hand. „Tun Sie, was Sie tun müssen, obwohl Sie mir nicht in Rechnung stellen sollten, was ich überhaupt nicht bestellt habe."

Dottie McMahon, klein, großherzig und heute in einer gepunkteten roten Bluse zu ihren Bluejeans, arbeitete an der Kasse. Sie hörte den Wortwechsel durch den ganzen Laden und musste fast laut auflachen. Als ihre einst schlimmste Kundin, Angela Fortescue, endlich aufgehört hatte zu mäkeln und ein richtiger Schatz geworden war, war sie durch jemanden ersetzt worden, der noch schlimmer schien, eine Nörglerin *und* Klatschbase. Wenn sie sich genau erinnerte, hatte sie eines Tages sogar versucht, das Gerücht zu streuen, dass es einen Geist in der alten Villa Hammerstein gebe, als sie von der Kuratorin des historischen Museums begutachtet worden war. Gott sei Dank waren die Wycliffer zu bodenständig gewesen, um ihren Worten Glauben zu schenken. Worum würde es also jetzt gehen? Dottie erwischte sich dabei, wie sie sich seitwärts lehnte, um Mrs. Morgans Worte mitzubekommen.

„Nun, erinnern Sie sich noch daran, wie entsetzt wir alle waren, als Ashley Mason Mitch Montgomery heiratete, weil sie es musste? Schwangerschaft und so? Sie zog hoch nach Seattle, um dem Klatsch zu entgehen. Aber ab und zu besuchte sie ihre Eltern und brachte ihren kleinen Jungen mit. Na, und dann wurde ihr Kind zu einer Mini-Version dieses Highschool-Football-Quarterbacks. Naja, sie ist zu ihren Eltern zurückgezogen mit dem Kind und ohne den Montgomery-Jungen, armer, betrogener Kerl. Und nun raten Sie, was?!"

„Was?!" ermunterte sie jemand sofort.

„Gestern Nachmittag ist dieser Football-Typ mit der Kupplerin von *Heart2Heart* an meinem Haus vorbeigegangen. Ich stand zufällig am Küchenfenster."

„Als wäre ‚zufällig' das richtige Wort dafür", murmelte Dottie vor sich hin. „Jedermann weiß doch, dass sie allem hinterherspioniert, was vor sich geht, egal, wo sie ist. Sie hat vermutlich hinter den Vorhängen gelauert."

„*Sie* öffnete das Törchen für ihn, und dann kam das Mason-Mädchen aus dem Haus. Vermittlerin hat ihn den Krokodilen zum Fraß überlassen."

„Was ist dann passiert?"

„Sagen wir so viel: Sie kamen erst bei Beginn der Dämmerung wieder aus dem Haus. Ich sah sie, weil der verwünschte Hund der Masons nicht aufhörte zu bellen. Ich musste nachsehen, ob alles in Ordnung sei."

„Und ich wette, der Hund bellt Dutzende Male am Tag", sagte Dottie leise, während sie einige Dinge für eine Kundin einscannte, die einen Korb voll Kinderschokolade, Schachteln mit Nürnberger Lebkuchen und deutsches Bier auf die Theke gestellt hatte. „Haben Sie Besuch, Mrs. Parkinson?"

„Die Familie meines Sohnes kommt übers Wochenende. Ich möchte sie mit etwas Deutschem verwöhnen."

„Und das sind wirklich Leckerbissen."

Inzwischen hörte Dottie, wie Mrs. Morgan alle Details über einen leidenschaftlichen Abschied zwischen Ashley Mason und Nick Cartwright am Gartentor der Masons schilderte. „Ich sage Ihnen, der junge Mann wird endlich seinen Sohn anerkennen und das Mädchen doch noch zu einer ehrbaren Frau machen."

Ein paar Augenblicke später tauchte Mrs. Morgan mit sieben Päckchen auf, von denen jedes kaum einen Dollar kostete. Dottie seufzte unhörbar. Manchmal sollten die Leute sich dessen bewusster sein, welche Wirkung Verpackungsmaterial auf die Umwelt hat, dachte sie. Thora Byrd Thompson, die aktivistische Frau des Bürgermeisters von Wycliff, schlug schon lange vor, dass die Leute ihre eigenen Tupper-Behälter an die Theke mitbringen und den Aufschnitt direkt hinein erhalten sollten. Leider hatte Dottie ihr aber sagen müssen, dass dies verboten sei, weil hygienische Maßnahmen beachten werden mussten. Vielleicht gäbe es in einer weit entfernten Zukunft so eine Möglichkeit; inzwischen müssten sie alles in nicht recyclebares beschichtetes Papier wickeln.

„Aber all diese Coffee-to-go-Läden dürfen die Tassen benutzen, die ihre Kunden mitbringen", hatte Thora betont.

„Und erzähl' das den zuständigen Behörden. Die werden dir sagen, dass man, obwohl beides Obst ist, nicht Äpfel mit Birnen vergleichen kann", hatte Dottie erwidert.

„Was denken Sie über Ashley Mason und Nick Cartwright?" fragte Mrs. Morgan Dottie aus heiterem Himmel. „Werden sie heiraten?"

„Sagen *Sie*'s mir", schlug Dottie mit unverbindlichem Lächeln vor. „Es scheint, als kennen Sie alle feineren Details."

„Oh, das ist gar nichts", sagte Mrs. Morgan eifrig. „Ich kann mir gut vorstellen, dass dieses Mason-Mädchen dringend einen Vater für seinen Sohn möchte. Besonders, wo er dem Cartwright-Burschen so ähnelt."

„Fantasie ist nicht mein stärkstes Talent", wich Dottie aus. „Das sind acht Dollar und ein Cent."

„Sie meinen, Sie geben mir einen Dollar und 99 Cents zurück?"

„Das kommt so heraus."

„All dieses nervige Kleingeld."

„Viele wenig ergeben ein Viel", stellte die immer praktische Dottie fest.

„Sie könnten mir stattdessen zwei Dollar herausgeben."

„Ich fürchte, das ist nicht möglich", blieb Dottie fest. „Das Sprichwort gilt für beide Seiten."

„Aber es ist doch nur ein Cent."

„Wer den Pfennig nicht ehrt, ist des Talers nicht wert."

Mrs. Morgan seufzte. „Sie sind ziemlich unerbittlich, Mrs. McMahon."

Dottie lächelte munter. „Manchmal braucht es das, um ein Unternehmen zu erhalten."

*

Mitch sah die Anzeigen der *Seattle Times* noch einmal durch. Nichts, das irgendwie für seine Pläne bezahlbar war. Die

Mieten für Geschäftsflächen waren noch höher als zu dem Zeitpunkt, an dem seine Scheidung vollzogen war und er sich hatte überlegen müsse, wie er über die Runden käme. Jetzt, wo er wieder etwas erreichte und seine Computer-Firma *Clever & Clean* stationär aufmachen wollte, sah er sich wieder vor ein Problem gestellt.

Er vergrub das Gesicht in seinen Händen. Wann würde das Leben aufhören, ihm unüberwindbare Hindernisse in den Weg zu werfen? Aber waren seine Herausforderungen wirklich unüberwindbar gewesen? Und wenn er sie nicht in den Griff bekommen konnte, konnte er sie nicht vielleicht umgehen? Sie ignorieren? Einen anderen Pfad Wählen? Warum musste es Seattle sein, wenn ein Unternehmen, das Computer reinigte und programmierte, so ziemlich überall gefragt wäre?

Mitch starrte sein Telefon an, als würde das Anstarren jemanden mit einer Lösung anrufen lassen. Natürlich war das nicht der Fall. Niemand rief an. Niemand wartete ausgerechnet auf Mitch. Er war auf sich gestellt. Nach all diesen verschwendeten Jahren mit einer Frau, die ihn nicht liebte, und einem Sohn, der nicht der seine war, stand er da, wo er hatte sein wollen. Und trotzdem fühlte es sich nicht richtig an. Denn, wenn er ehrlich zu sich selbst war, wäre er nicht auf Ashleys Manöver hereingefallen, hätte er inzwischen eine Familie gehabt. So wie Wendell. Nur, dass Wendell jetzt seine zweite Familie aus ganz anderen Gründen gründete. Er und Autumn schienen einander sehr zu lieben, und die kleine Laurie hatte Autumn als Freundin ihres Vaters und als ihre Ersatzmutter akzeptiert. Manchmal spürte Mitch einen leisen Anflug von Eifersucht. Nicht, weil er Autumn gern für sich selbst gehabt hätte. Das hatte er nie. Er hatte sie nur als gute Freundin gemocht. Sondern, weil er ihnen ihr Glück neidete. Er wollte auch so etwas, und wenn er sich das zugab, fühlte er sich noch miserabler.

Madge hatte ihren Platz im Restaurant des Resorts gefunden und fühlte sich in ihrer kleinen Hütte auf dem Gelände zu Hause. Sie baute ein Team in ihrer Küche auf und hatte anscheinend die alte Speisekarte revolutioniert und einen Geheimtipp für Gourmets geschaffen. Sie hatte sogar ihre Zigaretten aufgegeben, weil sie nicht wollte, dass Laurie oder die Kinder der Gäste sie das Zeug genießen sahen. Sie hatte angefangen, ein Kochbuch zu schreiben – gar eines für Hundekuchen und Katzenleckerlis. Ihre einst niedergeschlagene Erscheinung hatte sich seit dem letzten Wiedersehen mit Mitch sehr verbessert. Verschwunden war das regenbogenfarbene Haar, und sie schien, ihre Mausfarbe mit ein paar grauen Strähnen voll Stolz zu tragen.

Mitch ließ seine Gedanken zurück zu seiner Zeit in Wycliff schweifen. Diese Stadt war immer ein Wohlfühl-Ort gewesen. War sie das wirklich? In der Schule war er immer als der Sonderling behandelt worden, der nun einmal war. Aber damals hatte er sich gewissermaßen daran gewöhnt. Sogar bis an den Punkt, dass er sich damit wohlgefühlt hatte. Ein Sonderling zu sein, definierte ihn und ließ ihn aus der Menge hervorstechen.

Da war auch Lena gewesen. Der andere Sonderling. Autumn hatte ihm erzählt, wie erfolgreich sie inzwischen war. Und wie ausgesprochen hübsch. Er seufzte. Waren alle seine Wünsche außer Reichweite?

Ohne wirkliche Hoffnung blickte er in die vermischten Anzeigen des *Sound Messenger* auf seinem Desktop. Er war halben Wegs durch die Immobilienanzeigen, als eine ihn wie ein Schlag aufs Auge traf. Eine kleine Büro-Suite in einem Geschäftsgebäude in der Back Row war genau in der Preislage, die er sich selbst gesetzt hatte. Die Telefonnummer gehörte Hunter Madigan, Wycliffs Maklerin bei *Sound Decisions Real Estate*, eine Dame mit Bodenhaftung, die zahlreichen der besten Wycliffer geholfen hatte, ihre Geschäftsimmobilie oder ihr privates Zuhause zu finden. Mitch holte tief Luft. Es war beinahe schon Büroschluss. Also durfte er nicht zweimal darüber nachdenken. Mit zitternden Fingern wählte er die Nummer. Hunter nahm nach zweimaligem Klingeln ab.

Mitch erklärte, er habe ihre Anzeige online gefunden. „Ist es noch zu haben?"

„Ja", erwiderte Hunter. Ihre Stimme klang kratzig. „Entschuldigung. Boese Erkältung – und so kurz vor Weihnachten. So ein Mist. Aber man kriegt sie sowieso nie zu einem guten Zeitpunkt, stimmt's?"

„Nie", lachte Mitch.

„Sie möchten sicher das Büro sehen, bevor Sie einen Mietvertrag unterzeichnen. Wann wäre es Ihnen möglich vorbeizukommen, damit ich Ihnen alles zeigen kann?"

„Jetzt", scherzte Mitch. „Kleiner Scherz. Ich bin so begeistert, weil das genau nach dem klingt, was ich mir vorgestellt habe."

„Wie lange brauchen Sie, um hierher zu kommen?" nahm Hunter ihn beim Wort.

„Wie?! Sie meinen das ernst?"

„Meine Bürozeiten sind flexibel. Ich kann an etwas anderem arbeiten, während ich auf Sie warte."

„In einer Stunde dann? Ist das machbar?"

„Absolut."

Als Mitch auflegte, reckte er eine Faust in die Luft. Wer sagte, dass er, Mitch Montgomery, nicht doch ein Gewinner war? Wenn er heute Abend den Mietvertrag unterzeichnen konnte, konnte er zu Beginn des neuen Jahres sein Unternehmen eröffnen. Stückchen für Stückchen gelangte er dahin, wo er sein wollte, bevor er zu alt wurde.

*

Autsch!

Lena hatte die Zange, mit der sie Heftklammern aus der Decke ihres Agenturfensters entfernte, auf ihren linken großen Zeh fallen lassen. Es tat weh. Ihre Finger schmerzten ebenfalls. Es war dumm gewesen, da oben Mistelzweige anzutackern. Ihr Nacken war verspannt vom Hochsehen. Aber am Abend vor Thanksgiving hatte die Idee so passend geschienen. Jetzt, einen Tag nach Weihnachten, musste sie ihre Schaufensterdekoration wieder ändern. Obwohl die Weihnachtssaison bis 6. Januar dauerte, wenn man das Weihnachtslied „Twelve Days of Christmas" wortwörtlich nahm. Die Mistelzweig-Bündel waren immer noch prächtig mit ihren glänzenden Blättern und den weißen Beeren. Einige waren größer, andere kleiner, und manche trugen unten rote Schleifen.

Mistelzweige. Lena seufzte, während sie ihren schmerzenden Zeh rieb und hinausblickte. Der Gehweg war leer, da die Back Row eine der weniger frequentierten Straßen in der Unterstadt war. Die Ironie traf sie wie ein Schlag in den Magen. Hier hatte sie Dinge dekoriert, unter denen Menschen einander zu küssen pflegten – und doch, wann hatte sie ihren letzten Kuss bekommen? Lena dachte nicht an den spitzlippigen Kuss, den ihre verwelkende Großtante jedes Wochenende auf die Wange gab, wenn sie sie pflichtbewusst im Pflegeheim aufsuchte. Oder an die Luftküsse, die sie mit ihren Freunden tauschte – inzwischen waren fast alle verheiratet und manche von ihnen dank ihrer cleveren Vermittlung. Selbst Autumn befand sich auf dem Weg zum Altar. Lena würde irgendwann nächsten Sommer die Trauzeugin sein. Das Datum musste noch festgelegt werden.

Wenn sie ehrlich war, war keiner der Küsse, die das eine oder andere Date in den letzten Jahren an ihr versucht hatte, so unvergesslich gewesen wie der eine an ihrer Schulabschluss-Party im Bürgerzentrum. Mitch hatte ihre Lippen berührt, als sie noch von keinem anderen berührt worden waren. Ihre waren rissig gewesen, aber seine so weich wie Samt. Fest. Mit einem winzigen, kratzigen Kitzeln von seinem damals spärlich wachsenden Bart. Unweigerlich hatte sie die Augen geschlossen, bevor sie ihn weggeschubst hatte und geflohen war. Sie war aus dem Gebäude gerannt und am Jachthafen gelandet, japsend ob der Wirkung, die seine Handlung ausgelöst hatte. Ihr Gesicht war gerötet vor Aufregung und Verlegenheit zugleich.

Wie lange war es her, dass Lena gemerkt hatte, dass sie nur Mitch wollte und noch einen *seiner* Küsse? Doch die Partys in der Stadt waren gekommen und gegangen, und Mitch hatte sich nie wieder auf ihnen gezeigt. Natürlich hatte sie von seiner Heirat mit Ashley gehört. Dann von ihrer und Mitchs Scheidung. Er war wieder zu haben. Aber sie hatte nichts von ihm gehört, außer durch Autumns vage Bemerkungen, die mehr nach Neckerei klangen.

Hier war sie also, ausgerechnet die Inhaberin einer Partnerschaftsvermittlung. Sie war von Anfang an erfolgreich gewesen. Und es hatte sich herumgesprochen. Die Einsamen und Sehnsüchtigen strömten durch ihre Tür, ließen sie ihr Gesicht pudern und das Haar auflockern, erzählten ihre Träume von ihrem idealen Partner einer Videokamera, der Blick verträumt, das Lächeln unsicher und wackelig oder allzu selbstbewusst. Sie hatte die Daten später an ihrem Büro-Schreibtisch verglichen, zuerst indem sie einen schweren Aktenschrank benutzte, der sich nie zu leeren schien, dann per Computer der die Daten abglich. Auch die Schaufensterdekoration hatte stets geholfen. Und um diese Jahreszeit, wenn niemand die Feiertage allein verbringen wollte, waren ihre Partys der einsamen Herzen im *Ship Hotel* oder an anderen Veranstaltungsorten ein Hit …

Misteln zu verkaufen. Lena verzog das Gesicht, während sie versehentlich auf ein Bündel am Schaufensterboden trat. Sie hatte auch Bilder von all den Paaren aufgehängt, die sie im Laufe der Jahre zusammengebracht hatte. Nicht nur die Bilder der attraktiven paare, sondern auch die der Unscheinbaren, der Fehlerhaften, der scheinbar Unpassenden.

Dieser eine Kuss.

Draußen hatte es angefangen zu schneien. Flocken taumelten durch die konischen Strahlen der Straßenlaternen, zuerst langsam, zweifelnd. Indem sie andere fanden, erzeugten sie einen Tanz, einen Wirbel, ein hypnotisierendes Durcheinander. Diese Nacht war perfekt für Romantik, wenn man einen Partner hatte.

Lena schnappte sich noch einmal die Zange und attackierte eine besonders hartnäckige Heftklammer in der Decke. Als sie sie herausgezogen hatte und ihren Nacken wieder entspannte, traf ihr Blick durch die Scheibe auf den eines Mannes draußen. Ihr Mund öffnete sich, und ihre Zange fiel mit einem dumpfen Laut zu Boden. Ihr Herz hüpfte in ihre Kehle, und ihre rechte Hand umklammerte ihren Blusenkragen. Sie hätte diese Augen überall erkannt, diesen Mund, diesen leicht widerspenstigen Haarschopf. Sie hörte sich einen kleinen Laut von sich geben, bevor sie durch die Öffnung des Fensterhintergrunds stürmte, immer noch einen Mistelzweig haltend. Sie merkte erst, dass sie keine Schuhe trug, bis ihre Füße in die dünne Schneedecke sanken, die sich inzwischen angesammelt hatte.

„Mitch?" rief sie dem Mann hinterher, der sich bereits abgewandt hatte und langsam auf die nächste Ecke zuging. „Mitch!"

Er hielt an und wandte sich um, Zweifel in seinen Augen. Lena rannte jetzt. Ihr Haar glänzte im Schein der Straßenlaternen.

„Mitch", keuchte sie, als sie ihn erreichte. „Wie kommt es, dass du hier bist?"

„Ich wohne wieder in Wycliff."

„Wirklich?"

„Ja. Ich schätze, du hast wohl durch Autumn von meiner Scheidung erfahren."

„Ja." Lena merkte, dass ihr jegliche Worte fehlten, die einen Sinn ergaben. „Ähm, aber was genau machst du hier in der Back Row?"

„Ich habe jetzt hier ein Büro gemietet. Es liegt zufälligerweise deiner Agentur genau gegenüber."

„Wirklich? Wie wundervoll! Dann sind wir jetzt Nachbarn."

„Scheint so."

„Warum bist du nicht hereingekommen und hast Hallo gesagt?"

„Es ist schon Feierabend", erinnerte er sie. „Und ich war mir nicht sicher, wie willkommen ich nach unserer letzten Begegnung sein würde."

Lena wurde rot. „Das ist schon eine Ewigkeit her. Ich war damals so dumm." Sie hielt den Mistelzwei hoch. „Meinst du, das könnte funktionieren?"

Seine Augen zogen sich fröhlich zusammen. „Es gehören immer zwei dazu."

„Ich werde dich diesmal nicht wegschubsen."

„Dann bin ich mir ziemlich sicher, dass es funktioniert."

Ganz vorsichtig verringerten sie ihren Abstand. Ihre Arme schlangen sich unbeholfen um den anderen. Ihr Atem dampfte auf, verschmolz, als ihre Gesichter sich berührten, ihre Lippen sich trafen. Lena spürte, wie ihr die Knie weich wurden, während sie die Augen schloss. Mitch schwanden irgendwie die Sinne, bis Lena ihr Gesicht sanft von seinem ein wenig entfernte. Erst da bemerkte er, wie sehr er diesen Kuss gebraucht hatte.

„Es tut mir leid", flüsterte Lena. „Ich bin darin nicht gut."

„Was?!"

„Ich meine, du musst so viel Besseres gewohnt sein. All die Jahre …" Lena versuchte, sich aus Mitchs Umarmung zu winden.

„Warte. Warte! Es war großartig, okay? Küssen ist kein Wettbewerb der Fähigkeiten. Hat es dir nicht gefallen?"

„Schon, aber …"

„Dann lass es uns noch einmal tun." Mitch zog sie erneut an sich. Dieselbe Wirkung. Lena brachte ihn um. Gott sei Dank nicht buchstäblich. Aber liebe Güte, sie ließ ihn sich fühlen wie …

„Nehmt euch ein Zimmer, Leute", riefen ihnen ein paar Passanten scherzhaft zu.

Lena errötete und entzog sich. Sie begann zu zittern.

„Hast du schon zu Abend gegessen?" fragte Mitch heiser.

Sie schüttelte den Kopf. „Ich muss zurückgehen", sagte sie zwischen klappernde Zähne hindurch und deutete nach unten. „Keine Schuhe."

Mitch sah sie ungläubig an. Dann schnappte er sie sich einfach, hob sie sich über eine Schulter und trug sie zurück zu ihrem Büro. „Ich kann nicht glauben, dass du einfach so losgelaufen bist!"

„Ich wollte dich nicht nochmal verlieren", verteidigte sich Lena. „Ich hatte keine Ahnung, dass du von jetzt an auf der anderen Straßenseite sein wirst." Sie schlüpfte in ihren Mantel, zwängte ihre Füße samt nassen Socken in ihre Stiefel und knipste das Licht aus. „Wohin jetzt? Zu dir oder zu mir?"

Mitch lachte leise. „Ich dachte immer, dass sei der Satz den ein Mann sagen muss, um dann abserviert zu werden." Lena errötete und kämpfte mit dem Schlüssel an der Eingangstür. Mitch sah ihr mit leisem Lächeln zu, wie sie ihre Verlegenheit verbarg. „Zu mir", entschied er. „Es ist auch nicht weit. Nur ein

Wohnschlafzimmer in den Apartments am Fähr-Terminal. Bis ich mir was Besseres leisten kann."

Sie gingen weiter, händchenhaltend, sprachlos, bis sie seine Wohnung erreichten. Sie stiegen die rutschige Treppe bis zum ersten Absatz hinauf, und Mitch ließ sie ein. Es war ein gemütlicher, kleiner Raum. Mitch besaß nicht viel, aber was er sich seit der Scheidung zugelegt hatte, wirkte bequem und zeitlos.

Mitch ging an eine Kommode, zog etwas aus einer Schublade und reichte es Lena. „Socken und ein Gästehandtuch. Du musst deine Füße abtrocknen. Ich kann Silvester nicht mit dir feiern, wenn du eine hässliche Erkältung hast."

Lena beschäftigte sich mit ihren Stiefeln. „Möchtest du, dass ich dir in der Küche helfe?"

„Ich mach das schon. Sei auf was ziemlich Leichtes gefasst – Hähnchenspieße mit meinem Spezialsalat."

„Klingt köstlich."

„Darauf kannst du wetten."

„Hast *du* je irgendwelche Küchendesaster produziert?"

„Das passiert jedem Koch ab und zu", gab Mitch zu.

„Mir passiert es ständig", stöhnte Lena.

„Vielleicht versuchst du zu sehr, alles perfekt zu machen. Manchmal solltest du dich einfach entspannen und es genießen. Es kann Spaß machen, weißt du? Genau wie das Küssen."

Lena kicherte nervös. „Meinst du, ich werde es je richtig hinkriegen? Zu entspannen, meine ich."

„Lady, du hast dir den entspanntesten Mann in Wycliff ausgesucht. Es wird dich anstecken."

Am nächsten Morgen war der Schnee weggeschmolzen. Die Agentur blieb geschlossen; ihr unordentliches Schaufenster gab den wenigen Passanten ein Rätsel auf. Inzwischen ging Lena Seite an Seite mit Mitch die Main Street hinauf und verteilte Mistelzweige an verwirrte Fremde, denen sie zufällig auf ihrem Weg in ein neues Jahr begegneten, das endlich Reibungslosigkeit verhieß.

Rezepte

Autumns Pasta Bolognese

(2 Portionen)

Olivenöl zum Braten

½ Zwiebel, fein gehackt

1 Knoblauchzehe, fein gehackt

2 Selleriestangen, fein gehackt

6-8 Babymöhren in dünnen Scheiben

2 EL Pancetta, fein gehackt

250 g Rindergehacktes

1 kleine Dose fein gewürfelter Tomaten

1 EL Rinderbouillon-Pulver

250 ml Wasser

250 ml trockener Weißwein

1 Lorbeerblatt (optional)

Getrockneter Oregano, getrocknetes Basilikum, Salz und Pfeffer
nach Greschmack

200 g Pasta

1 TL Salz

Zwiebeln, Knoblauch, Sellerie und Möhren bei mittlerer Hitze
braten, bis sie leicht weich sind.

Pancetta hinzufügen und drei Minuten weitergaren lassen.

Gehacktes hinzufügen und unter Rühren krümelig garen.

Tomaten, Brühe, Flüssigkeiten und Lorbeerblatt hinzufügen. Abschmecken.

Mindestens zwei Stunden lang köcheln lassen. Vor dem Servieren Lorbeerblatt entfernen.

Einen 4-Liter-Topf zu 2/3 mit Wasser füllen und zum Kochen bringen. Salz ins kochende Wasser hinzufügen, Pasta hinzufügen und so lange kochen, bis die Nudeln al dente sind. Abgießen.

Tipp: Nie dem Nudelwasser Öl zugeben – es macht die Nudeloberfläche glatt, sodass die Sauce nicht gut daran haftet.

Mit geriebenem Parmigiano Reggiano servieren.

Madges Huhn-Ananas-Curry

(2 Portionen)

Rapsöl

3 EL gelbe Thai-Currypaste

1 Hühnerbrust, gewürfelt

1 Zwiebel, gehackt

1 kleine Packung Kokosmilch

2 Kafir-Limettenblätter

1 kleine Dose Ananas in Stücken (Abtropfen ist optional)

Salz

Oel erhitzen und die Thai-Currypaste etwa eine Minute lang darin rösten.

Hühnerbrust und Zwiebel hinzufügen und braten, bis das Huhn gar ist.

Kokosmilch und Kafir-Limettenblätter hinzufügen und zehn Minuten köcheln lassen.

Wasser hinzufügen, falls es zu dick wird, damit nichts anbrennt.

Kafir-Limettenblätter entfernen und Ananas mit oder ohne Saft hinzufügen.

Salzen nach Geschmack.

Tipp: Über Reis oder mit Naanbrot servieren.

Mitchs Hähnchenspieße und Spezialsalat

(2 Portionen)

Für die Spieße

1 Hähnchenbrust, gewürfelt

Saft von ½ Zitrone

Olivenöl

Salz, Pfeffer

Oregano

Rosmarin

Knoblauchpulver

Für den Salat

200 g gemischten Blattsalat, gewaschen und abgetropft

¼ Nashi-Birne, geschält und gewürfelt

6 Scheiben Ziegenfrischkäse

2 EL Pecannüsse, gehackt

Olivenöl

Feigen-Balsamico oder anderer Frucht-Balsamico

Salz, Pfeffer

Die Hähnchenwürfel in einer Mischung oben genannter Zutaten marinieren und etwa eine Stunde lang im Kühlschrank ziehen lassen; ab und zu wenden.

Würfel auf Metallspieße oder gut gewässerte Holzspieße aufreihen.

Auf dem Grill durchgaren; oder auf einer feuerfesten Platte 20 Minuten lang bei 175 C backen, dann 5 Minuten lang grillen.

Den Salat auf einem Teller Nashi-Birnen, Ziegenkäse und Pecannüssen anrichten.

Mit Öl und Balsamico beträufeln, dann würzen.

Den Spieß auf demselben Teller servieren.

Tipp: Für eine vollere Mahlzeit frischgebackenes Baguette oder Ciabatta hinzufügen

Danksagung

Hoffentlich hat Ihnen die Lektüre dieses Romans Spaß gemacht. Falls er Ihnen gefallen hat, freue ich mich sehr über freundliche Rückmeldungen und Rezensionen in Print- und/oder Online-Medien. Danke für Ihre Zeit und Mühe. Es bedeutet mir sehr viel!

Es ist merkwürdig, was manchmal einen Plot auslöst. In diesem Fall war es ein Foto, das meine FB-Freundin Tanja Wunsch gemacht hat, und einige fröhliche Küchenberichte meiner FB-friend Conni Wendisch; bei sind Deutsche. Leser der Suburban Times haben vielleicht den Teil eines Kapitels als Echo einer Kurzgeschichte wahrgenommen, die ich in einer Adventsausgabe im Jahr 2022 veröffentlicht habe. Mir schien es, als müsse ich viel mehr über meine Protagonistin erzählen – und voilà!

Die Verweise auf Drehorte in Western Washington stammen von der Website https://curiocity.com/here-are-washingtons-most-famous-filming-locations-that-hollywood-loves/. Natürlich gibt es zahllose Filme und TV-serien mehr, die am einen oder anderen der genannten Orte gedreht wurden.

Mein Dank gilt allen meinen Lesern und befreundeten Autoren, die mich darin unterstützt und ermutigt haben weiterzuschreiben, die mich zu Buchevents eingeladen haben, zu Präsentationen und Signierstunden, und dazu, öffentlich aus meinen Arbeiten vorzulesen.

Vielen Dank, Ben Sclair, dass ich für die The Suburban Times (https://thesubtimes.com/) schreiben und Nachrichten zu meinen Büchern und Buchevents darin veröffentlichen darf sowie für eine wahrhaftig inspirierende Freundschaft.

Besonderer Dank gilt Joe und Kjeri Boyle, Marianne Bull, Larry "D.L." Fowler, Harriet Heyda, Roger und Kathy Johansen alias The Sock Peddlers, Denise Mielimonka, Karen Lodder Rockwell (https://germangirlinamerica.com/), Lenore Rogers, Angela Schofield (https://alltastesgerman.com/), Pamela Lenz Sommer (https://thegermanradio.com/), French und Mary Lou Wetmore und Dorothy Wilhelm (https://itsnevertoolate.com/).

Worte reichen nicht aus, um dem einen Menschen zu danken, der es mit meinem manchmal sicher verwirrenden Autoren-Ich zu tun hat, mit meinem Geschwafel über Leute, die es gar nicht gibt, über Handlungen die nie passiert sind, außer in meinem Kopf, und über Projekte für zahlreiche Jahre in Zukunft. Ohne meinen duldsamen und solidarischen Ehemann Donald wäre mein Weg vielleicht zur Holperstrecke geworden – danke, mein Schatz, dass du seine Schlaglöcher reparierst und mir dabei hilfst, dieses Abenteuer reibungslos zu bestehen.

Susanne Bacon wurde in Stuttgart geboren, hat einen Doppelmagister in Literaturwissenschaft und Linguistik und arbeitet als Schriftstellerin, freie Redakteurin und Kolumnistin. Sie lebt mit ihrem Mann in der Region South Puget Sound in Washington State. Sie können mit ihr Kontakt aufnehmen unter www.facebook.com/susannebaconauthor, oder besuchen Sie ihre Webseite: https://susannebaconauthor.com/.

Holperstrecken ist Susanne Bacons neunter Wycliff Roman.

Made in the USA
Las Vegas, NV
15 June 2023